dtv

Eine seltene Antilope wird einem sensiblen Zoowärter zum Verhängnis. Jugendliche beginnen in den Ferien ohne ersichtlichen Grund, das Schulgelände zu untertunneln. Ein junges Liebespaar versteckt sich, obwohl es von niemandem ernsthaft gesucht wird, wochenlang in einem alten Abbruchhaus ...

Graham Swift porträtiert Menschen, die sich von einem Tag auf den anderen nicht mehr in ihrem Alltag, in ihrer Familie oder Partnerschaft zurechtfinden. Er beschreibt, wie bequeme Gewissheiten abhanden kommen, einfache Glaubenssätze versagen und das Leben eine unvorhersehbare Wendung nimmt.

Graham Swift wurde 1949 in London geboren. Nach seinem Studium in Cambridge und York arbeitete er zunächst als Lehrer. In deutscher Übersetzung sind bisher seine Romane ›Ein ernstes Leben‹, ›Alias »Federball«‹, ›Das helle Licht des Tages‹, ›Letzte Runde‹, ›Von jenem Tage an‹ und ›Wasserland‹ erschienen. ›Letzte Runde‹ wurde von Fred Schepisi mit hochkarätiger Besetzung verfilmt und 1996 mit dem Booker-Preis ausgezeichnet.

Graham Swift

Schwimmen lernen

Erzählungen

Aus dem Englischen von
Barbara Rojahn-Deyk

Deutscher Taschenbuch Verlag

Von Graham Swift
ist im Deutschen Taschenbuch Verlag erschienen:
Das helle Licht des Tages (13464)

Mai 2009
Deutscher Taschenbuch Verlag GmbH & Co. KG,
München
www.dtv.de
Lizenzausgabe mit Genehmigung des Carl Hanser Verlages

Titel der englischen Originalausgabe:
›Learning to Swim‹ (London Magazin Editions, London 1982)

Umschlagkonzept: Balk & Brumshagen
Umschlaggestaltung: Wildes Blut, Atelier für Gestaltung,
Stephanie Weischer
Umschlagfoto: gettyimages/Somos/Veer
Satz: Satz für Satz. Barbara Reischmann, Leutkirch
Druck und Bindung: Druckerei C. H. Beck, Nördlingen
Gedruckt auf säurefreiem, chlorfrei gebleichtem Papier
Printed in Germany · ISBN 978-3-423-13757-7

Serail

In Istanbul gibt es mit kalligraphischen Mustern verzierte Grabmäler, in denen der tote Sultan zwischen den winzigen Sarkophagen seiner jüngeren Brüder ruht, zu deren Ermordung er sich bei seiner Thronbesteigung nach altem Brauch gezwungen gesehen hatte. Stellt man Schönheit der Barbarei zur Seite, so wird sie herzlos. Auf dem Gelände des Topkapi-Serails bewundern die Touristen die türkisfarbenen Fliesen des Harems, die Kioske der Sultane und denken an Mädchen mit Sorbett, an Turbane, Kissen und Springbrunnen. »Wurden sie hier einfach hinter Schloß und Riegel gehalten?« fragt meine Frau. Ich lese aus dem Reiseführer vor: »Auch wenn die Sultane theoretisch die Macht über den Harem hatten, wurden sie in Wirklichkeit gegen Ende des sechzehnten Jahrhunderts von diesen Frauen beherrscht.«

Es ist kalt. Vom Bosporus weht ein frischer Wind herüber. Wir hatten unsere Reise Ende März in Erwartung von Sonnenschein und milder Wärme angetreten und trafen auf strahlende Tage, die von Sturmböen und Hagelschauern durchsetzt waren. Wenn es in Istanbul regnet, werden die engen Straßen unterhalb des Basars zu Wildbächen, die man unmöglich durchqueren kann und auf denen man – zusammen mit den Marktabfällen – tote Ratten, aufgetriebene Hunde und die angeschwemmten Leichen aus Jahrhunderten treiben zu sehen meint. Der Basar selbst ist ein Labyrinth, in dem es in der Vergangenheit immer wieder gebrannt hat. Leute, so sagt man, haben ihn betreten und sind nie wiederaufgetaucht.

Vom Topkapi-Gelände aus wirkt die Skyline der Stadt, die einer Phalanx aufgerichteter Schilde und Speere gleicht, unwirklich. Die Touristen murmeln, gehen weiter. Turbane, Springbrunnen, die Gemächer der Eunuchen, der Pavillon des Heiligen Mantels. Bilder aus *Tausendundeiner Nacht*. Dann entdeckt man, so als stieße man selbst zufällig auf den Schauplatz des Verbrechens, in einem Museum mit Gewändern in einer Vitrine den bespritzten Kaftan, in dem Sultan Oman II. ermordet wurde. Von der Schulter bis zur Hüfte von Dolchstößen aufgeschlitzt. Der dünne Leinenstoff könnte die Leiche selbst sein. Das schlichte weiße Kleidungsstück, das wie ein Bademantel aussieht, die Blutflecken, die an die braunen Flecken auf dem Mull eines abgenommenen Heftpflasters erinnern, vermitteln einem vorübergehend die Illusion, daß dort der eigene Bademantel liegt, den man jemand anders geliehen hat, der dann versehentlich – an Stelle von einem selbst – ermordet worden ist.

Wir gehen in Richtung Blaue Moschee, durch das Tor des Reiches, vorbei am Henkerbrunnen. Stadt der Monumente und des Mordes, in der man Grausamkeit zu ignorieren scheint. In den Straßen um den Basar rutschen Krüppel auf Lederkissen über das Pflaster, von denen die Touristen Notiz nehmen, nicht aber die Einheimischen. Stadt der Belagerungen und des Gemetzels und der Pracht. Als Mehmet der Eroberer 1453 die Stadt einnahm, gab er sie, wie es Brauch war, seinen Soldaten drei Tage lang zur Plünderung und zum Abschlachten frei. Dann machte er sich daran, neue Monumente zu errichten. Diese Dinge stehen in den Reiseführern. Die englischsprechenden Stadtführer erzählen von ihnen, da sie nicht ihre eigene Sprache benutzen, als ob sie nie geschehen wären. Im Topkapi-Museum hängen Miniaturen von Mehmet. Ein blasser, glatthäutiger Mann, ein Förderer der schönen Künste, mit empfindsamem Blick und feingeschwungenen Augenbrauen, der an einer Rose riecht …

Ich hatte meiner Frau beim Mittagessen in einem Restaurant gerade erklärt, was im Reiseführer über Mehmets Wiederaufbau der Stadt stand, als wir, um eine Ecke biegend, sahen, wie ein Taxi – eins von diesen metallisch grünen mit schwarzen und gelben Karos an der Seite, die wie türkisfarbene Haie durch Istanbul kreuzen – mit fast absichtsvoller Gleichgültigkeit einen Mann anfuhr, der einen Karren den Rinnstein entlangschob. Ein leichtes Knirschen. Der Mann fiel mit merkwürdig abgewinkelten Beinen und zerrissener Kleidung zu Boden und stand nicht wieder auf. So etwas sollte im Urlaub nicht passieren. Das passiert zu Hause – Menschen drängen sich um die Stelle und starren –, und man findet sich damit ab, weil man weiß, daß so etwas zum normalen Leben gehört. Im Urlaub möchte man mit dem normalen Leben verschont werden.

Aber in diesem Fall war es nicht der Unfall an sich, worauf wir nicht vorbereitet waren, sondern die Reaktion der Beteiligten. Der Verletzte sah drein, als trüge er selbst die Schuld an seiner Verletzung. Der Taxifahrer blieb in seinem Auto sitzen, als hätte man ihm absichtlich den Weg versperrt. Leute standen auf dem Bürgersteig herum und schnatterten, schienen aber über etwas anderes zu reden. Von einer Verkehrsinsel kam ein Polizist herbei. Er trug eine dunkle Brille und eine Schirmmütze. Der Taxifahrer stieg aus. Sie sprachen in lässigem Tonfall miteinander und schienen beide beschlossen zu haben, den auf der Straße liegenden Mann zu ignorieren. Die Lippen des Polizisten unterhalb seiner dunklen Brille bewegten sich empfindsam und fast mit einem Lächeln, als ob er an einer Blume röche. Wir gingen weiter und um die Ecke. Ich sagte zu meiner Frau, obwohl ich wußte, daß sie den Scherz mißbilligen würde: »Deshalb gibt es hier so viele Krüppel.«

Unser Hotel liegt in dem neuen Teil von Istanbul, in der Nähe des Hilton, mit Blick über den Bosporus, über den eine neue Brücke führt. Wenn man auf dem Balkon steht, kann man von Europa nach Asien blicken. Üsküdar auf der anderen Seite assoziiert man mit Florence Nightingale. Es gibt nur wenige Orte auf der Welt, wo man, auf einem Kontinent stehend, über einen Wasserstreifen hinweg einen anderen betrachten kann.

Wir hatten etwas Exotischeres gewollt. Keine Chalets in den Alpen mehr, keine Landhäuser in Spanien. Wir hatten noch einen weiteren Urlaub nötig, aber einen anderen. Seit acht Jahren verspürten wir dieses Bedürfnis, und es war eines, das wir uns leisten konnten. Wir fanden, daß wir in der Vergangenheit gelitten hatten und deshalb einer ständigen Rekonvaleszenz bedurften. Aber das bedeutete, daß mit der Zeit selbst unseren Urlaubsreisen der Reiz des Neuen abging. Aus diesem Grund suchten wir etwas Exotischeres. Wir hatten an den Orient gedacht. Wir stellten uns eine Landschaft von Minaretten und Kuppeln aus *Tausendundeiner Nacht* vor. Allerdings machte ich meine Frau auf die politischen Unwägbarkeiten im Nahen Osten aufmerksam. Sie ist empfindlich solchen Dingen gegenüber, empfindlich gegenüber allem, was auch nur von weitem nach Katastrophe riechen könnte. In London gehen im Hilton und in Restaurants in Mayfair Bomben hoch. Weil sie ein Unglück ertragen hat, sollten ihr alle anderen erspart bleiben, findet sie, und sie betrachtet mich dabei als ihren Ratgeber.

»Also dann eben die Türkei … Istanbul«, sagte sie – wir

hatten die Prospekte mit den Fotos von der Blauen Moschee offen auf dem Tisch liegen –, »das ist nicht der Nahe Osten.« Ich bemerkte (vielleicht aus Spaß – ich ziehe meine Frau gelegentlich auf, und sie weiß das zu schätzen, weil es ihr bestätigt, daß sie nicht wie etwas Zerbrechliches behandelt wird), daß die Türken ebenfalls Ärger machten und Truppen nach Zypern geschickt hätten.

»Erinnerst du dich nicht mehr an das Haus der Hamiltons? Sie haben immer noch nicht erfahren, was daraus geworden ist.«

»Aber wir fahren nicht nach Zypern«, sagte sie. Und dann, mit einem Blick auf die Prospekte, als würde ihre Abenteuerlust auf die Probe gestellt und sie sähe ihre Grenzen: »Außerdem liegt Istanbul in Europa.«

Meine Frau ist schön. Sie hat einen glatten, makellosen Teint, feingezeichnete, seltsam ausdrucksvolle Augenbrauen und eine schlanke Figur. Ich glaube, es waren diese Merkmale, die in mir den Wunsch weckten, sie zu heiraten, aber obwohl sie sich in den acht Jahren gut gehalten haben, besitzen sie keine motivierende Kraft mehr. Am besten sieht sie aus, wenn sie sehr dunkle oder sehr blasse Farben trägt. Sie ist in bezug auf Parfüms äußerst heikel und pflegt unseren Garten in Surrey mit Hingabe.

Jetzt liegt sie auf dem Bett in unserem Hotelzimmer in Istanbul, von dem aus man Asien sehen kann, und weint. Sie weint, weil während der Zeit, in der ich draußen war, um im Morgenlicht Fotos zu machen, etwas passiert ist – sie ist in irgendeiner Weise belästigt worden – passiert ist zwischen ihr und einem der Hotelangestellten.

Ich setze mich neben sie. Ich weiß nicht genau, was geschehen ist. Es ist schwierig, ihr Einzelheiten zu entlocken, solange sie weint. Aber ich denke: Sie hat erst angefangen zu weinen, als ich sie gefragt habe: »Was ist los?« Als ich ins Zimmer kam, weinte sie nicht, saß nur stiller da und blasser als sonst. Das hier kommt mir vor wie eine Art Obstruktionspolitik.

»Wir müssen uns an den Hoteldirektor wenden«, sage ich und stehe auf, »oder sogar an die Polizei.« Ich sage das nüchtern, fast ein wenig herzlos, teils, weil ich glaube, daß meine Frau die Sache vielleicht dramatisiert, übertreibt (seit dem Vorfall, den wir beobachtet haben, ist sie schlechtgelaunt und empfindlich – vielleicht bauscht sie irgendeine Kleinigkeit auf, ein Versehen, eine Nichtigkeit), teils, weil ich weiß, daß, wäre meine Frau zum Fotografieren mitgekommen und nicht alleine zurückgeblieben, nichts von alledem geschehen wäre, aber zum Teil auch, weil ich, als ich, auf sie hinunterstarrend, die Polizei erwähne, will, daß sie an den Polizisten mit seiner dunklen Brille und seinen beinahe lächelnden Lippen und an den Mann mit seinen verrenkten Beinen auf dem Straßenpflaster denkt. Sie tut es. Ich erkenne es an dem verletzten Blick, den sie mir zuwirft. Der verletzt mich meinerseits, weil ich ihn verursacht habe. Aber auch das habe ich gewollt.

»Nein«, sagt sie, den Kopf schüttelnd und noch immer schluchzend. Ich sehe, daß sie meine Bemerkung nicht ernüchtert hat. Vielleicht ist an der Sache etwas dran. Sie will mir mit ihrem Blick vorwerfen, daß ich kalt und vernünftig bin und die Sache weitergeben will, daß mir ihr Kummer an sich gleichgültig ist.

»Aber du willst mir ja nicht sagen, was genau passiert ist«, sage ich im Ton dessen, der sich unfair behandelt fühlt.

Sie greift nach ihrem Taschentuch und putzt sich mit Nachdruck die Nase. Wenn meine Frau weint oder lacht, bilden ihre Augenbrauen kleine Wellen. Während sie ihr Gesicht im Taschentuch vergräbt, blicke ich auf und aus dem Fenster. Am Horizont sieht man auf der asiatischen Seite eine Moschee mit Minaretten wie schmale Klingen. Mit dem Morgenlicht dahinter kommt sie einem unwirklich vor, wie ein Schattenriß. Ich versuche, mich an ihren Namen im Reiseführer zu erinnern, aber er fällt mir nicht ein. Ich sehe wieder meine Frau an. Sie hat das Taschentuch von den Augen genommen. Mir ist klar, daß sie recht hat, wenn sie mir meine Herzlosigkeit vorwirft. Aber daß ich dem Leiden meiner Frau mit Schroffheit begegne, so als gäbe ich ihr selbst die Schuld daran, damit ich mich dann meinerseits schuldig fühle und sie sich daraufhin berechtigt fühlt, sich auf ihr Leiden zu berufen – all das ist ein vertrautes Muster. Nur auf diese Weise können wir anfangen, offen miteinander zu reden.

Sie ist jetzt drauf und dran, mir zu erzählen, was passiert ist. Sie zerknüllt das Taschentuch in ihrer Hand. Mir wird bewußt, daß ich mich wirklich so benommen habe, als wäre nichts geschehen.

Als ich meine Frau heiratete, hatte ich gerade einen äußerst begehrten Posten gekriegt. Ich bin Consultant Designer. Ich hatte alles, und ich war, wie ich mir einredete, verliebt. Um mir das zu beweisen, hatte ich sechs Monate nach der Hochzeit eine Affäre mit einem Mädchen, das ich nicht liebte. Wir trafen uns in Hotels. Im Westen gibt es keine Harems. Vielleicht fand es meine Frau heraus, oder vielleicht erriet sie es, aber sie ließ nichts erkennen, und ich ließ mir auch nichts anmerken. Wenn jemand nicht weiß, daß etwas passiert ist, ist das dann dasselbe, wie wenn gar nichts passiert wäre? frage ich mich. Meine Affäre beeinträchtigte nicht im geringsten das Glück, das ich in meiner Ehe empfand. Meine Frau wurde schwanger. Ich war froh darüber. Ich hörte auf, mich mit dem Mädchen zu treffen. Ein paar Monate später hatte meine Frau dann eine Fehlgeburt. Sie verlor nicht nur das Baby, sondern kann auch keine Kinder mehr bekommen.

Ich gab ihr die Schuld an der Fehlgeburt. Ich hielt diese – gänzlich ohne Grund – für ein extremes und unfaires Mittel, sich an mir zu rächen. Aber das war nur an der Oberfläche so. Ich gab meiner Frau die Schuld, weil ich wußte, daß sie das wollte. Sie hatte grundlos gelitten und wollte dafür verantwortlich gemacht werden. Das verstehe ich. Und ich gab meiner Frau die Schuld, weil ich fand, daß ich an dem, was passiert war, selbst die Schuld trug, und wenn ich meiner Frau zu Unrecht die Schuld zuschrieb, dann konnte sie mich anklagen, und ich würde mich schuldig fühlen, wie man es sollte, wenn man schuld hat. Außerdem glaubte ich, daß ich, wenn ich meiner Frau Unrecht tat, wenn ich sie verletzte, wo sie doch schon verletzt worden war, von meiner Reue dazu getrieben werden würde, genau das zu tun, was unter diesen Umständen erforderlich war, nämlich sie zu lieben. Um genau diese Zeit kam mir zu Bewußtsein, daß die Augenbrauen meiner Frau den gleichen Reiz besaßen wie die arabische Kalligraphie. Die Wahrheit war, daß wir beide von unserem Unglück niedergeschmettert waren und einander dadurch beschützten, daß wir uns gegenseitig verletzten, den eigentlichen Schmerz verlagerten. Also gab ich meiner Frau die Schuld, um mich ihr gegenüber verpflichtet zu fühlen. Männer wollen Macht über Frauen haben, damit sie den Frauen gestatten können, ihnen diese Macht wegzunehmen.

Das war vor sieben Jahren. Ich weiß nicht, ob diese Reaktionen jemals aufgehört haben. Da wir keine Kinder haben konnten, entschädigten wir uns auf andere Weise. Wir machten häufig teure Ferien. Wenn wir sie planten, sagten wir, um uns selbst zu überzeugen: »Wir brauchen eine Abwechslung, wir müssen hier mal raus.« Wir gingen viel aus, gingen essen, gingen in Konzerte, Filme, ins Theater. Wir interessierten uns für Kunst. Wir sahen uns alles an, was neu herauskam, aber hinterher, zum Beispiel nach einem Stück, das wir gesehen hatten, unterhielten wir uns selten darüber. Da wir keine Kinder hatten, konnten wir uns das leisten. Aber wenn wir Kinder gehabt hätten, hätten wir es uns immer noch leisten können, denn in dem Maße, in dem ich in meinem Beruf aufstieg, verdiente ich auch mehr.

Das wurde unsere Geschichte: unser Verlust und seine Wiedergutmachung. Wir fanden, wir hatten gute Gründe, konnten uns rechtfertigen. Infolgedessen war unser Verhältnis zueinander ziemlich neutral. Es gab längere Zeitspannen – besonders waren das die Wochen, bevor wir Urlaub machten –, in denen wir selten miteinander schliefen. Und wenn wir es taten, dann so, als täten wir es in Wirklichkeit gar nicht. Wir lagen in unserem Bett, nahe beieinander, aber ohne uns zu berühren, wie zwei Kontinente, von denen jeder seine eigenen Sitten und seine eigene Geschichte hat und zwischen denen es keine Brücke gibt. Wir drehten einander den Rücken zu, als warteten wir beide mit in der Hand verborgenem Dolch auf den günstigen Augenblick. Aber damit der Dolch zustoßen kann, muß zuerst die Geschichte innehalten, muß der Zwischenraum zwischen den Kontinenten überbrückt werden. So lagen wir da, ohne uns zu bewegen. Aber der einzige Dolchstoß, die einzige Wunde, die einer dem anderen beibrachte, war, wenn einer sich umdrehte und den anderen mit leeren, sanften Händen berührte, als wollte er sagen: »Hier, sieh, ich hab keinen Dolch.«

Es schien, als führen wir in Urlaub, um miteinander zu schlafen, um die Leidenschaft zu entfachen (ich träumte vom sinnlichen Orient, der keine Hemmungen kannte, hatte vielleicht schon lange davon geträumt, bevor wir tatsächlich hinfuhren, selbst wenn der milchweiße Körper meiner Frau neben mir lag). Aber obwohl unser Urlaub selten diese Wirkung hatte und nur eine Art So-tun-als-ob war, gaben wir das dem anderen gegenüber nicht zu. Wir waren nicht wie wirkliche Menschen. Wir waren wie Figuren in einem Kriminalroman. Die Frage, um die es in unserem Roman ging, war, wer unser Baby umgebracht hatte. Aber sobald der Mörder entdeckt war, würde er den töten, der ihn entdeckt hatte. Also wurde die Entdeckung immer vermieden. Trotzdem mußte die Geschichte weitergehen. Und wie alle Geschichten bewahrte uns das sowohl vor Schmerz als auch vor Langeweile.

»Es war dieser junge Mann ... ich meine, der Hoteldiener. Du weißt schon, der, der hier in diesem Stockwerk arbeitet.«

Meine Frau hat aufgehört zu weinen. Sie liegt auf dem Bett. Sie trägt einen dunklen Rock, ihre Beine sind cremefarben. Ich weiß, von wem sie spricht, habe es mir fast gedacht, bevor sie es gesagt hat. Ich habe ihn gesehen, in einer weißen Jacke, wie er die schmutzige Wäsche einsammelte und Arbeiten auf dem Gang verrichtete. Einer dieser ziemlich melancholisch dreinschauenden jungen Türken mit dickem Gesicht und kurzgeschnittenen Haaren, von denen es in Istanbul wimmelt und die so aussehen, als wären sie gerade aus der Armee entlassen worden oder als würden sie in Kürze eingezogen.

»Er klopfte an und kam herein. Er wollte die Heizung reparieren. Wir hatten uns ja darüber beschwert, daß es nachts kalt ist. Er hatte Werkzeug dabei. Ich bin hinaus auf den Balkon gegangen. Als er fertig war, rief er etwas, und ich bin hineingegangen. Da ist er dicht herangekommen ... und hat mich angefaßt.«

»Hat dich angefaßt? Was meinst du damit ... dich angefaßt?« Ich weiß, daß meiner Frau mein inquisitorischer Ton nicht gefallen wird. Ich frage mich, ob sie sich fragt, ob ich ihr Verhalten irgendwie in Zweifel ziehe.

»Ach, du weißt schon«, sagt sie aufgebracht.

»Nein. Es ist wichtig, daß ich genau weiß, was passiert ist, wenn wir ...«

»Wenn wir was?«

Sie sieht mich an, ihre Augenbrauen zucken.

Es kommt mir wieder zu Bewußtsein, daß ich, obwohl ich eine Erklärung fordere, in Wirklichkeit gar nicht wissen will, was tatsächlich passiert ist, andererseits aber auch kein Märchen zu akzeptieren bereit bin. Nicht wissen will, zum Beispiel, ob der Türke meine Frau überhaupt angefaßt hat. Ob er sie, wenn er sie tatsächlich angefaßt hat, nur angefaßt oder irgendwie versucht hat, sich an ihr zu vergehen. Ob meine Frau seinen Annäherungsversuchen ausgewichen ist, ob sie sich ihnen widersetzt oder sie sogar herausgefordert hat. Alles das erscheint möglich. Aber ich will es nicht wissen. Deshalb tue ich so, als wollte ich es wissen. Ich sehe auch, daß meine Frau mir weder sagen möchte, was wirklich passiert ist, noch mir ein Märchen erzählen will. Ich begreife, daß wir uns seit acht Jahren, Nacht für Nacht, die Geschichte unserer Liebe erzählt haben.

»Nun?« frage ich, nicht lockerlassend.

Meine Frau setzt sich auf dem Bett auf. Mit einer Hand faßt sie sich an die Kehle, eine ihrer Angewohnheiten. Es sieht immer so aus, als hielte sie sich keusch den Blusenkragen zu, selbst wenn sie gar keine Bluse trägt oder ihr Hals bloß ist. Sie hat damit angefangen, nachdem wir unser Baby verloren hatten. Es ist ihre Art zu signalisieren, daß es bei ihr gewisse unantastbare Bereiche gibt, die nicht verletzt werden dürfen. Sie steht auf und geht im Zimmer umher. Sie scheint überwältigt zu sein und vermeidet es, aus dem Fenster zu sehen.

»Wahrscheinlich ist er immer noch da draußen und schleicht auf dem Gang herum«, sagt sie, so als würde sie belagert.

Sie sieht mich erwartungsvoll, aber vorsichtig an. Sie ist nicht an Fakten interessiert, sondern an Reaktionen. Ich müßte wütend auf den Türken sein, oder sie müßte wütend auf mich sein, weil ich auf den Türken nicht wütend bin. Die Wahrheit ist, daß wir beide versuchen, uns gegenseitig wütend aufeinander zu machen. Wir benutzen den Vorfall, um dem anderen zu zeigen, daß wir die Geduld mit ihm verloren haben.

»Dann müssen wir uns an den Hoteldirektor wenden«, sage ich noch einmal.

Ihr Gesicht nimmt einen verächtlichen Ausdruck an, als wiche ich dem Problem aus.

»Du weißt, was passiert, wenn wir es dem Direktor melden«, sagt sie. »Er wird lächeln und mit den Achseln zukken.«

Irgendwie halte ich das für ganz wahrscheinlich, und aus diesem Grund möchte ich dem mit ätzendem Spott begegnen. Der Hoteldirektor ist ein massiger Mann mit beginnender Glatze, eleganten Manschettenknöpfen und einer langen Adlernase mit empfindsamen Nüstern. Jedesmal, wenn vom Hotel für uns arrangierte Ausflüge schiefgegangen sind oder Informationen sich als falsch herausgestellt haben, hat er bei unseren Beschwerden gelächelt und mit den Achseln gezuckt. Ausländischen Gästen stellt er sich als Mehmet vor, aber das hat nichts zu sagen, weil jeder zweite Türke Mehmet oder Ahmet heißt. Ich sehe ihn vor mir, wie er dieser neuesten Beschwerde lauscht und die Hände hebt, Handflächen nach oben, wie um zu zeigen, daß er keinen Dolch hat.

Meine Frau starrt mich an. Ich spüre, ich bin in ihrer Gewalt. Ich weiß, daß sie recht hat, daß dies hier nichts für die Behörden ist. Ich sehe aus dem Fenster. Der Bosporus glitzert in der Sonne, die hinter dunklen Rußfällen näher kommenden Regens hervorscheint. Ich denke an das, was man in den Reiseführern liest, in *Tausendundeiner Nacht*. Ich sollte hinausgehen und diesen Türken, der sich im Wäscheschrank versteckt, ermorden.

»Dafür ist der Hoteldirektor verantwortlich«, sage ich.

Mit einem Ruck dreht sie den Kopf zur Seite.

»Es wäre sinnlos, sich an ihn zu wenden«, sagt sie.

Ich kehre ins Zimmer zurück.

»Also ist in Wirklichkeit gar nichts passiert?«

Sie sieht mich an, als hätte ich mich an ihr vergangen.

Wir gehen beide im Zimmer hin und her. Sie umfaßt ihre Arme, als wäre ihr kalt. Der Himmel draußen ist dunkel. Wir scheinen ein Labyrinth zu betreten.

»Ich will hier weg«, sagt sie und verschränkt die Arme, so daß die Hände auf ihren Schultern liegen. »Dieser Ort ...« – sie macht eine unbestimmte Gebärde in Richtung Fenster. »Ich will nach Hause.«

Ihre Haut sieht in dem schwindenden Licht dünn aus und scheint zu leuchten.

Ich versuche, meine Frau richtig einzuschätzen. Irgendwie habe ich Angst, daß sie wirklich in Gefahr ist. Also schön, wenn du dich hier so unwohl fühlst, denke ich. Aber ich sage mit fast absichtlicher Gleichgültigkeit: »Damit wäre dann aber unser Urlaub im Eimer.« In Wahrheit denke ich, daß meine Frau abreisen und ich hier in dieser unwirklichen Welt bleiben sollte, wo ich, wenn ich nur die richtige Art von Dolch hätte, ihn gegen mich selbst richten würde.

»Aber wenn du dich hier so unwohl fühlst, dann fahren wir«, sage ich.

Draußen hat es angefangen, heftig zu regnen.

»Ich bin froh, daß ich wenigstens diese Fotos gemacht habe«, sage ich. Ich gehe zum Fensterbrett, wo ich den Reiseführer hingelegt habe. Ein Regenvorhang trennt Asien von Europa. Ich habe das Gefühl, daß ich schuld an dem Wetter bin. Mit Hilfe des Reiseführers erkläre ich ihr die Orte, die wir noch nicht besucht haben. Exotische Namen. Ich spüre die Zentralheizung unter der Fensterbank. Sie ist entschieden wärmer.

Meine Frau setzt sich aufs Bett. Sie beugt sich vor, so daß ihr das Haar über das Gesicht fällt. Sie hält sich den Bauch wie jemand, der verwundet worden ist.

Am besten verläßt man Istanbul wahrscheinlich zu Schiff. Damit man am Heck lehnen und beobachten kann, wie seine märchenhafte Silhouette langsam entschwindet, zweidimensional wird. Jene Fata Morgana aus *Tausendundeiner Nacht*, die sich, wenn man nahe an sie herankommt, in ein Labyrinth verwandelt. Unter der Sonne Asiens glitzernd, von der Sonne Europas in einen Schattenriß verwandelt. Der Blick aus der Luft, aus einer Boeing der Turkish Airlines, wenn man seinen Flug hat stornieren und kurzfristig einen anderen hat buchen müssen, ist nicht ganz so phantastisch, aber immer noch unvergeßlich. Ich blicke aus dem

Fenster. Irgendwie bin ich in diese schöne Stadt verliebt, in der man sich nicht sicher fühlt. Meine Frau schaut nicht hin, sie schlägt eine Illustrierte auf. Sie trägt ein pastellfarbenes Kostüm. Andere Leute im Flugzeug werfen ihr verstohlene Blicke zu.

Alle Geschichten, so auch diese, werden erzählt, indem man auf Orte schmerzlicher Erfahrungen zurückblickt, Orte, die zu Schattenrissen geworden sind, oder indem man, noch nicht angekommen, funkelnde Fassaden vor sich sieht, die ihre Dolchstöße, ihre Hände in Hotelzimmern erst noch dem Blick freigeben müssen. Sie ringen der Distanz die Galgenfrist ab, den Aufschub der Hinrichtung. London sah aus der Luft einladend aus, wie es unter der klaren Frühlingssonne ausgebreitet dalag, und man konnte verstehen, daß die Touristen in den Hotels in Mayfair, die morgens mit ihren Fotoapparaten und Reiseführern unter Platanen an Denkmälern und Statuen vorbeispazierten, um die Soldaten vor dem Palast zu sehen, Vergnügen daran fanden. Man möchte, daß der Augenblick der Geschichte nie vorübergeht, daß der Schwebezustand des Scheidens oder Ankommens ewig andauert. Damit man nicht auf den anderen Kontinent übersetzen muß, nicht wissen muß, was wirklich geschah, sich der wartenden Klinge nicht aussetzen muß.

Der Tunnel

Den ganzen Frühling und Sommer hindurch hausten wir, Clancy und ich, damals im dritten Stock jener alten Mietskaserne aus grauem Backstein in – ja, wo eigentlich? – Deptford oder Bermondsey, Rotherhithe oder New Cross, genau wußten wir das auch nicht. Es war billig dort, weil das Haus im Herbst abgerissen werden sollte und alle Mieter bis zum September ausgezogen sein mußten. Die meisten waren schon fort, so daß die Zurückgebliebenen Überlebenden glichen, die in einer Ruine kampierten. Nachts wurde in die verlassenen Räume eingebrochen, und bald drang übler Gestank aus ihnen hervor. Der alte, cremefarbene Anstrich des Treppenhauses, der, nachgedunkelt, hier und da das Aussehen riesiger Nikotinflecken angenommen hatte, war mit Graffiti und Obszönitäten bedeckt, und während der ganzen heißen Dürre jenes Sommers fanden Staub und Abfall von den Straßen, altes Zeitungspapier und Plastiktüten den Weg die Treppe hinauf, sogar bis in den dritten Stock.

Uns machte das nichts aus. Etwas anderes konnten wir uns nicht leisten. Wir fanden es sogar toll, daß wir uns einen bescheidenen Zufluchtsort geschaffen hatten, und nahmen den Dreck gar nicht wahr. Wir waren sehr jung, hatten gerade erst die Schule verlassen. Wir waren nur mit uns beschäftigt und dachten nicht darüber nach, was wir in einem Monat oder zweien tun würden oder wenn es Winter wurde oder wir uns eine andere Bleibe suchen mußten. Wir liebten uns mit jener Unersättlichkeit, die nur sehr junge verliebte Menschen aufbringen können. Und als der Sommer kam, ein endlos sonniger und heißer Sommer, empfanden wir ihn als Segen, trotz des Staubes und der Gerüche, denn solange das Wetter gut war, konnte man in jenem Zimmer mit seiner spärlichen Möblierung, seinen zugigen Fenstern und seinen beiden Gasringen recht gut leben. Wir schonten sogar die paar Kleidungsstücke, die wir beide zusammen besaßen, denn die meiste Zeit, wenn die schmutzigen Fenster hochgeschoben waren und die heiße Luft von der Straße hereindrang, hatten wir überhaupt nichts an.

Wir waren weggelaufen, weil darin die einzige Möglichkeit für uns lag zusammenzusein, ohne daß Clancys Eltern es verhindern konnten. Wir waren nicht weit weggelaufen. Clancys Eltern wohnten in einem großen, eleganten Regencyhaus am Park in Greenwich, und wir wußten, wenn wir nur ein paar Meilen weiter in die Art von Gegend zogen, deren Vorhandensein sie lieber leugneten, dann waren wir so sicher, als wären wir ans andere Ende des Landes geflohen. Clancys Vater war eine Art Finanzexperte, der eine beratende Funktion bei der Regierung innehatte und Leute im Oberhaus kannte, und ihre Mutter kam aus einer guten alten Familie. Sie waren nicht die Leute, die die Polizei in eine Suche nach ihrer Tochter mit hineinzogen. Aber es war ihnen durchaus zuzutrauen, daß sie eine Privatdetektei damit beauftragten, uns aufzuspüren. Und das war einer der Gründe, warum wir trotz des glühendheißen Wetters selten unser Zimmer im dritten Stock verließen, und wenn doch, dann hielten wir die Augen offen, ob wir nicht Männer in langsam an der Bordsteinkante entlangfahrenden Autos sahen, die plötzlich anhalten, herausspringen und Clancy hineinverfrachten konnten.

Clancys Familie war klein. Es gab nur Clancy selbst, ihre Mutter und ihren Vater und einen älteren Onkel, der zurückgezogen in einem alten Herrenhaus in Suffolk lebte, wo Clancy oft den Sommer verbracht hatte, als sie noch klein war. Clancys Vater war krankhaft stolz auf die Tatsache, daß er aus einem ehemals adligen Geschlecht stammte, das bis zur Regierungszeit Heinrichs VIII. zurückverfolgt werden konnte. Und wie bei Heinrich VIII. erkalteten im Laufe der Zeit seine Gefühle für seine Frau und seine Tochter, erinnerten sie ihn doch ständig daran, daß er keinen Sohn hatte. Daran konnte er offensichtlich nichts ändern, aber er würde um jeden Preis zu verhindern wissen, daß das einzige ihm verbleibende heiratsfähige Familienmitglied vom Pöbel geschluckt wurde.

Ich bin nur einmal mit Clancys Mutter und Vater zusammengetroffen, und das aus Versehen an einem Sonnabend nachmittag, als Clancy mir versprochen hatte, daß ihre Eltern erst spät nach Hause kommen würden. Ich hatte sie in ihrem Haus in Greenwich besucht. Wir schliefen miteinander auf Clancys Bett, betrachteten ihre Fotoalben und hörten uns die Beach Boys an. Wir saßen unter der Kletterpflanze im Wintergarten, und Clancy forderte mich gerade auf, den Malt Whisky ihres Vaters zu probieren, als plötzlich ihre Eltern auftauchten, die ihre Pläne für den Abend geändert hatten. Clancys Vater fragte mich in eisigem, vielsagendem Ton, was zum Teufel ich glaubte, wer ich sei, und befahl mir zu verschwinden. Es war, als hätte meine Anwesenheit im Haus mit Clancy nicht das geringste zu tun, als wäre ich ein x-beliebiger, fremder Eindringling. Er war ein großer, gelassener Mann mit stahlgrauem Haar, der auftrat, als wäre ihm die Art, wie man mit solchen Situationen umging, angeboren, so daß er sie nur automatisch zu aktivieren brauchte. Ich weiß noch, wie ich dachte, daß er und Clancys Mutter und vielleicht auch Clancy zu einer vollkommen anderen Welt gehörten, zu einer Welt, die schon vor langem aufgehört hatte zu existieren oder vielleicht auch immer nur in den Köpfen der Leute existiert hatte, so daß ich mich, wenn ich an Clancys Eltern dachte und dabei aus dem Fenster unserer Mietskaserne hier schaute, anstrengen mußte, daran zu glauben, daß sie wirklich existierten.

Meine eigenen Eltern standen uns nicht im Wege. Sie hatten mich erst spät bekommen, so daß zwischen uns ein sehr großer Altersunterschied bestand, was unsere Beziehung seltsamerweise erleichterte. Ihnen war egal, was ich mit meinem Leben anfing. Sie hatten ein gemeindeeigenes Haus in Woolwich und nichts an sich, was mir als leuchtendes Vorbild hätte dienen können. Ich war in eine große Gesamtschule gegangen, Clancy in eine noble Mädchenschule in Blackheath, und wir hätten uns vielleicht nie kennengelernt, wenn Eddy nicht gewesen wäre, ein großer, ungeschlachter, grobgesichtiger Junge, der später zur Royal Artillery ging und der mir in seiner nüchternen Art erzählte, daß er zwei Mädchen aus Clancys Schule ihrer Jungfräulichkeit beraubt hatte. Er drängte mich, das gleiche zu tun. Ich folgte, wenn auch weniger großspurig, seinem Geheiß (»Sag ihnen, daß sie dir hinterher dafür dankbar sein werden«), aber im Unterschied zu Eddy fand ich, daß die Eroberung an sich kein Selbstzweck war.

Clancys Eltern kamen bald dahinter – Clancy hatte so eine Art, trotzig mit der Wahrheit herauszuplatzen. Ich weiß nicht, was schockierender für sie war – daß ihre Tochter nicht mehr intakt war und ihnen möglicherweise der Skandal einer Schulmädchenschwangerschaft bevorstand, oder die bloße Tatsache, daß sich Clancy mit einem Jungen aus einer kommunalen Wohnsiedlung eingelassen hatte. Ich wußte, was ich Clancys Vater sagen würde, wenn ich ihm jemals gegenübertreten müßte. Ich würde ihm etwas wiederholen, was ich in den Briefen Gauguins (der damals mein Lieblingsmaler war und der einzige Künstler, über den ich etwas wußte) gelesen hatte. Gauguin sagt irgendwo, daß die Bewohner Tahitis im Unterschied zu den Europäern glaubten, daß sich junge Menschen ineinander verlieben, weil sie miteinander geschlafen haben, und nicht umgekehrt. Ich würde ihm erklären, daß Clancy und ich gute, normale Tahitianer seien. Aber als ich an jenem Sonnabend nachmittag die Gelegenheit dazu bekam, verblaßte trotz der Sonne, die durch die Blätter im Wintergarten schien, trotz Clancys dünnem Sommerkleid und des Malt Whiskys in meinem Kopf Gauguins Südseeparadies, das nur ein Bild war für das, was ich für Clancy empfand, vor der kalten Gelassenheit ihres Vaters.

Aber Clancys Onkel teilte die elterliche Verachtung nicht. Das entdeckte ich ungefähr in unserer dritten Woche in der Mietskaserne. Clancy mußte gelegentlich aus dem Haus gehen, um Geld von ihrem Postsparbuch abzuheben, das zu dieser Zeit unsere einzige Einnahmequelle war. Eines Tages kam sie mit einem Brief von – man höre und staune – ihrem Onkel zurück. Anscheinend hatte sie ihm direkt nach unserer Flucht geschrieben und ihm im Vertrauen auf seine Verschwiegenheit alles erklärt, hatte ihm aber zur Sicherheit keine Adresse angegeben und ihn gebeten, über ein Postamt in New Cross zu antworten. Clancy zeigte mir den Brief. Er war in einer zittrigen Handschrift abgefaßt und wimmelte von liebevollen Platitüden und freundlich-nichtssagenden Versicherungen, die von einem gewissen grimmigen Vergnügen zeugten. Der Brief lief darauf hinaus, daß Clancy inzwischen vernünftig genug sei, um ihr eigenes Leben zu leben.

Ich sagte: »Wenn er so sehr auf unserer Seite ist, warum gehen wir dann nicht zu ihm?« Und ganz kurz sah ich – in Bermondsey – eine gesprenkelte Constable-Landschaft vor mir.

»Genau da werden sie uns zuerst suchen.«

»Aber er wird ihnen nicht sagen, daß du dich bei ihm gemeldet hast.«

»Nein.«

Und dann erzählte mir Clancy von ihrem Onkel.

Seit jenen frühen Tagen, als sie auf seinem Gut aufsässig im Matsch zu spielen pflegte, hatte er eine Schwäche für sie und sie für ihn. Als sie heranwuchs (ihr Onkel verlor seine Frau, und seine Gesundheit ließ nach), wurde offensichtlich, daß zwischen ihm und ihren Eltern große wesensmäßige Unterschiede bestanden. Er schätzte weder den Sinn ihres Vaters für Würde noch dessen alberne Sorge um den Fortbestand seines Namens. Es wäre ihm völlig recht, sagte er, ohne Nachkommen unter die Erde Suffolks gebracht zu werden. Und er mißbilligte die Art und Weise, in der man Clancy rigoros für irgendeine antiquierte High Society vorbereitete.

»Jetzt verstehst du«, sagte Clancy, indem sie den Brief zusammenfaltete, »daß ich es ihm einfach erzählen mußte. Es ist genau in seinem Sinn.«

Sie küßte das zusammengefaltete Papier.

»Und dann ist da noch etwas« – sie stand auf und legte eine absichtsvolle Pause ein, bevor sie weitersprach. »Ich weiß mit Bestimmtheit, daß ich nach Onkels Tod alles kriegen werde. Mum und Dad werden gar nichts erben. Du siehst … wir brauchen uns keine Sorgen zu machen.«

Das sagte sie irgendwie triumphierend. Ich begriff, daß sie mit dieser Mitteilung offensichtlich bis zum richtigen

Augenblick gewartet hatte, um mir eine Freude zu machen. Aber ich freute mich nicht – auch wenn ich ein frohes Gesicht machte. Ich hatte vorher noch nie richtig darüber nachgedacht, daß Clancys Herkunft genau dies bedeutete – die Möglichkeit großer Erbschaften –, und ich hatte mich selbst auch nicht als romanhaften Abenteurer gesehen, der, nachdem er tollkühn mit der Heldin durchgebrannt ist, auch noch ein Vermögen gewinnt. Trotzdem war es nicht das, was mich beunruhigte und was (zum erstenmal) einen vorübergehenden Schatten über mein Leben mit Clancy warf. Es war etwas anderes, etwas, was ich nicht verstehen konnte. Clancy stand lächelnd und zufrieden mit dem Rükken zum Fenster, durch das die Sonne hereinschien. Sie trug Jeans und eins dieser Oberteile aus hauchdünnem Material, das sie, glaube ich, genau deswegen mochte, weil man, wenn sie im Gegenlicht stand, hindurchsehen konnte. Es war der erste schöne Tag dieses Frühlings, das erstemal, daß wir unser Fenster weit hochschieben konnten, um etwas von der stinkenden Luft drinnen hinaus- und etwas von der weniger stinkenden Luft draußen hereinzulassen. Wir lebten seit drei Wochen zusammen, Flüchtlinge in einem Elendsquartier. Die Art und Weise, wie das Glück kommt, dachte ich, ist genauso wichtig wie das Glück selbst.

Von unserem Fenster aus konnte man all das sehen, was an diesem Teil von London häßlich war. Genau gegenüber, auf der anderen Seite der Straße, befand sich eine Grundschule – hohe, neogotische Spitzbogenfenster, geschwärztes Backsteinmauerwerk, ein asphaltierter Pausenhof voller Löcher, der von einer Mauer mit Maschendraht obendrauf umgeben war –, die, wie unser Mietshaus, am Ende des Sommers abgerissen werden sollte. Sie stand am Rand eines Gebietes, von unserem Fenster aus gesehen links, dessen

Häuser bereits abgerissen waren oder gerade abgerissen wurden. Überall sah man die Schilder von Abbruchunternehmen, Haufen zerstörten Mauerwerks und Zaunmaterial aus grauem Wellblech. Zeilen alter Reihenhäuser wurden in eine backsteinfarbene Wildnis verwandelt, die von Hunden durchstreift wurde und in der Trampelpfade entstanden, wenn die Leute den Weg abkürzten. Zur Rechten, auf der anderen Seite der Schule, befand sich ein seltsames, unerklärliches Stück abgetretener Rasen mit einem verkümmerten Baum und einer Bank darauf und dahinter, auf der anderen Seite einer Nebenstraße mit ein paar ramponierten Läden lag eine weitere Wüstenei – aus Schrottplätzen, Bauhöfen, halb eingegangenen Fabriken und eingezäunten Plätzen, auf denen offensichtlich lästige und absolut nutzlose Gegenstände deponiert wurden – Berge von Lkw-Achsen, von denen das Öl herunterlief und schwarze Pfützen bildete, Stapel verrosteter Ölfässer, sogar ein Haufen alter Schaufensterpuppen, deren Arme und Beine in die Luft ragten, so daß man an Bilder aus Auschwitz erinnert wurde. Jenseits davon sah man die Eisenbahnlinie nach London Bridge auf ihren Backsteinbögen, die Hochhäuser, Einkaufszentren und billig gebauten Wohnsiedlungen, die nach früheren Abrissen aus dem Boden geschossen waren, während ganz weit zur Rechten, an der Themse, fühlerartig nikkende Kräne zu sehen waren.

All das konnten wir in Ruhe betrachten, aber da wir uns im dritten Stock befanden, sah man, wenn man auf dem Bett lag (was wir die meiste Zeit taten) und von dort aus dem Fenster schaute, nur den Himmel. Als das gute Wetter kam, machten wir das Schiebefenster ganz auf und folgten mit unserem Bett dem nach und nach weiterrückenden Rechteck aus Sonnenschein, so daß wir fast den ganzen Tag über sonnenbaden konnten, ohne jemals das Haus zu verlassen. Wir wurden schön braun, und ich sagte zu Clancy, daß sie den zimtfarbenen Südseemädchen, die Gauguin gemalt hatte, immer ähnlicher würde.

Wir lagen da und schauten in den blauen Himmel. Hin und wieder sahen wir Tauben oder Möwen fliegen oder Schwalben, die hoch oben durch die Luft schossen. Den ganzen Tag über hörten wir den Lärm von der Straße und dem Abbruchgelände, aber nach einiger Zeit gewöhnten wir uns daran und nahmen ihn kaum noch wahr. Daß die Zeit verstrich, merkten wir daran, daß es in gewissen Abständen auf dem Schulhof laut zuging. Scherzhaft nannten wir unser Bett eine einsame Insel und machten Gedichte über uns und unser Zimmer im Stile John Donnes.

Allmählich bedauerte ich, daß ich, als wir in aller Eile gepackt hatten und geflohen waren, nicht mehr Bücher mitgenommen hatte. Alles, was es gab, war meine Lebensbeschreibung Gauguins und *Sonnets, Lyrics and Madrigals of the English Renaissance*, das ich mir in der Schule von meinem Englischlehrer geliehen und nie zurückgegeben hatte. Ich dachte jetzt viel an meinen alten Englischlehrer, Mr. Boyle. Er hatte eine Leidenschaft für elisabethanische Lyrik, die er vergeblich auf Schüler aus dem vierten und fünften Jahr zu übertragen versuchte. Die lachten nur über ihn – ich wie alle anderen auch – und verbreiteten das Gerücht, daß er schwul sei. Dann, in meinem letzten Jahr, nachdem ich Clancy kennengelernt hatte, fing ich plötzlich an, seine Gedichte zu schätzen, ihre anmutige Klarheit und Schlichtheit. Mr. Boyle mußte wohl geglaubt haben, daß dies endlich der Lohn für alle seine Bemühungen war. Er drängte mir Bücher auf und kommentierte meine Arbeiten sehr ausführlich. Und ich hätte ihm nur zu gerne gesagt, daß das alles bloß wegen Clancy war, weil sie leicht und klar war wie die Gedichte – weil wir zusammen unsere Unschuld verloren und behalten hatten, weil wir uns eines nassen Donnerstags in einem abgelegenen Teil von Greenwich Park geliebt hatten ...

Nackt auf dem Bett in der Sonne liegend, las ich laut aus Mr. Boyles Buch vor. Ich fragte mich, ob er wohl hatte vorhersehen können, daß es so gelesen werden würde. Bei Stellen, die ihr gefielen, zappelte Clancy. Viele der Dichter waren unbedeutende, wenig bekannte Leute mit Namen wie George Turberville und Thomas Vaux. Wir versuchten uns vorzustellen, wie sie ausgesehen hatten und wer die Geliebte war, an die sie schrieben, und wo sie fickten, im Himmelbett oder im Kornfeld. Dann sagte Clancy: »Nein, wahrscheinlich waren sie ganz anders. Wahrscheinlich waren es kalte, intrigierende Männer, die eine Stellung bei Hofe anstrebten und Gedichte schrieben, weil man das halt tat.« Sie machte öfter ganz plötzlich solche beißenden, scharfsinnigen Bemerkungen, so als könnte sie nicht anders. Und ich wußte, daß sie recht hatte.

»Wie dein Vater, meinst du«, sagte ich.

»Ja.« Clancy lachte. Da erzählte ich ihr, wie sehr ihr Vater mich an Heinrich VIII. erinnerte, und Clancy sagte, daß in Greenwich Park ein alter hohler Baum stehe, wo Heinrich VIII. Anne Boleyn gefickt habe.

Wegen der Hitze und weil wir uns während des Tages kaum bewegten, wenn wir uns nicht gerade bis zur Erschöpfung liebten, lagen wir nachts oft bis zur Morgendämmerung wach. Clancy erzählte mir dann von dem Besitz ihres Onkels in Suffolk. Da war ein bröckelndes rotes Backsteinhaus mit hohen Schornsteinen und ein Hof mit Stallungen, ein von einer Mauer umgebener Obstgarten und ein heruntergekommener Garten, der an seinem Ende von einem Wald begrenzt wurde. Durch den Wald und über ein Stück Heide erreichte man den auslaufenden Teil einer Flußmündung, die sich vom Meer heraufschlängelte. Sumpfland, Uferwälle und Austernbänke, der Geruch nach Schlamm und Salz. Es gab dort einen winzigen hölzernen Anlegesteg, an dem zwei Ruderboote festgemacht waren, die bei ablaufendem Wasser weit oben im Schlamm festsaßen, und wenn es heiß war, erhitzte die Sonne bei Ebbe den Schlamm, so daß das Wasser bei seiner Rückkehr warm und suppig war, wenn man darin schwamm. In den Flußmarschen gab es Brandgänse und Rotschenkel (einmal hatte sie auch einen Otter gesehen) und im Wald Eulen, die nachts vom Haus aus zu hören waren.

Wenn ich Clancy dabei zuhörte, wie sie Dinge in allen Einzelheiten beschrieb, dann war ich überwältigt von der Tatsache, daß sie all dies schon vor Jahren erlebt und getan hatte und ich noch nicht einmal gewußt hatte, daß es sie gab. Und ich wünschte mir das Unmögliche – daß ich damals, als sie und ich fast noch Kinder gewesen waren, mit ihr dieselben Wege entlanggegangen wäre, dieselben Vögel in den Flußmarschen beobachtet hätte, in demselben schlammigen Wasser geschwommen wäre. Während sie so erzählte, hörten wir die Züge hin- und herrattern, und einmal, als sie gerade von den Eulen im Wald redete, hörten wir von der Themse her das Tuten eines Schiffes. Und während des größten Teils der Nacht war das Haus von einer seltsamen Mischung aus allen möglichen Geräuschen erfüllt: Radios und Fernseher und streitende Leute, das Husten eines alten Mannes und Flaschen, die zerschmettert wurden, die Geräusche, die Kinder machten, wenn sie ins Treppenhaus eindrangen, und das Gebrüll und die Drohungen, wenn jemand versuchte, sie zu vertreiben. Aber wir ließen uns davon kaum stören, und sogar in dieser Gegend von London kam eine Zeit, wo man sich, während Clancy schwatzte, vorstellen konnte, daß da draußen Schlammflächen und Moor und Wiesen mit Deichen und Schleusentoren waren, genauso, wie wir uns zu anderen Zeiten, wenn wir versuchten, uns an Textstellen aus *Romeo und Julia* zu erinnern, das wir beide für die Abschlußprüfung gelesen hatten, vorstellten, daß da draußen statt der Schrottplätze und Müllhalden die Plätze und Glockentürme Veronas waren.

»Wie ist denn dein Onkel so?« fragte ich Clancy.

»Er ist ein geiler alter Bock, aber er kann nichts machen, weil er im Rollstuhl sitzt.« Clancy lächelte. »Er würde dir gefallen, er ist wie du.«

Ich sagte, ich hätte keinen Rollstuhl.

»Das habe ich auch nicht gemeint.«

»Wie alt ist er?«

»Dreiundsiebzig.«

»Was macht er?«

»Wenn das Wetter so ist wie jetzt, dann sitzt er mit seiner Pflegerin – sie im Bikini – draußen im Obstgarten. Sie bringt ihm die Drinks. Früher hat er ein bißchen gemalt – Aquarelle –, bevor er krank wurde.«

Ich lag auf dem Bauch, und Clancy streichelte die Rückseite meiner Beine. Ich konnte mir mich im Rollstuhl nicht vorstellen.

»Wie krank ist er? Ist es schlimm?«

»Ziemlich. Es sind die Winter. Es wird dort kalt. Das Haus ist in keinem so tollen Zustand, mußt du wissen.« Mir wurde klar, daß Clancy von ihm sprach wie von einem zukünftigen Zuhause. »Im letzten Winter wäre er beinahe gestorben.«

Ich stellte mir Clancys Onkel vor, wie er mit seiner verführerischen Pflegerin draußen im Obstgarten saß und vielleicht seinen letzten Sommer genoß.

Ich fragte: »Glaubst du, er ist glücklich?«

»Ich glaube, er ist jetzt glücklicher – seit meine Tante tot ist –, als er es je gewesen ist. Aber schließlich ist er krank.«

Wenn Clancy vom Reden über Suffolk genug hatte, stellte sie Fragen über Gauguin. Ich sagte, daß er ein französischer Börsenmakler gewesen sei, der seinen Beruf aufgegeben habe, um Maler zu werden. Er habe seine Frau und seine Familie verlassen und sei nach Tahiti gegangen, wo er mit einer Eingeborenen zusammengelebt und seine größten Bilder gemalt habe und in Armut an Syphilis gestorben sei.

Eines Tages blieb Clancy bei einem ihrer Ausflüge zum Postamt lange weg. Ich machte mir Sorgen. Ich dachte, die Spione ihrer Eltern hätten sie nun endlich doch geschnappt. Aber dann kam sie schwitzend wieder, mit dem Geld, einer Tragetasche voller Lebensmittel und einem klumpigen, in Packpapier gewickelten Paket. »Hier«, sagte sie, küßte mich und zog sich die Bluse aus. »Für dich.« In dem Paket waren sechs Dosen mit verschiedenen wasserlöslichen Farben und ein Dreiersatz Pinsel.

»Du solltest Maler werden«, sagte Clancy. Und nach einer kurzen Pause: »… oder Dichter.«

»Aber du hättest das nicht kaufen sollen. Wir brauchen das Geld.«

»Es ist mein Geld.«

»Aber … ich kann doch gar nicht malen. Ich habe seit meiner Kindheit nicht mehr gemalt.«

»Das macht nichts. Du hast ein Gefühl dafür. Das merke ich. Du solltest Künstler werden.«

Ich wollte Clancy erklären, daß ein oder zwei Künstler zu

bewundern noch nicht hieß, daß man ihre Fähigkeiten besaß.

»Aber worauf soll ich denn malen? Ich hab nichts, worauf ich malen könnte.«

Clancy trank in großen Schlucken einen Becher Wasser aus dem Hahn über der Spüle und wedelte mit der Hand. »Da ist das alles … und das alles.« Sie zeigte auf zwei der Wände, von denen die Tapete entweder bis auf den Putz abgerissen worden war oder sich von allein abgelöst hatte. »Du kannst das Abtropfbrett als Palette benutzen. Wenn du magst, kannst du mich malen.« Und sie zog sich ganz aus und sprang mit einem Satz auf das Bett – die Haare zurückgeworfen, ein Knie angezogen, einen Arm ausgestreckt.

Und so begann ich, die Wände unseres Zimmers zu bemalen. Meine anfänglichen Bedenken, was Clancys Einfall betraf, waren schnell vergessen, und an ihre Stelle trat Dankbarkeit. Ich glaube, die Vorstellung, die sich Clancy von mir machte, schmeichelte mir wirklich und rührte mich. Außerdem entsprach sie nur einem Bild, das ich mir im geheimen selbst von mir machte, nämlich dem Bild eines Künstlers, der in irgendeiner Dachstube Wunderwerke schuf.

Meiner Malerei mangelte es an Kunstfertigkeit, und ihre Gegenstände waren vorhersehbar – Palmen, Paradiesfrüchte, Lagunen, Eingeborenenmädchen in geblümten Sarongs, alles von Gauguin gestohlen. Aber ich wußte, was ich in Wirklichkeit malte, und Clancy wußte, was ich in Wirklichkeit malte und was es bedeutete. Jedes Eingeborenenmädchen sollte Clancy darstellen, und jedes, das muß gesagt werden, war ein bißchen weniger unbeholfen und plump als seine Vorgängerin, so daß ich hoffte, Clancy eines Tages wirklich in Farbe einfangen zu können. Die ganze erste Junihälfte hindurch bemalte ich eine der Wände, während Clancy an ihren Onkel schrieb, ihm meine großen Talente schilderte und sagte, wie wenige Menschen das Leben doch wirklich verstünden. Glücklich und beschäftigt zu sein kam mir einfach vor. Man suchte sich ein Dach über dem Kopf und liebte sich. Man mietete sich ein verwahrlostes Zimmer in Bermondsey und bemalte die Wand mit polynesischen Szenen. Clancys extravagantere Einfälle schienen nicht weiter wichtig zu sein. Einmal, als ich gerade meinen Pinsel auswusch, schlang sie die Arme um meinen Hals und sagte: »Ich habe heute einen Brief von meinem Onkel bekommen. Wenn wir nach Suffolk gehen, dann malst du dort und schreibst Gedichte, nicht wahr? Alle Maler haben da gemalt.« Ich gab darauf keine Antwort. Was das Dichtersein anbetraf, so kam ich über *Sonnets and Lyrics of the English Renaissance* nicht hinaus. Ich war mit den Dingen zufrieden, so wie sie waren.

Dann trat eine Veränderung ein. Nichts änderte sich grundsätzlich, aber eine Fülle von Kleinigkeiten, die uns vorher nie gestört hatten, machten uns auf einmal zu schaffen. Der Schmutz in unserem Zimmer und der Gestank im Haus, die wir bis dahin nicht beachtet hatten, weil wir so sehr miteinander beschäftigt gewesen waren, gingen uns plötzlich auf die Nerven. Das war seltsam, denn ausgerechnet als ich unsere kleine Bruchbude in ein Miniaturtahiti verwandelte, fingen wir an, den Dreck um uns herum wahrzunehmen. Vorher hatten wir unseren ganzen Müll – leere Konservendosen, Milchtüten und Kartoffelschalen – in alte Pappkartons geworfen, bis sie überquollen, und den Gestank und die Fliegenschwärme kaum bemerkt. Jetzt stritten wir uns, wer an der Reihe war, die Müllkartons zu den Mülltonnen runterzubringen. Auch daß wir unsere Kleider nicht wechseln konnten, empfanden wir als unangenehm, obwohl wir selten etwas anhatten. Vorher hatten wir unsere Sachen, weil es billiger war als im Waschsalon, in einer alten Zinkwanne gewaschen, die wir unter der Spüle gefunden hatten. Und wir selbst hatten uns auch so gewaschen. Einer saß – lachend – in der Wanne, während der andere Wasser über ihn goß. Jetzt sehnte sich Clancy nach einer Dusche und ordentlich gewaschener Wäsche. Irgendwie hörten wir auf, dasselbe zu denken und gleichzeitig dasselbe tun zu wollen – lieben, essen, schlafen, reden –, was früher bedeutet hatte, daß wir nie Entscheidungen zu treffen oder Zugeständnisse zu machen brauchten. Jetzt gab jede Kleinigkeit Anlaß zu einer Debatte. Wir fühlten uns plötzlich unsicher, hatten Angst, daß man uns finden und zu unseren Eltern, die wir verlassen hatten, zurückschleifen könnte, obwohl wir fast drei Monate lang Glück gehabt hatten. Und nachts machten uns die Geräusche im Haus, die Schritte und das Schimpfen auf der Treppe, nervös. Clancy fuhr dann hoch, die Arme schützend vor dem Körper – »Was ist los?! Was ist los?!« –, als ob gleich die Polizei oder ein irrer Killer zur Tür hereingestürzt käme.

Sogar den endlosen Sonnenschein, der solch ein Segen für uns gewesen war, bekamen wir allmählich über.

Für all das wußten wir zumindest einen unausgesprochenen Grund. Unser Geld ging zur Neige. Die Zahlen in Clancys Postsparbuch wurden kleiner und immer kleiner, und die Zeit war nicht mehr fern, wo wir uns Arbeit suchen müßten. Es war uns beiden von Anfang an klargewesen, daß dieser Fall früher oder später eintreten würde. Uns deprimierte daher nicht so sehr die Tatsache, daß wir arbeiten mußten, sondern der Gedanke daran, wie sehr sich unser Leben dadurch verändern würde. Wir hätten gerne geglaubt, daß wir arbeiten gehen und unsere einsame Insel trotzdem unversehrt erhalten könnten. Aber tief in unserem Inneren wußten wir, daß die Arbeit uns in Geschöpfe verwandeln würde, die arbeiten gingen, in Marionetten, denen nur noch ihr halbes Leben gehörte – und wir kamen dem zuvor, indem wir uns bereits verkrampften und uns einander entfremdeten. Vielleicht war das eine Art von Defätismus. Clancy begann die Stellenanzeigen in den Zeitungen zu studieren. Wir waren vorher sehr gut ohne Zeitungen ausgekommen. Es war ein Zeichen dafür, wie anders alles geworden war, daß ich sie eine Zeitlang beobachtete, wie sie mit den ausgebreiteten Seiten vor sich dasaß, bevor ich sie unnötigerweise fragte: »Was machst du?«

»Ich suche Arbeit. Oder was glaubst du?«

»Wenn hier jemand arbeiten geht, dann bin ich das«, sagte ich und tippte mir mit einem Finger auf die Brust.

Clancy schüttelte den Kopf. »Nein«, sagte sie und beleckte einen Finger, um die Seite umzudrehen, »du mußt deine Malerei vervollkommnen. Du darfst jetzt nicht aufgeben.«

Sie meinte das wirklich ernst.

»Du wirst nicht gehen und arbeiten, während ich hier rummache«, sagte ich und fand mich furchtbar aufgeblasen.

Und dann hatten wir Krach miteinander (Clancy warf mir vor, ich verriete meine Ideale) – mit dem Ergebnis, daß wir am nächsten Montag beide auf Arbeitssuche gingen, uns gemein vorkamen und uns demoralisiert fühlten.

Es herrschte ein Mangel an Arbeit, besonders für Schulabgänger. Aber es war möglich, niedrige Gelegenheitsjobs zu finden, und mehr wollten wir gar nicht. Clancy bekam Arbeit als Kellnerin in einem Pizza-Restaurant in der Nähe des Elephant and Castle. Einmal ging ich hin und bestellte mir eine Tasse Kaffee. Sie trug einen lächerlichen weißen

Kittel und ein steifes weißes Häubchen mit einem schwarzen Streifen, und ihr Haar war hochgesteckt wie bei einer Krankenschwester. An den Wänden des Restaurants befanden sich Wandgemälde mit pseudoitalienischen Motiven, die schlimmer waren als meine Pseudogauguins. Clancy stand an der Ausgabe, und ich sah sie an und stellte mir vor, wie sie in der Sonne auf dem Bett gelegen hatte und in Suffolk in dem schlammigen Fluß geschwommen war und wie sie »Male mich« gesagt hatte. Es war so deprimierend, daß wir uns, als sie mir meinen Kaffee brachte, mit »Hallo« begrüßten, als kennten wir uns nur flüchtig.

Ich bekam einen Job in einer Fabrik, die Rasenmäher herstellte. Teile von Rasenmähern bewegten sich auf ihren Transportschalen an einem vorbei, und man mußte mit einer Vorrichtung, die wie ein Bohrer an einem Kabel aussah, die Schrauben anziehen. Das war alles, was man den ganzen Tag lang machte. Man wurde davon völlig blöd im Kopf.

Drei oder vier Wochen vergingen. Müde und schweigsam kamen wir nach der Arbeit nach Hause und verbrachten den Abend damit, uns auf die Nerven zu gehen. Wir hatten geglaubt, wir könnten unsere Arbeit hinter uns lassen und zu unserem eigentlichen Leben zurückkehren. Aber so war es nicht. Wir brachten unsere Arbeit mit nach Hause, so wie wir den Schweiß des Tages in unserer klebrigen Kleidung mitbrachten. Clancy servierte immer noch schaumigen Kaffee, ich zog immer noch Schrauben an. Clancy ließ sich aufs Bett fallen, und ich starrte aus dem Fenster. Die Arbeit kam mir wie ein Prozeß der Demütigung vor. Ich betrachtete die Schrotthaufen und die Abrißstellen, die wir früher einmal hatten ignorieren können, ja, die wir sogar in eine Landschaft der Glückseligkeit verwandelt hatten. Ich dachte: Wir waren entkommen, inmitten von alldem hier waren wir entkommen. Aber jetzt zogen sich die Hochhäuser und Abrißstellen um uns zusammen. Ich bemühte mich, heiter zu bleiben. Ich las Gedichte aus dem Buch vor und erklärte Clancy, wie ich meine Wandmalerei zu Ende bringen würde. Aber sie hörte nicht zu. Mein künstlerisches Talent schien ihr inzwischen egal zu sein. Das einzige, was sie noch zu interessieren schien, waren die Briefe ihres Onkels, und wenn einer kam, dann las sie ihn ganz langsam und träumerisch und zeigte ihn mir nicht. Es war, als versuchte sie, mich eifersüchtig zu machen.

Einmal, als ich in *Sonnets and Lyrics* blätterte, stieß ich auf ein Gedicht, das ich vorher nicht bemerkt hatte. »Hier«, sagte ich, »hör dir das mal an.«

Und ich las laut:

»O Suffolk-Eule, schmuck anzusehen,
Mit Federn wie eine Dame schön ...«

Ich dachte, es würde ihr gefallen.

Sie riß mir das Buch aus den Händen und schleuderte es quer durchs Zimmer. Es landete unter der Spüle neben der Zinkwanne. Es war ein gutes, stabiles Buch, und es gehörte mir noch nicht einmal. Ich sah, wie sich die Seiten vom Buchrücken lösten.

»Das ist Scheiße! Die Gedichte in diesem Buch sind alle Scheiße! Gekünstelte, affektierte Scheiße!«

Sie sagte das so gehässig, daß ich ihr sofort glaubte. Ein ganzes Freudenreservoir war auf der Stelle vergiftet.

»Wie diese Bilder«, sagte sie, indem sie aufstand und darauf zeigte. »Die sind auch Scheiße. Sentimentale, unechte, epigonenhafte Scheiße! Noch nicht mal gut gemalt sind sie!«

Und augenblicklich sah ich meine Mädchen aus Tahiti –

jede eine beabsichtigte Clancy – als das, was sie wirklich waren: plumpe Geschöpfe mit bleistiftdünnen Beinchen, ein Witz, wie die Zeichnungen eines Vierjährigen.

»Scheiße, Scheiße! Alles Scheiße!«

Dann fing sie an zu weinen und schob mich weg, als ich versuchte, sie zu trösten.

Es war die zweite Julihälfte. Alles lief jetzt schlecht. Und dann, um dem Ganzen die Krone aufzusetzen, hatte ich einen Unfall mit einem Topf voll kochendem Wasser und verbrühte mich ganz böse.

Der Unfall war völlig unnötig und dumm. Das Bord, auf dem unser Gaskocher stand, war bloß eine wacklige Angelegenheit, von Regalträgern gehalten. Der Mörtel, in dem die Schrauben saßen, war weich und krümelig, und wir wußten, daß die Gefahr bestand, daß das Bord nachgab. Ich hatte schon tausendmal gesagt, ich würde es in Ordnung bringen. Eines Tages machten wir Kedgeree. Clancy hatte das Wasser für den Reis aufgesetzt, und ich bückte mich, um etwas über dem Abfallkarton auszukratzen, der links unterhalb des Kochers stand. Plötzlich sagte Clancy: »Paß auf!« Ein großes Stück Putz war von der Wand gefallen, und der linke Regalträger hing nur noch an den äußersten Spitzen der Schrauben. Anstatt das einzig Richtige zu tun und zur Seite zu springen, versuchte ich, das Bord festzuhalten. In diesem Augenblick fiel der Träger von der Wand, und der kochende Inhalt des Topfes ergoß sich über meine Hände.

Ich vollführte eine Art Tanz durch das Zimmer. Clancy schrie mir zu, ich solle meine Hände unter den Wasserhahn halten. »Kaltes Wasser! Das ist das beste!« sagte sie und versuchte, ruhig zu bleiben. Aber obwohl ich wußte, daß sie völlig recht hatte, wollte ich es zuerst nicht. Ich wollte brüllen und fluchen und Clancy ignorieren und ihr Angst einjagen. Es war irgendwie die Rache dafür, daß sie meine Malerei verhöhnt hatte.

»Scheiße! Scheiße!« rief ich, wedelte mit den Händen und hüpfte umher.

»Wasserhahn!« sagte Clancy.

»Verfluchter Mist!«

Die Schmerzen waren schlimm, aber sie waren nichts im Vergleich zu den Schmerzen, die ungefähr eine Stunde später einsetzten und stundenlang anhielten. Da saß ich bereits rittlings auf einem Stuhl vor dem Spülbecken, hielt die Arme in kaltes Wasser und meine Stirn gegen den Rand des Spülbeckens gepreßt, während Clancy immer wieder Wasser nachlaufen ließ, das nach einiger Zeit zu dampfen anfing, und mir die Oberarme benetzte. Es waren nicht nur die Schmerzen, obwohl sie schlimm genug waren. Ich fing auch an zu zittern, und mir wurde schlecht. Clancy legte mir eine Decke um die Schultern. Gleichzeitig dachten wir beide im stillen, daß ich vielleicht eine ernste Verbrühung hatte, die ärztlich behandelt werden müßte. Das versetzte uns in Angst und Bestürzung. Es war nicht bloß die Befürchtung, daß uns ein Gang ins Krankenhaus der Gefahr der Entdekkung aussetzte – wir sorgten uns bereits, daß unsere Jobs das taten. Vielmehr war der Besuch eines Arztes so etwas wie ein Eingeständnis unserer Hilflosigkeit. Bisher hatten wir alles, was wir getan hatten, selbständig getan, weil wir es so gewollt hatten, und so schwierig auch alles geworden war, so hatten wir doch niemals das Gefühl gehabt, daß wir nicht alleine hätten durchkommen können.

»Ich habe Angst«, sagte Clancy.

»Ist schon gut. Ich schaff's schon«, sagte ich und hielt mein Gesicht gegen das nasse Emaille der Spüle gepreßt. »Ich gehe zu keinem Arzt.«

Clancy befeuchtete meine Arme.

»Ich habe das mit deiner Malerei nicht so gemeint. Wirklich nicht. Und ich wollte auch dein Buch nicht an die Wand schmeißen. Ich war einfach bloß deprimiert.«

Den größten Teil der Nacht saßen wir so, ich über die Spüle gebeugt und Clancy mir die Arme benetzend. Ich hatte zu große Schmerzen, um schlafen zu können. Immer, wenn ich die Hände aus dem Wasser nahm, war es, als würden sie zum zweitenmal verbrüht. Clancy versuchte, Tröstendes zu sagen, und zuweilen drückte sie meine Schulter. Wir hörten den hin- und herratternden Zügen und den seltsamen Geräuschen im Haus zu. Erst gegen vier Uhr morgens versuchten wir, zu Bett zu gehen. Clancy füllte die Zinkwanne zur Hälfte mit Wasser und stellte sie neben das Bett, so daß ich auf einer Seite liegen und meine Arme ins Wasser hängen lassen konnte. Schlafen konnte ich allerdings nicht. Clancy legte einen Arm um mich und kuschelte sich an mich. Ich spürte, wie sie sehr schnell einschlief. Ich dachte: Trotz meiner Schmerzen, trotz unserer lausigen Jobs, trotz alledem sind wir jetzt glücklicher und uns näher, als wir es seit einer Reihe von Wochen gewesen sind.

Am Morgen hatte ich riesige, schillernde Blasen an den Händen. Meine Finger waren weitgehend unversehrt geblieben, aber die Handflächen, Handgelenke und Handrükken waren in einem scheußlichen Zustand. Die Schmerzen hatten nachgelassen, aber bei der geringsten Berührung oder dem Versuch, meine Handgelenke zu bewegen, kamen sie sofort wieder. Clancy stand auf, ging in die Apotheke und kehrte mit verschiedenen Mitteln in Tuben und Flaschen zurück, darunter auch eine dicke, schleimige Creme von wachsgelber Farbe. Sie rief ihr Pizza-Restaurant an und erfand irgendeine Ausrede, warum sie nicht kommen konnte. Es war nämlich so, daß ich, obwohl ich meine Finger bewegen konnte, nicht meine mit Blasen bedeckte Hand zu schließen vermochte und Clancy mich füttern und im wahrsten Sinne meine Hände ersetzen mußte. Ich wußte, daß es bei Verbrennungen wichtig war, die verletzte Stelle vor Infektionen zu schützen und die Haut sich erneuern zu lassen, indem man sie der Luft aussetzt. Also saßen wir zwei Tage lang da, mieden die direkte Sonne, und ich hielt die Hände vor uns in die Luft wie zwei grausige Ausstellungsstücke und wartete darauf, daß die Blasen schrumpften. Es war alles so wie am Anfang, als wir zusammen durchgebrannt waren und unser Zimmer gefunden hatten.

»Werden Narben zurückbleiben?« fragte Clancy.

»Wahrscheinlich«, sagte ich.

»Mir macht das nichts.«

»Gut.«

»Es könnte schlimmere Stellen geben.«

Selbst als Clancy am vierten Tag wieder arbeiten ging (ich bestand darauf, ich konnte inzwischen mit Mühe einen Löffel halten und hatte Angst, sie könnte ihren Job verlieren, wenn sie noch länger wegblieb), waren die Abende irgendwie etwas Besonderes. Sie waren nicht wie die trübseligen, gereizten Abende der letzten Zeit. Clancy kam nach der Arbeit nach Hause und interessierte sich nur für meine Hände. Wir redeten über sie und machten ein großes Aufheben von ihnen, als wären sie etwas Drittes, das uns verband. Es war, als hätten wir ein Kind. Als sie langsam besser wurden, fingen wir an, böse, geschmacklose Witze über sie zu machen:

»Wenn die Blasen aufplatzen, dann spritzt der Eiter im ganzen Zimmer herum.«

»Die Hände werden schrumpfen, bis sie ganz weg sind.«

»Sie werden vergammeln und verrotten, und man wird sie abschneiden müssen. Dann bist du ein Krüppel, und ich werde aufhören, dich zu lieben.«

Ich dachte: Wenn meine Hände besser sind, wenn ich keine Hilfe mehr brauche – dann wird dieses Glück vergehen.

Aber obwohl mir die Hände nach einer Woche nicht mehr so weh taten, dauerte es noch eine ganze Weile, über drei Wochen, bis die Haut abgeheilt war und hart wurde. Während dieser Zeit saß ich den ganzen Tag untätig im Zimmer und stellte Abend für Abend fest, wie sich Clancys Stimmung immer mehr verdüsterte und wie sie wieder müde und unwillig wurde. Sie bemerkte das selbst und versuchte, dagegen anzugehen. Einmal kam sie und brachte wieder ein in Packpapier eingewickeltes Päckchen mit. Es war ein Buch – *Liebeslyrik des 17. Jahrhunderts*. Sie war in ihrer Mittagspause extra losgegangen, um es zu besorgen.

»Es kann kein allzugroßes Vergnügen sein, hier den ganzen Tag allein rumzusitzen.«

Das Bett stand jetzt immer am Fenster, und ich saß gegen das metallene Kopfteil gelehnt und sah hinaus wie ein Sterbender auf seiner Veranda, der noch einen letzten Blick auf die Welt wirft. Ich dachte – zwischen Bruchstücken von Herrick und Crashaw – über vieles nach während dieser langen, heißen Tage. Dachte an die Rasenmäherfabrik – jemand anders hatte inzwischen bestimmt meinen Platz eingenommen, und vielleicht wußte niemand, daß ich überhaupt je dagewesen war. Dachte an meine Eltern und an Clancys Eltern – ob sie sich wirklich Sorgen um uns machten oder ob sie uns vergessen hatten. An Gauguin, wie er auf Tahiti gestorben war. Und ich dachte an Clancys Onkel. Clancy hatte seit einer Weile keinen Brief mehr von ihm gekriegt (sonst war ungefähr jede Woche einer gekommen), und sie machte sich Sorgen. Ich stellte ihn mir vor, wie er dasaß, genau wie ich auch, in seinem Rollstuhl in der Sonne, ein Krüppel wie ich. Ich fragte mich, ob er wirklich so begeistert von Clancy und unserem Durchbrennen war, oder ob es einfach die törichte, romantische Vorstellung eines müden, leicht bekloppten alten Mannes war, der sich nicht bewegen konnte. Vielleicht log er und täuschte um Clancys willen die Begeisterung nur vor, weil er in Wirklichkeit viel zu krank und erschöpft und ihm alles egal war. Ich dachte an das Geld, das er angeblich hatte. Ich glaubte nicht daran. Das Geld von Leuten mit herrschaftlichen Häusern auf dem Land stellt sich immer als nicht vorhanden heraus. Oder es wird von Schulden und Erbschaftssteuern aufgefressen. Auf alle Fälle bedrückte mich das Geld. Je mehr ich darüber nachdachte, desto mißtrauischer und skeptischer wurde ich. Ich stellte fest, daß ich mir die Mauer um den Obstgarten oder den Fluß mit dem Bootssteg nicht vorstellen konnte. Ich hatte auf einmal sogar den Verdacht, daß Clancys Onkel und sein Haus gar nicht existierten, daß sie eine Erfindung Clancys waren, als Ansporn – so wie Clancys Vater sich einbildete, daß er der Aristokratie entstamme.

Ich las in dem Buch, das Clancy mir gekauft hatte – Lovelace, Suckling, der Earl von Rochester –, aber ich konnte mich nicht konzentrieren. Ich wurde reizbar und mißmutig. Meine Hände mußte ich in eine Plastiktüte stekken, denn sonst kamen die Fliegen angesummt und ließen sich auf meiner rissigen, blasenbedeckten Hand nieder. Jedesmal, wenn ich umblättern wollte, mußte ich die Hände herausnehmen, die Fliegen verscheuchen und durfte dann nur meine Fingerspitzen benutzen. Wenn ich meine Stellung verändern wollte, mußte ich das tun, ohne meine Hände zu

Hilfe zu nehmen. Einfache Dinge wurden zu komplizierten Kunststücken. Ich saß da und bedachte das Absurde meiner Lage: Auf einem Bett festgenagelt, die Hände in einer Plastiktüte, von einem Gemälde, an dem weiterzuarbeiten ich nicht imstande war, erst teilweise umgeben (es war immer noch viel Wand übrig), las ich zum Getöse der Bulldozer Lovelace. Und von da kam ich auf noch ganz andere Absurditäten. Was taten wir hier in einer abbruchreifen Mietskaserne in Bermondsey? Was würde aus uns werden?

»Paß doch auf! Jetzt hat sich der Schutzumschlag in der Sonne gewellt!«

Clancy war hereingekommen. Sie hatte ihr müdes Kellnerinnengesicht.

»Ich weiß«, sagte ich. »Tut mir leid.«

Ich beobachtete die Schule gegenüber, das Kommen und Gehen der Kinder morgens und nachmittags und wie sie in den Pausen auf den Hof strömten. Die Sommerferien waren nicht mehr fern, und dann würde die Schule für immer geschlossen werden und die Abbruchkolonne anrükken. Durch eins der hohen Fenster, uns genau gegenüber, aber ein bißchen tiefer gelegen, konnte ich den Lehrer an der Tafel stehen sehen, aber wegen der Position des Fensters nicht die sitzenden Schüler. Es sah aus, als wären seine Worte und Gesten an niemanden gerichtet. Ich sah ihm zu, wie er versuchte, mit seinem unsichtbaren Publikum zu kommunizieren, wie er mit den Armen herumfuchtelte und die Stimme erhob, und er tat mir leid. Ich mußte bei seinem Anblick an Mr. Boyle denken, der eben jetzt Sidney und Spenser dem fünften Jahr darbot, dessen Schüler sich viel mehr für Rod Stewart und Charlton Athletic interessierten. Es schien eine Ewigkeit herzusein, daß ich die Schule verlassen hatte, obwohl es erst vor einem Jahr gewesen war. Ich dachte an alle meine alten Schulkameraden und fragte mich, was sie jetzt wohl machten und ob sie Jobs hatten oder nicht. Ich dachte an Eddy. Er hatte mich gewissermaßen verstoßen, als ich anfing, mich für Gedichte zu interessieren. Ob es wohl Einheiten der Royal Artillery in Nordirland gab, und ob Eddy jetzt in der Falls Road in einem Panzerwagen saß und an Mr. Boyle dachte?

In der dritten Juliwoche schloß die Schule, und der Pausenlärm hörte auf. Fast augenblicklich fuhren mehrere Lastwagen der Stadt vor und holten die Einrichtung ab. Ein Teil der Küchengeräte wurde ausgebaut und ein paar alte Klapptische im Hof gestapelt. Dann fuhren die Lastwagen wieder weg und ließen die Schule wie ein dem Untergang geweihtes Fort inmitten des sie belagernden Abrißgeländes zurück. Ich fragte mich, ob es die Kinder, die in diese Schule gegangen waren, kümmerte, daß sie dem Erdboden gleichgemacht werden würde. Manchmal sah ich einige von ihnen, wie sie auf den Abrißgrundstücken spielten, in den Abfallhaufen rumwühlten, irgend etwas in Brand steckten und von den Arbeitern weggejagt wurden.

Eines Tages dann, ungefähr zwei Wochen nachdem die Schule zugemacht hatte, tauchten auf dem Schulhof zwei Jungs auf. Sie wanderten umher, besahen sich den Haufen Tische und spähten durch die vergitterten Fenster im Erdgeschoß. Ich konnte mir nicht erklären, wie sie da hineingekommen waren. Dann sah ich den Kopf eines dritten und eines vierten Jungen über der Schulhofmauer auftauchen, hinten links in der Ecke, wo sie an das Schulgebäude stieß. Der Maschendraht auf der Mauer schien dort locker zu sein, so daß man ihn hochziehen und sich unter ihm durchzwängen konnte, und obwohl die Mauer gut und gern drei Meter hoch war, konnte sich ein Elfjähriger dank der in der

Ecke aufgestapelten Tische dort durchaus herunterlassen. In kürzester Zeit lungerten fünf Jungs in speckigen Jeans und T-Shirts auf dem Schulhof herum.

Ihr erster Impuls war, alles genauestens zu durchsuchen. Ich beobachtete sie, wie sie versuchten, sich durch die große Tür zum Schulhof Eingang ins Schulgebäude zu verschaffen. Als ihnen das nicht gelang, sammelten sie ein paar alte Rohrstücke auf, die die städtischen Arbeiter zurückgelassen hatten, stießen mit ihnen durch die Fenstergitter und begannen, die Scheiben kaputtzumachen. Mit denselben Rohrstücken hackten sie Asphaltklumpen aus dem Schulhofbelag und schleuderten sie nach den oberen Fenstern. Der Krach, den sie machten, ging im allgemeinen Lärm unter. Einer von ihnen kletterte auf das Dach eines der beiden an die Schulmauer anstoßenden Toilettenhäuschen und versuchte mit Hilfe eines Abflußrohrs die Fenster des ersten Stocks zu erreichen – kletterte jedoch wieder herunter, als ihm klar wurde, daß er von der Straße aus zu sehen sein würde. Dann machten sie sich daran, die Toiletten selbst auseinanderzunehmen – primitive kleine provisorische Konstruktionen aus dünnen Fertigteilen mit Asbestdächern.

Ich fragte mich, ob das wohl dieselben Jungs waren, die in unser Haus hier einbrachen und das herumliegende Papier auf den Treppen anzündeten. Sie kamen am nächsten Tag und am Tag danach und auch am nächsten Tag wieder. Es erschien mir seltsam, daß sie überhaupt zur Schule zurückkehrten – wie entlassene Gefangene, die freiwillig ins Gefängnis zurückgingen. Sie nahmen die Toiletten völlig auseinander, so daß die Spülkästen, die Kloschüsseln und die rostig verfärbten Urinale sichtbar wurden, die sie dann zum Gegenstand skatologischer Exzesse machten. Sie fingen an, Tische von dem Stapel in der Ecke zu Kleinholz zu zerschlagen. Eines Tages sah ich, wie sie mit etwas Weichem und Dunklem, das sie auf dem Asphalt entdeckt hatten, herumwarfen. Sie schleuderten es sich gegenseitig ins Gesicht und lachten. Ich erkannte, daß es eine Taube war, eine rußfarbene Londoner Taube, die vor ganz kurzer Zeit auf den Schulhof geflattert sein mußte, um zu sterben. Die Jungs hörten nicht auf, sie einander zuzuwerfen, bis einer von ihnen sie am Flügel aufhob und so heftig mit ihr zum Wurf ausholte, daß der Flügel abriß. Alle lachten. Er machte dasselbe mit dem anderen Flügel. Dann fingen sie ein irrwitziges, brüllendes, richtungsloses Fußballspiel an, traten den Körper der Taube über den Hof und gegen die Mauern. Der dunkle Klumpen von einem Vogel nahm eine tiefpurpurrote Farbe an. Das Spiel endete, als einer der Jungs den Vogel unabsichtlich über die Mauer kickte. Keiner schien daran interessiert zu sein, ihn wiederzuholen.

Das war am dritten Nachmittag. Nach dem Spiel mit der Taube wurden sie lustlos und lethargisch. Sie saßen oder lagen auf dem aufgehackten Asphalt herum, pulten gelegentlich Stücke heraus und warfen sie ziellos irgendwohin. Die Sonne brannte herab. So tatenlos und demoralisiert sahen sie jetzt innerhalb der hohen Mauern wie richtige Gefangene aus. Ich dachte: Sie haben genug, jetzt werden sie gehen. Ihr alter Schulhof ist für sie nicht mehr von Interesse.

Aber sie gingen nicht. Sie tauchten am nächsten Morgen wieder auf. Es war, als hätten sie während der Nacht einen Entschluß gefaßt. Sie erschienen mit einer Spitzhacke, einer Schaufel und einer Gabel mit langem Stiel. Vielleicht hatten sie die Geräte von einer der Baustellen gestohlen. Sie gingen damit in die vordere rechte Ecke des Hofes und besprachen etwas, schauten dabei auf den Boden und zogen mit den Füßen imaginäre Linien. Dann ergriff einer von ihnen die

Spitzhacke und begann, zunächst ziemlich ungeschickt, auf den Asphalt einzuhacken. Ich konnte das alles trotz meines hochgelegenen Aussichtspunktes nur mit Mühe erkennen, denn die Mauer verdeckte sie zum Teil. Aber es war offensichtlich, daß sie ein Loch gruben. Wenn einer von ihnen einige Minuten lang mit der Spitzhacke gearbeitet hatte, löste ihn ein anderer ab, und in Abständen kratzte einer von ihnen den herausgeschlagenen Asphalt und die Erde mit der Schaufel heraus. Die, die gerade nichts zu tun hatten, saßen herum und sahen schweigend und aufmerksam zu.

Mir war nicht klar, was das alles zu bedeuten hatte. Bis zum Mittag hatten sie ein so tiefes Loch gegraben, daß sie darin bis zu den Schultern verschwanden, und auf dem Asphalt türmte sich ein beachtlicher Erdhaufen. Zwei von ihnen gingen fort und kehrten kurze Zeit später mit weiteren Geräten zurück – Maurerkellen, Grabgabeln, einem Eimer. Ganz plötzlich verstand ich. Sie gruben einen Tunnel. Das Loch war vielleicht zwei bis zweieinhalb Meter von der rechten Mauer entfernt. Wenn sie sich auf sie zugruben und auf der anderen Seite ungefähr noch einmal so weit von ihr weg, dann würden sie in dem kleinen Rasendreieck mit der einsamen Bank herauskommen, das jetzt fast gänzlich plattgetrampelt oder in der Sonne vertrocknet war.

Ich beobachtete sie den ganzen Nachmittag und den nächsten Vormittag bei der Arbeit. Es kam der knifflige Augenblick, wo sie die Richtung ändern und sich horizontal auf die Mauer zuarbeiten mußten. Warum taten sie das bloß? War es ein Spiel? Hatten sie den Schulhof in ihrer Vorstellung in ein Gefangenenlager oder dergleichen verwandelt, das von bewaffneten Posten mit Hunden bewacht wurde? Aber für ein Spiel war ihr Vorhaben doch viel zu anstrengend. Wenn es allerdings kein Spiel war, dann war es absurd: Sie versuchten, von einem Ort zu fliehen, den sie freiwillig aufgesucht hatten und jederzeit verlassen konnten. Plötzlich wünschte ich ihnen, daß sie es schafften.

»Sieh mal, Clancy ...« sagte ich. Clancy war von der Arbeit zurückgekommen. Sie hatte einen Joghurt mitgebracht. Sie setzte sich hin, riß die Metallfolie ab und fing wortlos an zu essen. »... ein Tunnel.«

Clancy blickte aus dem Fenster. »Was für ein Tunnel?« Alles, was sie sehen konnte, war ein Erdhaufen auf dem Schulhof.

Sie neigte das Gesicht wieder über den Joghurt.

»Ein Tunnel. Die Jungs graben auf dem Schulhof einen Tunnel.«

»So was Blödes.«

Ich erklärte es ihr nicht. Wir sprachen jetzt abends nicht mehr viel miteinander. Es war irgendwie mühsam.

Mehrere Tage lang beobachtete ich die Jungs beim Graben. Ich vergaß meine Hände, meine Gereiztheit, meine Nutzlosigkeit. Von dort, wo ich saß, konnte ich das Ziel ihrer Anstrengungen sehen – den Rasenfleck rechts von der Mauer –, was sie nicht konnten. Ich überblickte ihre Mühen wie ein Gott. Aber es gab vieles, was ich nicht sehen konnte. Ich konnte nicht sehen, wie weit der Tunnel fortgeschritten war. Alles, was ich sehen konnte, waren die wachsenden Erdhaufen und wie alle paar Minuten ein erdverschmierter Junge nach Luft schnappend aus dem Eingangsloch hervorkam und ein anderer seinen Platz einnahm. Ich fing an, Angst um sie zu haben. Konnte die ganze Geschichte nicht einstürzen? Hatten sie tief genug gegraben, um unter dem Fundament der Mauer durchzukommen? Wie brachten sie es fertig, zu atmen und die Erde beim Graben rauszuschaffen? Aber hin und wieder erblickte ich etwas, was mich beruhigte: Holzteile – Bruchstücke von Tischen und den abgerissenen Toilettenhäuschen –, die zum Abstützen benutzt wurden, Schlauchstücke, eine Taschenlampe, an Schnüren befestigte Plastiktüten. Über dem geschätzten Tunnelverlauf zeichneten sie mit Kreide einen breiten Streifen auf den Asphalt, auf dem eindeutig niemand stehen durfte. Ihr Einfallsreichtum und ihre Entschlossenheit schlugen mich in ihren Bann. Mir fiel die Taube ein, mit der sie auf dem Hof Fußball gespielt hatten. Aber es gab noch genug anderes, was ihren Plan vereiteln konnte und mir deshalb Sorgen bereitete. Vielleicht stießen sie auf eine Gasleitung und mußten aufhören. Vielleicht gaben sie einfach vor Erschöpfung auf. Und wenn sie alle diese Schwierigkeiten meisterten, konnten dann nicht die Männer von der Stadt oder die der Abrißfirma eintreffen, ehe sie fertig waren? Je mehr ich über all das nachdachte, desto realer erschien mir ihre Flucht. Es schien mir, als hätten sich alle möglichen Kräfte gegen sie verschworen und als gäbe es eine Gegenkraft in den Jungen selbst.

Ich wollte mir nicht vorstellen, daß sie scheitern konnten.

Ich sagte zu Clancy: »Meine Hände werden bald wieder besser sein.«

»Ach, wirklich? Das ist schön.«

»Es hätte schlimmer kommen können. Stell dir vor, was alles an Schlimmerem hätte passieren können.«

»Ganz recht – man muß es positiv sehen.«

Wir waren jetzt weit voneinander fortgerückt, jeder mit sich selbst beschäftigt. Clancy schuftete die ganze Zeit im Pizza-Restaurant oder grübelte über ihren Onkel und seine ausbleibenden Briefe nach, und ich war die ganze Zeit von dem Tunnel besessen.

Es war bald Mitte August. Die Sonne schien unaufhörlich. In der Abendzeitung, die Clancy manchmal mitbrachte, war von Dürre und Wassermangel die Rede. Die Leute beklagten sich über das schöne Wetter. Sie hätten sich genauso beklagt, wenn der Sommer verregnet gewesen wäre. Auf dem kleinen dreieckigen Rasenstück neben der Schule hatte das dünne Gras die Farbe von Stroh angenommen, und die Erde war hart und zeigte Risse. Ich behielt die Stelle jetzt ununterbrochen im Auge. Ich rechnete damit, daß die Tunnelbauer jeden Augenblick nach oben durchstechen konnten. Wie es aussah, waren die Grabenden in der Schulhofecke aufgeregt. Je näher der Augenblick kam, desto mehr übertrieb ich die Gefahr einer Entdeckung, und ich versuchte, die Männer von der Stadt mit der Kraft meines Willens dazu zu bringen, daß sie noch einen Tag warteten. Ich stellte mir vor, wie schwierig es war, von Erde umschlossen nach oben gegen die harte, von der Sonne zu Stein getrocknete Oberfläche zu graben.

Und dann, eines Nachmittags, geschah es. Es kam mir merkwürdig vor, daß es einfach so passierte, ohne Fanfaren und ohne Ankündigung. Nur etwa anderthalb Meter von der Außenseite der Mauer entfernt hob sich plötzlich die rissige Erde wie ein Deckel. Eine Kelle stieß in die Luft und eine Hand, und dann, nach einem Weilchen, in dem der Erddeckel schwankte und zerkrümelte, kam inmitten einer Staubwolke ein Kopf zum Vorschein. Auf seinem Gesicht lag ein Ausdruck stiller Freude, als erblickten seine Augen das Licht einer neuen Welt. Der Kopf lag eine Weile keuchend und lächelnd auf dem Boden, als hätte er keinen Körper. Dann stieß er einen Schrei des Triumphes aus. Ich sah zu, wie der Kopf Schultern und Arme herauszog und danach einen Körper und wie dann die vier auf der anderen

Seite der Mauer einer nach dem andern in dem Loch verschwanden und auf dem Rasendreieck, sich herauskämpfend, wiederauftauchten. Niemand schien sie zu sehen – der Verkehr strömte achtlos vorbei, die Bulldozer heulten und knurrten. Es war, als wären sie verwandelt worden und jetzt unsichtbar. Sie klopften sich ab und schüttelten sich – wie Bergsteiger auf einem Gipfel – die Hand. Und dann liefen sie einfach davon – die angrenzende Nebenstraße hinunter, an den mit Brettern vernagelten Geschäften und den leeren Reihenhäusern vorbei, von oben bis unten voller Erde, sich immer wieder umfassend und die Fäuste ekstatisch in die Luft reckend.

Ungefähr eine Stunde später kam Clancy nach Hause.

»Clancy«, sagte ich, »Clancy, ich muß dir etwas sagen …«

Aber sie wedelte mit einem Briefumschlag, einem langen, weißen Umschlag mit schwarzer Schrift. In ihrem Gesicht arbeitete es seltsam, als ob sie entweder erfreut oder bestürzt wäre.

»Sieh mal«, sagte sie.

»Clancy, Clancy …«

»Sieh dir das an.«

Sie nahm den Brief aus dem Umschlag und legte ihn vor mich hin. Der Briefkopf trug die Adresse eines Anwaltsbüros in Ipswich. Der Brief begann mit »Beileid« und erwähnte das »traurige Dahinscheiden« ihres Onkels, als wäre dies etwas, von dem Clancy bereits Kenntnis haben müßte, und ging dann zu den »speziellen und vertraulichen Anweisungen unseres verstorbenen Klienten« über. Es drehte sich, kurz gesagt, darum, daß Clancys Onkel tot war und Clancy den größeren Teil seines Geldes und seines Besitzes hinterlassen hatte, mit der Maßgabe, daß das Erbe bis zu ihrem einundzwanzigsten Geburtstag treuhänderisch verwaltet wurde. Es fanden sich unbestimmte, vorsichtige Aussagen über den genauen Umfang der Hinterlassenschaft und der Hinweis auf »ausstehende Forderungen«, aber es wurde um ein baldmöglichstes Treffen mit Clancy gebeten.

»Na ... was sagst du?«

»Es tut mir leid.«

»Es tut dir leid?«

»Das mit deinem Onkel tut mir leid.«

Wir sahen uns wortlos an. Ich wußte nicht, was ich sonst sagen sollte. Ich nahm Clancys Hand in meine halbverheilte, schorfige Hand.

Ich sagte: »Clancy, morgen ist dein freier Tag. Laß uns weggehen. Laß uns weggehen und mit dem Zug irgendwohin aufs Land fahren und reden.«

Hotel

An dem Tag, an dem ich aus dem Krankenhaus entlassen wurde, wanderte ich lange in den Straßen umher. Die Menschen sahen sehr mit sich selbst beschäftigt aus und voller Selbstmitleid. Ich stellte fest, daß es kaum einen gab, der nicht irgendein Anzeichen von Anspannung, von Angst oder Sorge zeigte. Und ich schien ihnen irgendwie überlegen zu sein, als wären sie Zwergmenschen und ich wäre größer als sie, überragte sie und hätte die bessere Sicht. Und gelegentlich, nur hin und wieder, schien es noch den einen oder anderen zu geben, der größer und klarsichtiger war, der aussah, als wäre er imstande, all die anderen unter seine Fittiche zu nehmen, wenn sie es so wollten, sie zu leiten und sie zu trösten.

Am nächsten Tag ging ich dann, wie versprochen, zurück, um mich von Dr. Azim zu verabschieden, der am Tag meiner Entlassung weggerufen worden war. Ich sagte zu ihm: »Ich möchte Ihnen sagen, wie dankbar ich Ihnen bin für das, was Sie getan haben. Und ich möchte Ihnen sagen, wie sehr ich Ihre Arbeit und Ihre Mitarbeiter bewundere.« Er lächelte und sah geschmeichelt aus. Ich fuhr in meiner Abschiedsrede fort. »Ich begreife jetzt, welchen Fehler ich gemacht habe. Es ist völlig klar. Man muß zu denen gehören, die sich um andere kümmern, anstatt zu denen, um die sich andere kümmern. So einfach ist das.« Dann sagte ich: »Ich bin hier glücklich gewesen.« Und Dr. Azim strahlte und schüttelte mir die Hand, als ich ging. Und da wußte ich, daß ich eines Tages eine ähnlich gastliche und beschützende Rolle übernehmen mußte, wie es die seine war.

Ich hatte über drei Monate in dem Krankenhaus verbracht, nachdem man mich kurz nach dem Tod meiner Mutter dort eingewiesen hatte. Die Polizei hatte mich auf der Straße festgenommen, weil ich Sachen gebrüllt und die Passanten erschreckt hatte. Man glaubte, ich wäre betrunken oder stünde unter irgendwelchen Drogen. Aber als man feststellte, daß keins von beidem der Fall war, brachte man mich zu Dr. Azim und seinen Kollegen.

Es ist schon merkwürdig, daß mich gerade die Polizei im Krankenhaus abgeliefert hatte, denn am Anfang schien vieles von dem, was man meine »Therapie« nannte, einer polizeilichen Ermittlung zu ähneln. So als wäre ich ein Verdächtiger und sollte, um allen Zeit und Mühe zu ersparen, unbedingt ein Geständnis ablegen. Die Ärzte führten kleine Fragespiele mit mir durch, die Verhören glichen, und wenn ich nicht die richtige Antwort wußte, seufzten sie enttäuscht, pumpten mich mit Beruhigungsmitteln voll und warteten auf die nächste Sitzung. Ich fragte mich allen Ernstes, ob sie von einem gewissen Zeitpunkt an zu härteren, rauheren Methoden greifen würden.

Deshalb war es eine Erleichterung für mich wie auch für sie, als ich sagte: »Die Sache ist nämlich die … ich wollte meine Mutter umbringen.«

Ich glaube, in gewisser Hinsicht veränderte sich dadurch nichts. Dadurch, daß ich es bloß aussprach. Aber meine Ärzte schien es zu freuen, und sie begannen, sich intensiv mit mir zu beschäftigen. Und von dem Tag an veränderte sich unser Verhältnis zueinander. Sie wurden freundlicher, sie fingen an, mich sozusagen ins Vertrauen zu ziehen. Und jener Tag war es auch, von dem an ich sie bewunderte.

Nur eines schien sie zu enttäuschen, nämlich daß ich ihnen keine zufriedenstellende Antwort auf ihre nächste Frage gab: »Warum wollten Sie sie umbringen? Haben Sie sie nicht geliebt?«

Es war der zweite Teil der Frage, der mich aufbrachte. Meine erste Regung war, mit Wut zu reagieren. Ich hatte meine Mutter sehr geliebt. Aber ich erkannte, wie mich das in die Enge treiben würde. Also erzählte ich ihnen, wie meine Mutter und ich uns umeinander hatten kümmern müssen, nachdem uns mein Vater vor drei Jahren verlassen hatte. Wie wir alles im allem glücklich gewesen waren – und ich sogar ganz froh, daß Vater weg war, aber das erzählte ich ihnen nicht. Als ich jedoch ein wenig älter wurde, bekam ich dieses Gefühl, es ist schwer zu erklären, dieses Gefühl, daß meine Mutter mir etwas tun wollte. Ich bekam Angst vor ihr und wurde wütend auf sie, und dann, als diese Gefühle immer schlimmer wurden, begann ich zu wünschen, sie wäre tot. Und dann starb sie tatsächlich. Sie wurde auf der High Street von einem Auto angefahren, das, wie man mir sagte, gar nicht mal schnell gewesen war. Aber sie starb. Ich mußte ins Krankenhaus gehen, um sie zu identifizieren.

Dann sagten meine Ärzte: »Aber wenn Sie Angst vor Ihrer Mutter hatten, wenn Sie glaubten, sie wolle Ihnen etwas tun, warum haben Sie sie dann nicht verlassen?« Darauf antwortete ich nichts. Wenn dieser Punkt erreicht war, war es Zeit für eine meiner Spritzen.

Ich habe ihnen also nie genau erzählt, warum ich Mutter umbringen wollte, aber das, was ich ihnen erzählte, hat ihnen vielleicht genug Stoff geliefert, denn, wie ich schon sagte, unser Verhältnis zueinander wurde besser. Oft sprachen wir über mein »Problem«, als redeten wir über irgendeine dritte Person, die nicht anwesend war. Meine Anfälle, bei denen ich herumbrabbelte oder -schrie, hörten auf, ebenso die Perioden untröstlichen Weinens um meine tote Mutter. Dr. Azim, der meinen Fall übernommen hatte, sagte mir, daß ich Fortschritte mache. Und ich pflichtete ihm bei.

Einmal sagte ich zu Dr. Azim: »Läuft es also darauf hinaus? Man hat mich hier reingesteckt ... die Leute halten mich für verrückt ... weil ich meine Mutter umbringen wollte?«

Dr. Azim lächelte, und sein Gesichtsausdruck ließ darauf schließen, daß diese Sicht der Dinge naiv war.

»Nein, nicht der Wunsch, Ihre Mutter umzubringen, hat Sie hierhergebracht. Vielmehr Ihre mit diesem Wunsch verbundenen Schuldgefühle.«

Ich fragte: »Heißt das also, daß man seinem Wunsch nachgeben sollte? Wäre das die Antwort?«

Wieder lächelte er. Er hatte ein aufmunterndes Lächeln.

»Ganz so einfach ist es nicht. Es gibt Wünsche und Wünsche ...«

Dann folgten fünf oder sechs Wochen (eine Zeit, die ich immer noch zu den schönsten meines Lebens zähle), in denen von mir, da meine Therapie im wesentlichen abgeschlossen war, nur verlangt wurde, daß ich mich langsam erholte wie ein ganz normaler Rekonvaleszent. Es war Sommer, und ich verbrachte einen großen Teil der Zeit damit, in den Parkanlagen des Krankenhauses zu sitzen, die anderen Patienten zu beobachten, mich mit Dr. Azim zu unterhalten und über dieses Problem der Schuld und der geheimen Wünsche nachzudenken.

Mir scheint, daß es auf dieser Erde kaum jemanden geben kann, der nicht ein gewisses Maß an Schuld mit sich herumträgt. Und diese Schuld ist immer das Zeichen irgendeines verbotenen Glücks. In der Schuld eines jeden verbirgt sich irgendwo auch Freude, und in dem unglücklichen, schuldbewußten Gesicht eines jeden verbirgt sich Glück. Vielleicht ist das unabänderlich. Und doch muß es jemanden geben, der versucht, unsere Schuld zu verstehen, anstatt sie uns vorzuhalten, es muß einen Ort geben, wohin wir gehen können, wo wir unsere geheimen Wünsche aussprechen können und wo unsere verbotenen Träume Verständnis finden. In einem Wort, es muß Fürsorge geben.

Und dann empfand ich es als Privileg, hier an diesem Ort zu sein, und war sehr stolz, Dr. Azim und seine Kollegen kennengelernt zu haben. Und ich hatte das Gefühl, das vielleicht jeder Insasse auf dem Weg der Besserung erlebt, das Gefühl, ein geehrter Gast zu sein, der sich glücklich schätzen kann. Vielleicht war es also bereits damals und vor jenem ersten Spaziergang außerhalb des Krankenhauses, daß der ehrgeizige Wunsch in mir keimte, der mich eines Tages zum Hotelbesitzer machen würde.

Aber glauben Sie nicht, daß ich mit einem ausgearbeiteten Plan aus dem Krankenhaus spazierte, einem Plan für etwas, das zu jenem Zeitpunkt natürlich völlig jenseits meiner Möglichkeiten lag. Meine Anstrengungen reiften langsam. Viele Jahre lang betrieb ich ein kleines Restaurant – ich hatte es von dem Geld gekauft, das mir Mutter hinterlassen hatte –, ein Restaurant wie unzählige andere. Ich legte Wert darauf, meine Kunden kennenzulernen, ihnen das Gefühl zu geben, daß sie mit mir reden konnten und ich zuhören würde, und einige von ihnen wußten das auch zu schätzen, während andere Anstoß daran nahmen und nicht wiederkamen.

Und glauben Sie auch nicht, daß zwischen dem Tag, an dem ich das Krankenhaus verließ, und dem Tag, an dem ich mein Hotel eröffnete, nicht viel Zeit verstrichen und viel Leben gelebt worden wäre. Ich heiratete. Meine Frau half mir im Restaurant und steckte sogar ihr Geld hinein. Es stimmt schon, unsere Ehe war kein Erfolg. Ich war nicht glücklich. Aber ich hatte gelernt, Unglück mit Gleichmut zu begegnen. Meine Frau Carol sagte oft zu mir, daß ich sie wie ein Kind behandele, gönnerhaft, und mit ihr redete, als wäre sie ein dummes Gänschen. Das Merkwürdige war, daß es mir genau umgekehrt vorkam.

Als wir uns scheiden ließen, beschloß ich, nicht wieder zu heiraten. Ich kaufte ein anderes Restaurant in einem besseren Vorort, eins mit darübergelegenen Räumen, so daß man es als Pension nutzen konnte. Lange Zeit – bis es anfing, sich zu rentieren – führte ich es praktisch ohne Hilfe, was harte Arbeit war. Aber ich war gut darin. Ich hatte entdeckt, daß ich ein natürliches Talent für diese Art von Tätigkeit hatte, fürs Kochen, Bettenmachen, Wäschewaschen – ich hatte das alles während jener Jahre mit Mutter gelernt. Ich glaube nicht, daß ich jemals einsam war, so ohne Frau. Man ist niemals einsam, wenn man ein Restaurant oder eine Pension hat und sich um Leute kümmern muß. Nach einiger Zeit konnte ich mir ein paar feste Angestellte leisten, und das machte es mir möglich, gelegentlich einen halben Tag freizunehmen – um das Grab meiner Mutter zu besuchen oder bei Dr. Azim vorbeizuschauen, obwohl ich zu meinem Kummer erfuhr, daß er auf Grund seiner schlechten Gesundheit aufgehört hatte zu praktizieren und sein Aufenthaltsort unbekannt war.

So vergingen viele Jahre, langweilige, wenn auch arbeitsame Jahre, wie es schien. Aber ich spürte immer, daß ich nur wartete, nur die Zeit herumbrachte. Mein ehrgeiziger Wunsch, ein Hotel zu besitzen, nahm allmählich feste Form an. Und ich wußte, es würde der Tag kommen, wo mir dieser lange Zeitraum – alles in allem über dreißig Jahre – zwischen meiner Entlassung aus dem Krankenhaus und dem Besitz meines Hotels unwesentlich vorkommen würde, wie eine Vorbereitungszeit, nur wie eine Reise zwischen zwei Orten.

Denn sehen Sie – falls das noch nicht klargeworden ist –, mein Gedanke, ein Hotel aufzumachen, bedeutete nicht einfach die Krönung einer Karriere im Gaststättengewerbe, die nächste Stufe nach einem kleinen Vorortrestaurant und einer popeligen Pension. Ihm lag eine echte Idee zugrunde. Ich war nicht daran interessiert, einfach nur Unterkunft und Verpflegung bereitzustellen, obwohl ich das, weiß der Himmel, konnte. Ich wollte ein Hotel, das wie mein altes Krankenhaus sein würde, nur ohne die Anschläge vom Gesundheitsamt am Schwarzen Brett. Ein Hotel – der Glückseligkeit.

Und schließlich, nachdem ich gewartet, gespart und gesucht hatte, fand ich es: ein Haus mit zwölf Zimmern in einer Stadt im Südwesten, an einem Fluß gelegen. Den vorhergehenden Besitzern hatte es wohl an Phantasie gefehlt, und sie schienen seine Möglichkeiten nicht erkannt zu haben. Innerhalb von fünf Jahren hatte ich es in eine Zufluchtsstätte verwandelt, zu der die Menschen sommers und winters kamen, um dort ihren, wie ich es nannte, »Heilaufenthalt« zu nehmen – und viele Gäste waren von diesem Ausdruck angetan. Ich glaube, das Hotel verdankte einen Teil seiner Attraktivität dem Vorhandensein von Wasser, und das soll keine falsche Bescheidenheit sein. Vom Restaurant blickte man über den Rasen mit seinen weißlackierten Stühlen und Tischen bis zum Fluß hinunter, und es gab kein Zimmer im ganzen Haus, in dem man nicht das sanfte Rauschen eines in der Nähe befindlichen Wehrs hören konnte. Die Menschen sind gerne am Wasser. Es vermittelt ihnen das Gefühl, gereinigt, geläutert zu werden.

Aber es gibt viele kleine, an Flüssen gelegene Hotels in freundlichen Städtchen auf dem Land, und all das alleine erklärt noch nicht den besonderen Charme, den mein Hotel hatte. Daß es einen besonderen Charme hatte, möchte ich nämlich immer noch gern glauben. Ich möchte gern glauben, daß die Leute, wenn sie mein Hotel betraten, augenblicklich spürten, daß sie in der Obhut eines Mannes waren, dem ihr Wohl am Herzen lag. Irgendwie wußte ich, daß es »da draußen«, in dem Leben, aus dem sie kamen, alles mögliche gab – alles mögliche an Schuld –, was sie nur ungern zugeben würden und dem sie hier zu entfliehen suchten. Und irgendwie wußten sie, daß ich das wußte und daß ich es verstand und niemanden tadelte oder verdammte. Und ich bot ihnen eine Woche oder vierzehn Tage der Befreiung. Wenn ich mit ihnen sprach (denn ich versuchte immer, meine Gäste zum Reden zu bringen), dann lachten sie manchmal über Sachen, über die sie vorher, da bin ich sicher, geweint oder die zu erwähnen sie nicht gewagt hätten, und diese Atmosphäre der Offenheit, der Amnestie, war Teil der Kur.

Natürlich gibt es immer welche, die nicht reden und nichts von sich preisgeben möchten. Aber Gesichter verraten viel. In meinem Hotel lächelten die Leute immer, selbst wenn sie bei der Ankunft müde und reserviert aussahen. Und wenn das alles als Beweis noch nicht ausreicht, dann brauche ich nur die Reihe der Gäste aufzuzählen, die immer wieder in mein Hotel kamen, manchmal mehrmals in einem Jahr, oder die Erklärungen jener zu zitieren, die mir persönlich schrieben, um mir zu sagen, wie gut es ihnen bei mir gefallen hatte. Viele dieser Leute, das sage ich gern, besaßen Geld und Einfluß. Aber das ist nicht so wichtig. Wichtig ist, daß sie mir dankbar waren, daß sie mir die Treue hielten, daß sie zu schätzen wußten, was ich tat.

Und ich darf nicht versäumen, jene besondere Kategorie von Gästen zu erwähnen, deren ich mich immer mit besonderem Zartgefühl angenommen habe und für die mein Hotel sogar zum Schauplatz ihrer Schuld – und ihres Glükkes – wurde. Ich meine die Paare – die Liebespaare –, die auftauchten, ohne reserviert zu haben, oder die sich erst kurz vorher anmeldeten und sich, wenn nicht als Mr. und Mrs. Smith, dann als Mr. und Mrs. Jones oder Mr. und Mrs. Kilroy eintrugen. Nicht einen Augenblick lang gab ich ihnen das Gefühl, unwillkommen zu sein. Statt dessen ließ ich sie auf jede mögliche subtile Weise wissen, daß ich sie durchschaute, aber ihr Versteckspiel duldete, ja segnete. So daß es, wenn ich ihnen den Weg zu ihrem Zimmer zeigte, war, als sagte ich zu ihnen: »Geht nur – tut, was ihr euch so sehnlich wünscht, genießt euer verbotenes Glück!« Und ich hoffe, daß sie in meinen Hotelzimmern, beim Klang des leise rauschenden Wehrs, tatsächlich ihr geheimes Glück gefunden haben.

Meine anderen Gäste – ich meine die ehrbaren verheirateten oder ledigen Gäste – fanden die Anwesenheit dieser sich unerlaubt Liebenden (falls sie sie denn entdeckten) nicht schockierend. Ganz im Gegenteil. Sie taten entweder so, als bemerkten sie sie nicht, oder sie drückten mit einer Art nachempfundenem Vergnügen ein Auge zu – manchmal im wahrsten Sinne des Wortes. So als ob sie erleichtert wären, so als ob sie das, was da vielleicht direkt im Nebenzimmer vor sich ging, irgendwie entlastete. Und der Grund dafür ist, daß wir alle schuldig sind.

Sehen Sie, mein Hotel hatte nichts Spießiges oder Hochnäsiges, wie so viele Hotels auf dem Land. In meinem Hotel wurde alles verziehen.

Und so ging es viele Jahre lang. Meine Gäste saßen im Restaurant oder an den weißen Tischen unter den Sonnenschirmen. Sie sahen den vorbeitanzenden Wellen des Flusses zu, sie dinierten, sie machten Ausflüge oder gingen angeln, sie kauften in der Stadt Antiquitäten, sie lächelten und wußten, daß man sie aufmerksam umsorgte, und sie schrieben Briefe, um mir zu danken und zu sagen, daß sie wiederkommen würden.

Bis sich eines Tages ein Paar einquartierte, das anders war als die übrigen. Nicht offensichtlich und auf den ersten Blick anders – der Mann in den Vierzigern, das Mädchen stark geschminkt und sehr viel jünger, vielleicht noch keine zwanzig, was ihren Wunsch nach einem Zimmer verständlich machte. Aber das unterschied sie noch nicht von all den anderen Paaren mit der gleichen Absicht. Was mir auffiel, war, daß ihr Gesichtsausdruck, verglichen mit dem der meisten Gäste, wenn sie die Hotelhalle zum erstenmal betraten, ganz ungewöhnlich reserviert war, ganz ungewöhnlich angespannt und von Stirnrunzeln geprägt. Ich sagte zu mir selbst: Diese Gesichter werden morgen lächeln. Und ich führte die beiden zu Zimmer Nr. 11.

Aber sie lächelten keineswegs, und ihr Gesichtsausdruck wurde nicht heiterer. Das war das erste, was mir Sorgen machte. Und ihre Melancholie fiel um so mehr auf, als sie den anderen Gästen bewußt aus dem Weg gingen, sich immer wieder lange in ihr Zimmer zurückzogen und ihre Mahlzeiten zu den ruhigsten Zeiten an abgelegenen Tischen einnahmen.

Ich dachte: Was kann ich für sie tun? Wie kann ich helfen?

Und dann, an ihrem dritten Morgen, als sie in einem nahezu verlassenen Speisesaal frühstückten, nahm mich eins meiner Zimmermädchen, das gerade seinen Vormittagskaffee trank, an der Bar beiseite und sagte: »Sehen Sie sich das Mädchen mal genau an.«

Dies hatte mit Umsicht zu geschehen, teilweise mit Hilfe der Spiegel hinter der Bar, aber auf Grund meiner eigenen Beobachtungen glaubte ich bereits zu wissen, worauf das Zimmermädchen hinauswollte, und deshalb sagte ich, schulterzuckend und mit einem Anflug von Tadel für ihre Neugier, leise zu ihr: »Sie ist sehr viel jünger, als sie auszusehen versucht.«

»Sie kann kaum sechzehn sein. Sehen Sie mal genauer hin – und schauen Sie sich ihn ebenfalls an.«

Ich sah also genauer hin. Und als ich nichts sagte, meinte das Zimmermädchen: »Ich wette zehn zu eins, daß dieser Mann der Vater dieses Mädchens ist.«

Ich weiß nicht, warum ich es nicht gesehen – oder geglaubt – hatte, wo ich doch soviel Zeit darauf verwandte, die Gesichter meiner Gäste zu beobachten. Ich weiß nicht, warum ich auf die Worte meines Zimmermädchens »Unsinn!« erwiderte. Und ich weiß nicht, warum ich mich von diesem Augenblick an in meinem eigenen Hotel bedroht und unwohl fühlte. Zimmermädchen sind tolerante, großzügig denkende Frauen (in ihrem Beruf müssen sie das sein), aber im Blick jenes Zimmermädchens lag von da an ein Vorwurf, so als käme ich irgendwie einer Pflicht nicht nach, und wenn ich nicht etwas unternähme, würde sie selbst für Recht und Ordnung sorgen.

Und es waren nicht bloß die Zimmermädchen und andere meiner Angestellten. Es waren auch die Gäste. Es mußte Gerede gegeben haben. Sie warfen mir auf einmal forschende, zweifelnde Blicke zu, so als erwarteten sie ebenfalls, daß ich etwas täte. Aber ich sah es immer noch nicht. Alles, was ich sah, waren diese beiden, deren Gesichter in meinem Hotel der Glückseligkeit so todunglücklich, so untröstlich aussahen. Ich hätte so gern mit ihnen gesprochen, sie aus der Reserve gelockt, aber irgendwie fehlte mir diesmal das richtige Geschick, und es war mir bewußt, daß ich, wenn ich tatsächlich freundlich mit ihnen spräche, alle anderen gegen mich aufbringen würde. Ich betrachtete ihre Gesichter, die nie lächelten, und bemerkte dabei lange nicht, daß die Gesichter meiner anderen Gäste allmählich ihr Lächeln verloren.

Denn das war der Fall. Es war, als breitete sich eine ansteckende Krankheit aus. Das Lächeln hatte sich in einen vorwurfsvollen Gesichtsausdruck verwandelt. Aber ich sah es immer noch nicht. Eines Morgens kamen die Russells, ein Ehepaar, das viele Male bei mir gewohnt und diesmal noch für vier weitere Tage gebucht hatte, mit ihren Koffern die Treppe herunter und verlangten ihre Rechnung. Als ich sie fragte, ob etwas nicht in Ordnung sei, sahen sie mich ungläubig an. Und die Abreise der Russells war offensichtlich für andere ein Signal. Eine Familie mit kleinen Kindern reiste ab; Major Curtis, der immer zum Angeln kam, reiste ab. Sie murmelten etwas von »verderbt« und »die Polizei benachrichtigen« vor sich hin. Ein anderes Ehepaar verkündete: »Entweder die verlassen das Hotel oder wir.«

Und da wurde es mir klar. Diese Leute, die ich mit soviel Aufmerksamkeit umsorgte, brauchten überhaupt keine Fürsorge. Diese Leute, die mit schuldbewußten Gesichtern hier eintrafen, damit ihnen ihre Schuld vergeben und ihr finsteres Gesicht in ein lächelndes verwandelt würde – diese Leute waren überhaupt nicht schuldbeladen. Sie brauchten gar kein Glück. Es waren bloß Leute, die die Landluft genossen, das gute Essen und ein paar Tage Ferien vom Ich. Deswegen lächelten sie. Und als Zugabe waren unter ihnen noch ein paar Wochenend-Ehebrecher – Chefs mit ihren Sekretärinnen, Ehemänner, die sich fern von ihren Frauen amüsierten. Ich hatte soviel für sie getan – und jetzt ließen sie mich im Stich.

In diesem Augenblick hörte ich auf, mir um das Paar in Zimmer Nr. 11 Sorgen zu machen. Ich war wütend auf das Paar. Natürlich sah ich es – ich hatte es die ganze Zeit gesehen. Dieses Paar in Zimmer Nr. 11, das waren Vater und Tochter, daran bestand überhaupt kein Zweifel, und sie waren in mein Hotel gekommen, um ein Bett miteinander zu teilen, und sie trieben alle meine Gäste – meine mir so lieben Gäste – aus dem Haus. Ich mußte die beiden vor die Tür setzen.

Das Hotelpersonal, von dem einige offensichtlich bereit gewesen waren, ebenfalls zu gehen, sammelte sich um mich, jetzt, wo alle sahen, daß ich im Begriff stand zu handeln. Es war der Morgen des fünften Tages, den das Paar in meinem Hotel zubrachte. Ich würde mit dem Mann sprechen müssen, mit ihm als dem – Verantwortlichen. Das Zimmermädchen hatte mir erzählt, daß das Mädchen jeden Morgen, bevor die beiden zum Frühstück herunterkamen (niemals vor halb zehn), in dem Badezimmer auf dem Gang (leider hatten nicht alle meine Zimmer ein eigenes Bad) badete, während der Mann im Zimmer blieb. Das war also die beste Zeit, um ihm gegenüberzutreten.

Gegen neun Uhr ließ mich das Zimmermädchen wissen, daß das Badezimmer besetzt war und Wasser eingelassen wurde. Ich war mir nicht sicher, was ich sagen würde. Ich hatte mir ein paar Eröffnungssätze zurechtgelegt wie »Sie müssen das Hotel auf der Stelle verlassen – ich glaube, Sie wissen warum!« oder »Sie müssen das Hotel auf der Stelle verlassen – sehen Sie denn nicht, daß Sie mir das Geschäft ruinieren?« – aber danach wurde alles, was ich meinte sagen zu müssen, undeutlich und böse. Ich ging die Treppe hinauf zur Nr. 11. Ich wollte gerade laut anklopfen, aber unter den gegebenen Umständen verzichtete ich auf korrektes Verhalten und öffnete einfach die Tür.

Ich hatte natürlich damit gerechnet, den Mann anzutreffen. Aber an jenem Morgen hatten sie offensichtlich ihr übliches Muster durchbrochen, denn ich fand das Mädchen vor. Die Tochter. Sie saß in einem weißen Nachthemd mit kleinen rosa Blümchen an der Frisierkommode. Sie war ohne ihr dickes Make-up, vielleicht wollte sie es gerade auftragen. Sie wirkte dort ganz fehl am Platz, wie ein Kind an einem Flügel. Denn sehen Sie, sie war allerhöchstens fünfzehn Jahre alt. Einen winzigen Augenblick lang mußte sie gedacht haben, ich sei ihr Vater, denn als sie aufsah, war mir, als glitte plötzlich eine Wolke über ein vollkommen klares und friedliches Gesicht – so als hätte ich sie für den Bruchteil einer Sekunde ohne den gewohnten Ausdruck seelischer Belastung sehen können, den ihr Gesicht in den öffentlichen Räumen des Hotels trug. Ich schwieg, denn ich konnte nichts sagen. Ich blickte in dieses Gesicht. Ich hatte noch nie ein Gesicht gesehen, aus dem ein solches Schuldgefühl, solch eine entsetzliche Angst sprach. Aber es schien mir, daß ich ganz in der Tiefe dieses Gesichts, tief unter seiner verzweifelten Oberfläche, Glück sah. Es war wie das Schimmern stillen Wassers am Grunde eines dunklen Brunnens, wie eine wunderschöne, lange versunkene Erinnerung. Nur ganz kurz dachte ich: Ich könnte dem Mädchen die Hände um den Hals legen und es erwürgen. Ein Fenster stand offen, und ich hörte das Wehr.

Dann ging ich hinunter in mein Büro, machte die Tür zu und weinte.

Die Hoffmeier-Antilope

Onkel Walter hatte seine eigene Theorie über den Wert von Zoos. Er pflegte zu sagen, wobei er uns alle vom Kopfende des Tisches her musterte: »Zoos sollten uns demütig machen. Wenn wir sie besuchen, sollten wir, die wir doch bloß Menschen, bloß evolutionäre Emporkömmlinge sind, darüber nachdenken, daß wir nie die Geschwindigkeit des Geparden besitzen werden, nie die Kraft des Bären, die Grazie der Gazelle oder die Gewandtheit des Gibbons. Zoos dämpfen unseren Stolz, sie zeigen uns unsere Unzulänglichkeiten ...«

Wenn er einmal bei seinem Lieblingsthema gelandet war, kannte er keine Gnade und behandelte es in aller Ausführlichkeit. Freudig zählte er die Tugenden von einem Tier nach dem anderen auf, so daß ich, ein frühreifer Knabe, der das Abitur machte und für den Zoos – in gewisser Hinsicht – Orte ausgesprochener Vulgarität waren, wo man Elefanten mit Eispapieren quälte und kopulierende Affen anfeixte, nicht widerstehen konnte und seine hingerissenen Schilderungen mit einem einzigen Wort unterbrach: »Käfige«.

Onkel Walter ließ sich nicht entmutigen. Er setzte seine Ansprache fort, hielt mit dem Refrain »zeigen uns unsere Unzulänglichkeiten« inne, was uns Zeit gab, wieder den Zitronen-Baiser-Kuchen und die Rosinenkekse seiner Frau in uns reinzuschlingen, und lehnte sich zurück, als wäre seinen Worten nichts entgegenzusetzen.

Mein Onkel war, soweit ich wußte, kein religiöser Mann, aber manchmal nahm sein Gesicht nach einer dieser fast biblischen Predigten die gelassenen, linearen Züge eines byzantinischen Heiligen an. Man vergaß darüber für einen Augenblick den wirklichen Onkel – froschäugig, bleichhäutig, mit Nikotinflecken, ähnlich den Tintenflecken von Schuljungen, an den Fingern und Zähnen, mit einem Mund, der zum Zucken neigte und dazu, mehr Speichel zu produzieren, als er bei sich behalten konnte, und mit einer nicht genau bestimmbaren, allgemeinen Gehemmtheit, als ob die Form seiner Gesichtszüge ihn irgendwie einengte. Jedesmal, wenn wir ihn sonntags zum Tee besuchten, in jenem engen Vorderzimmer, das mit Büchern, Fotos, Urkunden und dem einen oder anderen ausgestopften Insektenfresser angefüllt war wie ein viktorianischer Salon, in dem sich regelmäßig Enthusiasten trafen, hämmerte er uns unweigerlich die moralischen Vorzüge von Zoos ein. Wenn er dann endlich fertig war und daranging, sich seine Pfeife anzustecken, stand seine Frau (meine Tante Mary), ein kleines, schüchternes, aber nicht unattraktives Wesen, verlegen auf und begann, die Teller abzuräumen.

Er wohnte in Finchley und war zweiter Wärter in einem der Säugetierhäuser des Zoos. Seine aufopfernde Arbeit brachte es mit sich, daß er sein Haus zu jeder Tages- und Nachtzeit verließ, um in eine völlig andere Welt einzutauchen. Nach fünfundzwanzig Ehejahren behandelte er seine Frau wie etwas, von dem er immer noch nicht genau wußte, wie er damit umgehen sollte.

Wir lebten auf dem Land, nicht weit von Norwich. Vielleicht fühlte ich mich verpflichtet, weil ich fand, ich sei der Natur näher als Onkel Walter, über dieses Kunstprodukt Zoo zu spotten. In der Nähe unseres Hauses waren ein paar Wälder, Überreste einer ehemaligen königlichen Jagd, in denen man manchmal Damwild in freier Wildbahn erblicken konnte. Eines Tages dann, ich war noch ein Junge, verschwand es. Ungefähr alle sechs Wochen fuhren wir nach London, um meine Großeltern zu besuchen, die in Highgate wohnten. Und immer wurde das Wochenende mit einem Besuch bei meinem Onkel abgerundet, der uns für gewöhnlich im Zoo erwartete und dann zum Tee mit nach Hause nahm.

Ich verachtete London aus dem gleichen Grund, aus dem ich Zoos verachtete, und blieb meinem ländlichen Erbe treu. Ja, ich mochte Tiere – und konnte nicht leugnen, daß mein Onkel viel über sie wußte. Gleichzeitig entwikkelte ich Interessen, die mich wohl kaum auf dem Land festhalten würden. Ich wollte Mathematik studieren.

An einem jener Sonntage, an denen wir Onkel Walters Gäste waren, machte er uns mit den Hoffmeier-Antilopen bekannt. Der Zoo besaß ein Paar dieser seltenen und zerbrechlich wirkenden Tiere, und es hatte gerade zu dieser Zeit zur großen Freude des Personals (ganz besonders meines Onkels) Nachkommenschaft produziert – ein einziges, weibliches Junges. Bisher waren weder die erwachsenen Tiere noch das Junge zu besichtigen, aber wir wurden auf Grund einer Sondererlaubnis zugelassen.

Rotbraun waren sie, mit zweigdünnen Beinchen, und im ausgewachsenen Stadium nicht höher als fünfundvierzig Zentimeter. Mit dunklen, sanften Augen und zuckenden Flanken blickten diese zarten Geschöpfe zu uns auf, während Onkel Walter uns eindringlich mahnte, nicht zu nahe zu kommen und uns nur ganz vorsichtig zu bewegen. Das Junge, das zitternd bei seiner Mutter stand, war nicht größer und noch zarter als ein junger Hund. Sie gehörten, wie Onkel Walter uns sagte, zu einer von mehreren Arten winziger Antilopen, die in den dichten Wäldern West- und Zentralafrikas beheimatet sind. Diese besondere Spezies vor uns war als eine eigene Unterart erst in den späten vierziger Jahren entdeckt und registriert worden. Zwanzig Jahre später hatte man sie nach einer Bestandsaufnahme für in der freien Wildbahn ausgestorben erklärt.

Wir betrachteten diese gefangenen, melancholischen Überlebenden und waren geziemend bewegt.

»Nein, sind die nicht süß!« sagte meine Mutter mit – vielleicht – einem gewissen Mangel an Schicklichkeit.

»Hier, schau mal«, sagte Onkel Walter, der im Gehege kauerte, »diese winzigen Hörner, diese großen Augen ... nachtaktive Tiere natürlich ... diese Beine, nicht dicker, unterhalb des Gelenks, als mein Finger, aber imstande, an die drei Meter weit zu springen.«

Er wischte sich den Speichel aus dem Mundwinkel und sah mich herausfordernd an.

Der Grund, warum mein Onkel diesen Tieren so zugetan war, lag nicht nur in ihrer extremen Seltenheit, sondern darin, daß er ihren Entdecker und Namensgeber – Hoffmeier selbst – persönlich gekannt hatte.

Dieser Zoologe, ein gebürtiger Deutscher, hatte in Frankfurt gearbeitet und geforscht, bis er sich in den dreißiger Jahren gezwungen sah, nach London zu emigrieren. Wegen des Krieges hatte ein geplantes Expeditionsprogramm für den Kongo und Kamerun auf Eis gelegt werden müssen, aber 1948 war Hoffmeier nach Afrika gegangen und mit der außergewöhnlichen Nachricht von einer bis dahin noch unbekannten Zwergantilopenart zurückgekehrt. Nach seiner Emigration hatte er London zu seinem ständigen Wohnsitz gemacht und mit meinem Onkel, der ungefähr zeitgleich mit Hoffmeiers Eintreffen in England beim Zoo angefangen hatte, Freundschaft geschlossen. Das war damals keineswegs alltäglich, daß sich ein ernsthafter und begabter Zoologe mit einem enthusiastischen, aber nicht akademisch vorgebildeten Tierpfleger anfreundete.

In den darauffolgenden zehn Jahren hatte Hoffmeier noch drei weitere Reisen nach Afrika unternommen und die »Hoffmeier« und andere Arten von Waldantilopen eingehend studiert. Im Jahr 1960 dann hatte er in der Befürchtung, daß die ohnehin schon seltene Hoffmeier-Antilope, die von den örtlichen Jägern wegen ihres Fleisches und ihres Fells geschätzt wurde, in ein paar Jahren nicht mehr existieren würde, drei Paare mitgebracht, um sie in Europa in Gefangenschaft zu halten.

Das war die Zeit, in der sich im Kongo Schwarze und Europäer gnadenlos umbrachten. Hoffmeiers Anstrengungen, nicht nur seine eigene Haut, sondern auch die seiner sechs kostbaren Schützlinge zu retten, stellten eine zoologische Großtat sondergleichen dar. Zwei Paare gingen nach London, eins nach Frankfurt, Hoffmeiers altem Zoo vor der Machtübernahme der Nazis. Die Tiere stellten sich in Gefangenschaft als äußerst empfindlich heraus, aber es gelang, eine zweite, wenn leider auch kleinere Generation zu züchten. Die Geschichte dieses Erfolgs (in der mein Onkel auch eine Rolle spielte), wie zum Beispiel ein ununterbrochener und besorgter Austausch zwischen den Säugetierabteilungen in Frankfurt und London, war nicht weniger bemerkenswert als Hoffmeiers Heldentat im Kongo.

Aber die Antilopen hatten in Wirklichkeit nur eine geringe Überlebenschance. Vier Jahre nachdem uns Onkel Walter sein kleines Trio gezeigt hatte, waren von einer in Gefangenschaft gehaltenen Population von ursprünglich zehn nur noch drei übriggeblieben – das Weibchen, das wir als ein schier unglaubliches Junges gesehen hatten, und ein Paar in

Frankfurt. Dann, eines Winters, starb das Frankfurter Weibchen, und sein männlicher Partner, der selbst auch nicht sehr kräftig war und nichts vom dunklen Dschungel seiner Eltern wußte, wurde – hermetisch abgeschlossen und von tierärztlichen Experten begleitet – in größter Eile per Düsenflugzeug nach London gebracht.

Auf diese Weise wurde Onkel Walter der Hüter des letzten bekannten Paares von Hoffmeier-Antilopen und folglich trotz seiner niedrigen Stellung ein Mann von einiger Wichtigkeit und, wenn nicht im akademischen, so doch in einem praktischen Sinn, Hoffmeiers wahrer Erbe.

»Hoffmeier«, pflegte mein Onkel bei unseren sonntäglichen Teenachmittagen zu sagen, »Hoffmeier ... mein Freund Hoffmeier ...« Seine Frau sah dann auf und versuchte hastig, das Thema zu wechseln. Und mir schien, als sähe ich den schwachen Punkt dieses ohnehin nicht allzu starken Mannes.

Als ich nach meinem Examen nach London ging, sollte ich an die vier Monate (vielleicht wäre es exakter, »jene letzten vier Monate« zu sagen) bei ihm wohnen. Das war kurze Zeit nachdem meine Tante Mary nach einer plötzlichen Krankheit gestorben war. Ich hatte eine Stellung am North London Polytechnic bekommen, und bis ich mich eingewöhnt und eine Wohnung gefunden hatte, sollte Onkel Walters jetzt halbleeres Haus – so war es zwischen ihm und meiner Familie abgesprochen – auch mein Zuhause sein.

Ich hatte, als ich sein freundliches Angebot annahm, ein ungutes Gefühl. Onkel Walter hieß mich mit grämlicher Gastfreundschaft willkommen. Das Haus mit seinen geringfügigen Spuren von Weiblichkeit zwischen den Büchern und Zeitungsständern war durchtränkt von einer Anwesenheit, die nicht zu ersetzen war. Wir sprachen nie über meine Tante. Ich vermißte ihre Rosinenkekse und ihren Zitronen-Baiser-Kuchen. Mein Onkel, der seine einzigen kulinarischen Kenntnisse bei der Futterzubereitung für seine Huftiere erworben hatte, aß große Mengen von rohem und halbrohem Gemüse. Nachts konnte ich ihn von jenseits des Ganges, der unsere Zimmer trennte, in dem großen Doppelbett, das er einmal geteilt hatte, laut rülpsen und schnarchen hören, und wenn ich später wieder einmal aufwachte, hörte ich ihn feierlich im Schlaf murmeln – oder vielleicht auch nicht im Schlaf, denn er zeigte jetzt den versunkenen Ausdruck eines Menschen, der von einem unaufhörlichen inneren Dialog mit sich selbst in Anspruch genommen ist.

Einmal fand ich um drei Uhr morgens das Licht im Badezimmer brennen und hörte ihn drinnen weinen.

Onkel Walter verließ schon bevor ich aufwachte das Haus, um seinen Tag im Zoo zu beginnen, oder er hatte abends Spätschicht, so daß wir uns oft tagelang kaum sahen. Wenn doch, dann sprach er kalt und kurz mit mir, als ob er zu verbergen suchte, daß er bei etwas Unrechtem ertappt worden sei. Es gab jedoch auch Zeiten, wo unser Zusammentreffen glücklicher verlief, wo er seine Pfeife stopfte, sie dann anzuzünden vergaß und statt dessen in seiner pedantischen, dogmatischen, immer »engagierten« Art zu reden anfing, froh, daß er mich zum Debattieren hatte. Und es gab auch Zeiten, wo ich – da Onkel Walter mir eine Dauerfreikarte für den Zoo beschafft hatte – froh war, dem Verkehr, den verschwommenen Gesichtern einer Großstadt, die mir noch immer fremd war, entkommen und in eine noch fremdere, aber auf tröstliche Weise fremde Welt an den Ufern des Regent's Canal eintauchen zu können. Er empfing mich in seinem Arbeitsanzug und führte mich – als privilegierten Besucher, der spezielle Gummistiefel tragen mußte – in die für die Öffentlichkeit nicht zugängliche Zuchtstation, wo er mir die beiden traurig an den Betonwänden ihres Geheges schnuppernden zarten, scheuen, matt dreinblickenden Hoffmeier-Antilopen zeigte.

»Aber was heißt es«, bemerkte ich einmal zu Onkel Walter, »wenn man sagt, daß eine Art existiere, die noch niemand je gesehen hat?« Wir saßen in seinem Vorderzimmer und unterhielten uns über die mögliche Existenz noch nicht entdeckter Arten (wie die Hoffmeier-Antilope einmal eine gewesen war) und über im Gegensatz dazu nahezu ausgestorbene Arten und den Wert ihres Schutzes. »Wenn eine Art existiert, aber unbekannt ist ... ist das nicht dasselbe, als ob sie nicht existierte?«

Er sah mich argwöhnisch und ein wenig begriffsstutzig an. Tief in seinem Herzen schlummerte die schwache Hoffnung, daß irgendwo im afrikanischen Wald noch eine Hoffmeier-Antilope lebte.

»Wenn also«, fuhr ich fort, »etwas, von dessen Existenz man gewußt hatte, aufhört zu existieren, bekommt es dann nicht den gleichen Stellenwert wie etwas, das existiert, dessen Existenz jedoch unbekannt ist?«

Mein Onkel runzelte seine blasse Stirn und schob die Unterlippe vor. Zweimal wöchentlich hielt ich, um mir ein bißchen Geld dazuzuverdienen, an einem Institut für Erwachsenenbildung einen Abendkurs in Philosophie (wofür ich offiziell nicht qualifiziert war), und mir machte dieses Vexierspiel mit Realitäten Spaß. Ich hätte meinen Onkel soweit bringen können, daß er von der möglichen Existenz eines unentdeckbaren Dodos überzeugt gewesen wäre.

»Fakten«, erwiderte er und klopfte seine Pfeife aus, »wissenschaftliche Daten ... solide Forschungsarbeit ... wie die von Hoffmeier zum Beispiel« – in einem stoßweisen Telegrammstil, der Unbehagen verriet. Ich wußte, daß er im Grunde kein Wissenschaftler war. Zwar hatte er sich im Privatstudium soviel Wissen angeeignet, daß er als professioneller Zoologe durchgegangen wäre, aber der Beruf wäre nie etwas für ihn gewesen, denn er arbeitete lieber »mit« Tieren als »über« sie, wie er sich ausdrückte. Aber nichtsdestoweniger war die Wissenschaft die Macht, die er widerstrebend, schuldbewußt zu Hilfe rief, wann immer er sich in die Enge getrieben sah.

»Wissenschaft ... befaßt sich nur mit Bekanntem«, warf er mit angespanntem, um Beherrschung bemühtem Gesicht hin, obwohl mir ein Glitzern tief in seinen Augen sagte, daß er meinen Argumenten durchaus gefolgt war, sie bereits erwogen hatte und ihrer verführerischen Überzeugungskraft – gegen seinen Willen – zugänglich war.

»Egal, ob man etwas als existent entdeckt oder ob es aufhört zu existieren«, fuhr ich fort, »es ändert nichts, denn die Summe dessen, was existiert, ist immer die Summe dessen, was existiert.«

»Genau!« sagte mein Onkel, als wäre dies eine Widerlegung. Er lehnte sich in seinem Sessel zurück und hob das Glas mit schaumigem Stout, das auf der Armlehne stand (Guinness war der einzige Genuß, den sich mein Onkel gönnte), an die Lippen.

Ich wollte ihn gerne zu der schwierigen Frage hinmanövrieren, warum wir, wenn wir einzuräumen bereit waren, daß es Arten geben konnte, die vielleicht niemals entdeckt wurden, die vielleicht in fernen Wäldern und Tundren lebten, starben und, ohne registriert worden zu sein, gänzlich verschwanden, warum wir uns dann also verpflichtet fühlten, Geschöpfe, deren Überleben bedroht war, bloß deshalb vor dem Verschwinden zu bewahren, weil sie bekannt waren, und dabei sogar soweit gingen, sie aus ihrem natürlichen Lebensraum herauszuholen, mit dem Flugzeug zu transportieren und – wie die Hoffmeier-Antilopen – in keimfreie Gehege einzusperren.

Aber ich scheute davor zurück. Es schien mir ein zu heftiger Angriff auf eine empfindliche Stelle zu sein. Außerdem fühlte ich in Wirklichkeit das Gegenteil von dem, was meine Frage hatte ausdrücken sollen. Ich fand die Vorstellung, daß uns unbekannte Geschöpfe auf dieser Welt lebten, aufregend und nicht bedeutungslos wie das Vorhandensein imaginärer Zahlen in der Mathematik. Onkel Walter ließ die Pfeife zwischen seinen Zähnen von einer Seite zur anderen wandern und sah mich unverwandt an. Er zeigte den nachdenklichen Gesichtsausdruck eines Wiederkäuers. Ich sagte an Stelle dessen, was ich ursprünglich hatte sagen wollen: »Es geht gar nicht darum, was existiert oder nicht existiert, sondern darum, daß wir uns trotz der Vielzahl bekannter Arten gerne immer noch andere ausdenken. Nimm nur die Fabeltiere ... Greife, Drachen, Einhörner ...«

»Ha!« sagte mein Onkel, und der Scharfblick, mit dem er meine innersten Gedanken las, versetzte mir einen Schock. »Du bist neidisch auf meine Antilope.«

Aber ich antwortete mit einer Intuition, die mich genauso überraschte: »Und du bist neidisch auf Hoffmeier.«

Die Lage der Antilopen gab inzwischen Anlaß zur Sorge. Die beiden hatten sich, nachdem man sie zusammengebracht hatte, nicht gepaart und zeigten auch jetzt, in der zweiten Brunftzeit, kaum Neigung dazu. Da das Männchen vergleichsweise schwächlich war, stand zu befürchten, daß sich die letzte Hoffnung, das Tier zumindest für eine weitere Generation vor dem Aussterben zu bewahren, als trügerisch erweisen würde. Onkel Walters Aufgabe (wie die anderer Zooangestellter auch) war es während dieser Zeit, die beiden Tiere dazu zu bringen, sich zu vereinigen. Ich fragte mich, wie man das anstellen wollte. Als ich die Antilopen sah, wirkten sie wie zwei einsame Seelen, die, obwohl von derselben Art, unglaublich verloren füreinander aussahen.

Dennoch war mein Onkel von der Aufgabe, diesen beiden Geschöpfen zu einem Jungen zu verhelfen, offensichtlich völlig in Anspruch genommen. Während jener Wochen nach dem Tod meiner Tante zeigte sein Gesicht einen starren, gequälten, wachsamen Ausdruck, und man hätte nur schwer sagen können, ob es Trauer um seine Frau oder Sorge um seine nachkommenlosen Antilopen war. Ich machte mir zum erstenmal klar (etwas, worüber ich niemals wirklich nachgedacht hatte, trotz all der sonntäglichen Teebesuche, als ich ein Junge war), daß er und meine Tante kinderlos waren. Sich meinen Onkel – schlaksig und sabbernd, mit dauerhaft bernsteingelb gefärbten Fingern und Zähnen, Bier- und Zwiebeldünste ausatmend – als Erzeuger von Nachkommenschaft vorzustellen, war nicht einfach. Und doch strotzte dieser Mann, der, wenn gefragt, die Namen aller bekannten Arten der *Cervinae*, der *Hippotraginae* herunterrasseln konnte, in anderer Hinsicht vor Leben. Als er an jenen Märzabenden mit niedergeschlagenem Gesichtsausdruck nach Hause kam und ich – inzwischen fast ganz ohne Sarkasmus in der Stimme – »Nein?« fragte und er, seinen nassen Mantel ausziehend und den gesenkten Kopf schüttelnd, »Nein« antwortete, regte sich in mir die Vermutung – ich weiß auch nicht, warum –, daß er meine Tante wirklich geliebt hatte. Auch wenn er kaum wußte, wie er seine Zuneigung zeigen sollte, auch wenn er sie um seiner Tiere willen verlassen hatte wie ein Ehemann, der an den Wochenenden angeln geht, so lebte doch in jenem Haus in Finchley – irgendwie und mir unbekannt – eine tiefe, postume Liebe Onkel Walters zu seiner Frau.

Mein eigenes Liebesleben beschäftigte mich jedenfalls in dieser Zeit genug. Allein in einer fremden Stadt, ließ ich mich auf zwei flüchtige Affären ein und nahm die Mädchen manchmal mit zu Onkel Walter. Da ich nicht wußte, wie seine Reaktion sein würde, und fürchtete, daß irgendein Geist gelehrtenhafter Enthaltsamkeit zwischen den zoologischen Wälzern und ausgestopften Tieren lauerte, sorgte ich dafür, daß diese Besuche während seiner Abwesenheit stattfanden, und gab mir Mühe, aus meinem Schlafzimmer alle Spuren, die sie mit sich brachten, zu beseitigen. Aber er wußte, was ich trieb, das spürte ich bald. Vielleicht konnte er so etwas wittern, wie die Tiere, die er pflegte. Und mehr noch, meine Heldentaten veranlaßten ihn zu einem seltenen und offenen Eingeständnis, denn eines Abends bekannte er nach mehreren Flaschen Stout, er, der keine Schwierigkeiten gehabt hatte, die Geschlechtsteile eines Gnus oder Okapis genau zu untersuchen, mit zitternden Lippen, daß er sich in den dreißig Jahren seiner Ehe dem »intimen Bereich« seiner Frau, wie er sich ausdrückte, niemals »ohne Beklommenheit« hatte nähern können.

Aber das war erst später, nachdem die Dinge schlimmer geworden waren.

»Neidisch auf Hoffmeier?« sagte mein Onkel. »Warum sollte ich auf Hoffmeier neidisch sein?« Seine Lippen zuckten. Hinter seinem Kopf befand sich ein Sesselschoner mit einem gehäkelten Rand, den meine Tante gemacht hatte.

»Weil er eine neue Art entdeckt hat.«

Noch als ich das sagte, kam mir der Gedanke, daß es nicht allein diese Entdeckung war, die Neid hervorrufen konnte. Hoffmeier hatte sich eine Art Unsterblichkeit erworben. Der Mann mochte sterben, aber sein Name würde – zumindest solange ein bestimmtes Tier überlebte – Bestand haben.

»Aber … Hoffmeier … Zoologe. Ich? Bloß ein Ausmister.« Onkel Walter verfiel wieder in sein sich selbst zurücknehmendes Stakkato.

»Erzähl mir von Hoffmeier.«

Hoffmeiers Name, Hoffmeiers Taten führte mein Onkel endlos im Mund, aber von dem Menschen selbst war kaum etwas bekannt.

»Hoffmeier? Oh, Experte auf seinem Gebiet. Unbestritten …«

»Nein – wie war er so?« (Ich sagte »war«, obwohl ich nicht mit Sicherheit wußte, daß Hoffmeier nicht mehr lebte.)

»Wie er war?« Mein Onkel, der sich gerade mit erhobener Pfeife (um die einzelnen Punkte zu unterstreichen) anschikken wollte, die Liste von Hoffmeiers Qualifikationen herunterzubeten, sah auf, und seine nassen Lippen blieben einen Augenblick lang geöffnet. Dann klemmte er die Pfeife abrupt zwischen die Zähne, umfaßte ihren Kopf und richtete sich steif auf, so daß es fast wie eine Parodie auf *Die Erinnerung an einen Kameraden* wirkte.

»Der Mensch, meinst du? Großartiger Kerl. Grenzenlose Energie, bedingungslose Hingabe an seine Arbeit. Liebenswürdigster Mann, den ich je … war mir ein großer Freund …«

Ich begann, an Hoffmeiers Existenz zu zweifeln. Sein eigentliches Leben schien so dürftig zu sein, sich so dem Zugriff zu entziehen wie das der Antilope, die er der Anonymität entrissen hatte. Ich konnte mir diesen robusten Naturwissenschaftler nicht vorstellen. Er trug den Namen eines jüdischen Impresarios. Ich stellte mir vor, wie mein Onkel zu ihm ging und die Antilope wie eine Art einmalige Varieté-nummer angeboten bekam.

Ich fragte mich: Hatte es Hoffmeier wirklich gegeben?

Mein Onkel streckte seinen Kopf seltsam vor – es war eine jener Haltungen, die mich denken ließen, er könne meine Gedanken lesen – und sagte: »Ja doch, er ist sogar hierhergekommen, hat hier übernachtet. Oft. Hat in dem Sessel gesessen, in dem du jetzt sitzt, hat an dem Tisch da gegessen, und geschlafen hat er …«

Aber dann brach er plötzlich ab und begann, heftig an seiner Pfeife zu ziehen.

Ich hatte mit meinen Versuchen, eine brauchbare Wohnung zu finden, kein Glück. Je mehr ich mich an London gewöhnte, desto gesichtsloser, desto unversöhnlicher wurde es. Es schien mir kein Ort für einen Mathematiklehrer zu sein. Meine Philosophievorlesungen wurden abstruser. Ich hielt einen besonders erfolgreichen Kurs zu Pythagoras ab, der, abgesehen davon, daß er Mathematiker gewesen war, auch geglaubt hatte, daß man kein Fleisch essen solle und daß die Seelen der Menschen in die Körper von Tieren eingingen.

Vier Wochen nach meinem Gespräch mit Onkel Walter über Hoffmeier wendeten sich die Dinge plötzlich zum Schlechteren. Das Antilopenmännchen zog sich eine Art Lungenentzündung zu, und das Schicksal des Paares und – soweit wir wissen – einer ganzen Spezies schien besiegelt zu sein. Mein Onkel kam spät aus dem Zoo nach Hause, schweigend, mit müdem, sorgenvollem Gesicht. Innerhalb von vierzehn Tagen war das kranke Tier tot. Das übriggebliebene Weibchen, das ich hinterher vielleicht noch dreimal sah, blickte verlegen und ängstlich aus seinem einsamen Gehege, als ob es wüßte, daß es jetzt einmalig war.

Onkel Walter widmete sich der übriggebliebenen Antilope mit der Inbrunst einer verwitweten Mutter, die ihre ganze Liebe auf ihr einziges Kind überträgt. In seinen Augen lag ein einsamer, stigmatisierter Ausdruck. Einmal, bei einem meiner sonntäglichen Besuche im Zoo (denn das waren oft die einzigen Gelegenheiten, bei denen ich sicher sein konnte, ihn zu sehen), nahm mich der Oberaufseher seiner Abteilung, ein stämmiger, liebenswürdiger Mann namens Henshaw, beiseite und legte mir nahe, Onkel Walter zu einem Urlaub zu überreden. Anscheinend hatte mein Onkel darum gebeten, daß man ihm im Gehege der Antilope ein Lager richtete, damit er sie nicht zu verlassen brauchte. Ein Bündel Heu oder Stroh reiche aus, hatte er gemeint.

Henshaw sah besorgt aus. Ich sagte, ich würde sehen, was ich tun könne. Aber so wenig, wie ich meinen Onkel sah, hatte ich kaum Gelegenheit, mein Versprechen wahr zu machen. Er kam nach Mitternacht nach Hause, hinterließ eine Bierfahne im Hausflur und verdrückte sich sofort nach oben. Ich hatte das Gefühl, daß er mir auswich. Selbst an seinen freien Tagen blieb er in seinem Zimmer. Manchmal hörte ich ihn drinnen murmeln und sich bewegen. Ansonsten herrschte eine drückende Stille, so daß ich überlegte, ob ich nicht zu seinem eigenen Besten durchs Schlüsselloch spähen oder ein Tablett mit seinem ballaststoffhaltigen Lieblingsessen vor die Tür stellen sollte. Aber manchmal trafen wir uns auch – wie zufällig – in der Küche oder inmitten seiner Bücher im Vorderzimmer. Ich fragte ihn (denn ich dachte, man könne seine Zurückgezogenheit in sich selbst nur mit aggressivem Humor durchbrechen), ob er nicht finde, daß seine Affäre mit dem Antilopenweibchen zu weit gehe. Er sah mich mit zuckendem, sabberndem Mund zutiefst verletzt und gedemütigt an. Dann sagte er im Ton eines drangsalierten, aber kampfbereiten Mannes: »Du hast mit Henshaw gesprochen?«

Von allen Seiten schien man sich gegen ihn zu verschwören. Eine der Sachen, die ihm zu dieser Zeit Kummer machten, war ein Vorschlag des Rates, eine neue innere Ringstraße zu bauen, die, auch wenn sie sein Haus nicht berührte, einen Großteil des angrenzenden Gebiets durchschneiden würde. Onkel Walter hatte Rundschreiben darüber erhalten und sich einer lokalen Bürgerinitiative angeschlossen. Er nannte die Stadtplaner »Arschlöcher«. Das überraschte mich. Ich hatte mir immer vorgestellt, er lebe in einer entlegenen, antiquierten Welt, in der die Zoologische Gesellschaft – erhaben und ehrwürdig – die einzige und wie eine Heilige verehrte Gebieterin war. Solange er zu dem warmen Geruch von Fell und Dung fahren konnte, schien er mir weder den die North Circular entlangdonnernden Verkehr noch die nach Heathrow hereinheulenden Düsenflugzeuge zu bemerken, weder die Hochhäuser noch die Überführungen – und es schien ihm nicht besonders viel auszumachen, wo er wohnte. Aber eines Samstag morgens, als wir ganz zufällig einmal gemeinsam frühstückten und der Krach von Baggern durchs Küchenfenster drang, wurde diese Ansicht widerlegt.

Mein Onkel blickte von seinem Teller mit Porridge und Kleie auf und sah mich scharf an. »Gefällt dir hier nicht, was? Möchtest zurück nach Norfolk?« sagte er. Sein Blick war durchdringend. Vielleicht stand mir meine Enttäuschung, was London anbetraf – oder vielleicht auch die Belastung, die das Zusammenleben mit ihm darstellte –, ins Gesicht geschrieben. Ich murmelte etwas Unverbindliches.

Draußen hatte man irgendein schweres Gerät angeworfen, so daß die Tassen auf dem Tisch sichtbar zitterten. Mein Onkel drehte sich zum Fenster um. »Scheißkerle!« sagte er und wandte sich wieder zurück. Er aß mit hochgekrempelten Hemdsärmeln, und seine nackten Unterarme, die stark geädert und mit rötlichen Haaren bedeckt waren, sahen überraschend kräftig und tauglich aus. »Scheißkerle«, sagte er. »Weißt du, wie lange ich hier schon wohne? Vierzig Jahre. Bin hier aufgewachsen. Deine Tante und ich ... Und jetzt wollen sie ...«

Seine Stimme schwoll an, wurde schwärmerisch, trotzig. Und ganz flüchtig konnte ich in diesem Mann, den ich allmählich als halb verrückt, als groteskes Opfer seiner eigenen Exzentrizität betrachtete, das wirkliche, unwiederbringlich verlorene Leben erblicken, so als ob sich die Tür zu einer Zelle für einen Augenblick geöffnet hätte.

Ich fragte mich auf einmal, wer mein echter Onkel war. Das Haus wurde von jemandem bewohnt, der nicht mein Onkel war. Wenn er sich nicht im Zoo aufhielt, dann zog er sich unter immer größerer Heimlichtuerei in sein Zimmer zurück. Nach und nach hatte er aus seiner »Bibliothek« in der Ecke des Vorderzimmers bestimmte Bände seiner zoologischen Werke ins Schlafzimmer hinaufgeholt. Ebenso nahm er die gerahmten Fotos von seiner Frau oben vom Bücherregal herab. Um drei, um vier Uhr in der Frühe konnte ich ihn laut lesen hören. Es klang, als läse er aus den Psalmen oder aus den Werken von Milton, aber es waren Passagen aus Lanes *Seltenen Arten*, aus Ericdorfs *Afrikanischen Huftieren* und aus dem Werk, das ich inzwischen für Onkel Walters Bibel hielt, Ernst Hoffmeiers *Die Zwerg- und Waldantilopen*. Zwischen diesen Rezitationen brach er in sporadische Haßtiraden gegen gewisse abwesende Gegner aus, zu denen auch der Planungsausschuß des Bezirks und »diese Arschgeige« Henshaw gehörten.

Tatsache war, daß er die Zwangsvorstellung entwickelt hatte, die Welt sei in ihrer Bosheit darauf versessen, die Hoffmeier-Antilope auszurotten. Er bildete sich ein (ich erfuhr das später von Henshaw) – so wie Kinder, die glauben, daß Babys durch einfaches Liebhaben entstehen –, daß er einzig und allein durch die tiefe Zuneigung, die er zu dem Antilopenweibchen empfand, die Erhaltung ihrer Art sicherstellen konnte. Er fing an, mich zu meiden, als wäre auch ich ein Teil jener universellen Verschwörung. Auf der Treppe gingen wir wie Fremde aneinander vorbei. Vielleicht hätte ich etwas unternehmen sollen, um ihn von dieser fixen Idee zu befreien, aber etwas sagte mir, daß ich, statt sein Feind zu sein, ganz im Gegenteil sein letzter wahrer Hüter war. Ich mußte an seine Worte denken: »... die Geschwindigkeit des Geparden, die Kraft des Bären ...« Henshaw rief mich an, um diskret anzudeuten, daß mein Onkel in Behandlung gehörte. Ich fragte Henshaw, ob er Tiere wirklich gern hätte.

Eines Nachts träumte ich von Hoffmeier. Er rauchte eine Zigarre, trug eine Fliege und hatte ein Opernglas bei sich. Er marschierte durch einen Dschungel, der üppig und phantastisch aussah, wie die Dschungel auf Bildern des Zöllners Rousseau. In einem Käfig, den zwei Träger hinter ihm hertrugen, saß die jammervolle Gestalt meines Onkels. Aus dem Unterholz beobachtete sie verstohlen ein vierbeiniges Geschöpf mit dem Gesicht meiner Tante.

Die Teilnehmerzahlen bei meinen Philosophievorlesungen gingen zurück. Ich widmete zwei Stunden Montaignes *Apologie de Raymond Sebond*. Studenten beklagten sich, daß ich sie auf exzentrische und subversive Pfade führte. Mir war das egal. Ich hatte bereits beschlossen, London im Sommer zu verlassen.

Mein Onkel wurde plötzlich wieder mitteilsam. Eines Morgens hörte ich ihn in der Küche singen. Ein dünner, durchdringender, aber seltsam jugendlicher Tenor sang schmachtend *Our Love is Here to Stay*. Er war zur Nachmittagsschicht hinübergewechselt und bereitete sich gerade ein frühes Mittagessen zu, bevor er sich auf den Weg zum Zoo machte. Es roch nach gebratenen Zwiebeln. Als ich eintrat, begrüßte er mich wie früher, als ich sein Sonntagsgast gewesen und gerade in meine ersten langen Hosen hineingewachsen war. »Ah, Derek! Derek, mein Junge, komm, trink ein Guinness«, sagte er, als ob es etwas zu feiern gäbe. Er hielt mir eine Flasche und den Öffner hin. Vier leere Flaschen standen bereits auf dem Abtropfbrett. Ich fragte mich, ob dies eine wundersame Genesung war oder die Art von Abschiedsorgie, die Leute gerne feiern, bevor sie vom Balkon springen. »Onkel?« sagte ich fragend. Aber seine feuchten Lippen hatten sich zu einem unergründlichen Lächeln geöffnet. Sein Gesicht war beherrscht und entschieden, als ob es gleich verschwinden könnte. Seine Augen leuchteten, so als könnte ich, wenn ich nur genauer hinschaute, in ihnen den Widerschein von Szenen, von Ausblikken sehen, die nur er kannte.

Ich hatte einen Ordner mit Arbeiten von Studenten bei mir, als Vorbereitung für meinen nachmittäglichen Mathematikunterricht. Er sah ihn verächtlich an. »All das ...«, sagte er. »Du hättest Tierpfleger werden sollen.«

Er wischte sich den Mund. Sein langes, bleiches Gesicht war zerknittert. Es wurde mir klar, daß es nirgendwo jemanden wie meinen Onkel geben konnte. Ich lächelte ihm zu.

In der Nacht erhielt ich einen Anruf von Henshaw. Es muß so gegen ein Uhr morgens gewesen sein. Mit panischem Schrecken in der Stimme fragte er mich, ob ich Onkel Walter gesehen hätte. Ich sagte nein. Ich hätte in der Volkshochschule unterrichtet, den Abend in einem Pub beendet und sei zu Hause sofort ins Bett gegangen. Mein Onkel sei bei meinem Heimkommen wahrscheinlich schon im Bett gewesen. Henshaw erklärte mir, daß ein Sicherheitsbeamter des Zoos mehrere Türen zu der Sonderpflegeabteilung offen gefunden habe. Daß er bei näherer Untersuchung entdeckt habe, daß das Gehege der Hoffmeier-Antilope leer gewesen sei. Man habe sofort begonnen, das Zoogelände abzusuchen, aber von dem verschwundenen Tier fehle jede Spur.

»Holen Sie Ihren Onkel!« schrie Henshaw wie ein Wahnsinniger. »Schaffen Sie ihn her!«

Ich sagte ihm, er solle am Apparat bleiben. Barfuß und im Schlafanzug stand ich im Hausflur. Einen kurzen Moment lang ging die Dringlichkeit des Augenblicks in einer Vision unter. Ich sah das winzige Geschöpf, wie es die Prince Albert Road überquerte, die Finchley Road entlangtrippelte, sah auf dem Pflaster seine gespaltenen Hufe, unter den Straßenlaternen seine sanften Augen, deren einsamer Blick einen Schimmer seiner Dschungelherkunft auf Nordlondon warf. Ohne seinesgleichen auf der Welt.

Ich ging hinauf zu Onkel Walters Zimmer. Ich klopfte an seine Tür (die er oft verschlossen hielt) und machte sie dann auf. Da waren die Bücher, auf dem Boden verstreut, die stinkenden Reste von rohem Gemüse, die zerfetzten Fotos von seiner Frau ... Aber Onkel Walter – ich hatte es schon vorher gewußt – war fort.

Der Sohn

Es ist wahr: Nichts bleibt, wie es ist. Was du zu wissen glaubst, weißt du nicht. Was zu einer Zeit gut oder schlecht ist, ist zu einer anderen nicht gut oder schlecht. Ich habe mal meiner eigenen Mutter die Finger abgeschnitten. Sie glauben mir nicht? Es war während des Krieges in Athen. Sie war tot. Sie war tot, weil es nichts zu essen gab. Und wir Jüngeren waren uns zu sehr unserer leeren Bäuche bewußt, um Zeit mit Trauern zu verschwenden. An Mamas Fingern saßen drei dicke Ringe – Ringe, die man gegen Nahrungsmittel eintauschen konnte. Aber Mamas Knöchel waren geschwollen, und die Ringe ließen sich nicht abziehen. Ich war der Älteste, und man erwartete von mir, daß ich Entscheidungen traf. Deshalb holte ich das Brotmesser …

Vor fünfunddreißig Jahren habe ich meiner eigenen Mutter die Finger abgeschnitten. Und jetzt schneide ich Zwiebeln in einem Restaurant. Mir gefällt es nicht, wie es auf der Welt zugeht. Vor fünfunddreißig Jahren haben die Deutschen Griechen umgebracht, ohne den geringsten Grund. Haben ihnen die Hände abgeschnitten und ihnen die Augen ausgestochen. Und jetzt strömen sie jeden Sommer zu Tausenden nach Griechenland, knipsen die weißen Häuser und die lächelnden Männer auf ihren Eseln und leiden an Sonnenbrand.

Aber es ist Adoni, der mir von den Deutschen und ihren Fotoapparaten erzählt. Wie sollte ich etwas über Griechenland wissen? Ich bin seit dreißig Jahren nicht dort gewesen.

Was tut man, wenn das eigene Land in Trümmern liegt, wenn einem ein Krieg erst den Vater, dann die Mutter und außerdem die angenehme Zukunft raubt, die im Familienbetrieb auf einen wartet? Man tut, was jeder Grieche tut. Man sucht sich eine Frau, die mit einem halbe-halbe macht. Man schifft sich nach New York oder England ein, wo man ein Restaurant aufmachen wird. In fünf oder zehn Jahren, sagt man sich, wenn man sich gesundgestoßen hat, wird man nach Griechenland zurückkehren. Zwanzig Jahre später, wenn man mit Mühe und Not gerade soviel Geld gespart hat, daß man dieses Restaurant endlich aufmachen kann und weiß, daß Restaurants sowieso nichts einbringen, wird einem bewußt, daß man niemals zurückkehren wird. Selbst wenn sich einem die Gelegenheit böte, würde man sie nicht wahrnehmen.

Ja, mir fehlt die Sonne. Ich bin Grieche. Was mache ich hier in der Caledonian Road? Ich sollte in einem der großen, lauten Cafés auf der Stadiou oder Ermou sitzen, meine Perlen durch die Finger gleiten lassen und *To Vima* lesen. Aber so ist es nun mal – man ist für eine Art von Erde gemacht, aber schlägt in einer anderen Wurzeln, und dann kann man sich nicht mehr vom Fleck rühren.

Und wieso sage ich überhaupt »Grieche«? Es gibt Griechen und Griechen. Ich bin in Smyrna in Kleinasien geboren. Als ich ein winziges Baby war, erst ein paar Monate alt, wurde ich mit meinen Eltern zusammen auf ein französisches Schiff verfrachtet, weil ein anderer Haufen von Schlächtern – nicht die Deutschen diesmal, sondern die Türken – griechische Häuser niederbrannten und allen Griechen, deren sie habhaft werden konnten, die Köpfe abhackten.

Ja, so ist es nun mal: Wir werden in einem Durcheinander geboren, und so leben wir auch.

Ich kann Anna unten in der Küche herumklappern hören. Sie redet mit Adoni, so als ob nichts passiert wäre, als ob alles beim alten geblieben wäre. Es ist merkwürdig, wie Frauen sich umstellen können – es sind die Männer, die halsstarrig sind. »Geh und leg dich hin, *Kostaki mou*«, sagt sie. »Du bist müde. Überlaß das Aufräumen Adoni und mir.« Und so steige ich die Treppe hinauf, ziehe die Schuhe, die Hose und das Hemd aus und lege mich hin in dem engen Schlafzimmer, aus dem man den Essensgeruch nie ganz rauskriegen kann – genauso wie ich das jeden Tag für ungefähr eine halbe Stunde tue, wenn wir nach dem Mittagessen bis zum Abend geschlossen haben. Aber heute ein wenig länger.

Müde. Ist das ein Wunder? Gestern – was für ein Tag! – mußte ich früh aufstehen, um Adoni vom Flughafen abzuholen. Und dann sind wir erst gegen drei Uhr morgens ins Bett gekommen. Und die letzten beiden Wochen hatte ich besonders hart arbeiten müssen, weil Adoni es sich plötzlich in den Kopf gesetzt hatte, Urlaub zu machen. In Griechenland. Nach fünfunddreißig Jahren will er Urlaub machen.

Adoni, Adoni. Wer hat ihm nur diesen Namen gegeben, der im Englischen so absurd klingt? Adonis. Wir waren es jedenfalls nicht. Obwohl Adoni davon keine Ahnung hatte. Adonis Alexopoulos, Sohn von Kosta und Anna, geboren 1944 in Athen und von seinen Eltern fortgeschafft – genauso wie ich aus Smyrna fortgeschafft worden war – in ein neues Land. Woher sollte er wissen, daß sein leiblicher Vater in irgendeinem Massengrab in Polen lag und seine Mutter starb, als sie ihn zur Welt brachte? Er wurde von Annas Familie aufgenommen, die nur einen Häuserblock von uns entfernt in der Kassevetistraße wohnte, und nur einen Steinwurf weit von dem Haus, in dem seine richtigen Eltern – die Melianos hießen – gewohnt hatten. Anna sagte, wenn wir heirateten, würden wir Adoni als unseren eigenen Sohn annehmen. Ich war mir nicht sicher, ob sie damit meinte: Wenn du mich willst, dann mußt du Adoni ebenfalls nehmen. Aber ich stimmte zu. Ich dachte: Gut, Anna kann Adoni haben, und früher oder später kriege ich einen richtigen, eigenen Sohn. Aber was mir Anna nicht erzählt hatte, war, daß sie keine Kinder bekommen konnte. Sie war die einzige Tochter ihrer Eltern, und die vier, die ihre Brüder hätten werden sollen, waren allesamt totgeborene Monster gewesen.

Wie schmachvoll für einen Mann, wenn er fünfunddreißig Jahre alt wird, ohne zu wissen, daß seine Eltern überhaupt nicht seine Eltern sind. Aber was für eine noch größere Schmach für einen Mann, es erfahren zu müssen. Immer sagten wir: Wenn er alt genug ist, dann erzählen wir's ihm. Aber »alt genug« schien immer noch ein kleines bißchen älter zu sein. Was man aufschiebt, wird allmählich unmöglich. Wir fingen sogar an, uns etwas vorzumachen: Er ist in Wirklichkeit unser Sohn, er ist nicht das Kind anderer Leute.

Vielleicht ruht ein Fluch auf adoptierten Kindern. Vielleicht kommt die Tatsache, daß sie keine leiblichen Eltern haben, heraus, wenn auch nicht direkt. Zeigt sich darin, daß sie sich nicht ordentlich entwickeln. Was wurde denn aus ihm, aus unserem Adonis? Schwer von Begriff in der Schule, schüchtern gegenüber den anderen Kindern, still, verschlossen. Jahr für Jahr warteten wir darauf, daß er wie eine kleine Blume erblühen würde. Wir sagten uns: Eines Tages wird er anfangen, hinter den kleinen Mädchen herzulaufen. Eines Tages wird er abends wegbleiben und erst spät nach Hause kommen. Eines Tages wird er aufstehen und mit seinem Vater streiten und sagen: Ich will mit dieser blödsinnigen Idee, ein Restaurant aufzumachen, nichts zu tun haben! und hinter sich die Tür zuknallen. Ich wollte sogar, daß all dies geschah, denn genauso benehmen sich richtige Söhne gegenüber ihren Vätern.

Aber nichts davon geschah. Als er achtzehn ist und wir das Restaurant kaufen und er immer noch so keusch und ernst wie ein Mönch ist, zieht er sich ohne auch nur zu murren die Jacke eines Kellners an. Er lernt *dolmades* und *soudsoukakia* zu kochen. Er steht jeden Morgen früh auf, beseitigt die Unordnung vom Vorabend und geht, um Fleisch und Gemüse zu bestellen. Wenn er dies tut, wechselt er mit den Händlern keine Scherze, sondern zeigt einfach mit einem dicken, plumpen Finger auf das, was er haben will. Abends tänzelt er nicht eilfertig hin und her, wie es sich für einen Kellner gehört, sondern tappt zwischen den Tischen herum wie ein großer Bär. Denn selbst mit seiner äußeren Erscheinung lehnt sich dieser Adonis gegen seinen Namen auf. Sein Fleisch ist blaß und schwammig. Mit Fünfunddreißig ist er so dick wie ein zwanzig Jahre älterer Mann. Wenn ich dem einen oder anderen besonders enthusiastischen Gast meine Familie vorstelle, wenn ich, wie das ein stolzer griechischer Restaurantbesitzer tun sollte, sage: »Das ist meine Frau Anna, und das ist mein Sohn Adonis« (denn diese Lüge habe ich halb Camden erzählt), dann sehe ich ihm an, daß er am liebsten losprusten würde, weil der Name so absurd ist.

»Adonaki«, sage ich zu ihm, »versuch ein bißchen charmant zu sein … verstehst du, Charme!« Aber der Versuch, diesem Puddinggesicht Leben einzuhauchen, ist sinnlos. Ich sollte mich nicht beklagen. Er arbeitet schwer, er verschüttet kein Essen und irrt sich auch nicht bei den Rechnungen, er zieht die Korken aus den Flaschen als rupfte er

Federn aus. Und ich bin derjenige, der im Lauf der Jahre gelernt hat, Charme zu versprühen. Abends bestehe ich nur aus Lächeln; ich scherze mit den Gästen; ich stecke mir einen Kräuterstengel hinters Ohr – so daß ich mir vorstellen kann, wie sie über mich sagen: Dieser Kosta da in dem Restaurant, der ist ein richtiges Original. Und auch wenn ich nachmittags in meinem vergilbten Unterhemd im Bett liege wie ein großer Teigklumpen, so werde ich doch, sobald wir wieder geöffnet haben, meine Rolle spielen wie immer und meine Augen übermütig blitzen lassen. So sind wir Griechen nun mal: Wir blühen auf, wir produzieren uns, wie welke Blumen, die man mit Wasser besprengt hat.

Anna kommt die Treppe herauf. Die Stufen knarren. Anna ist sogar noch schwerer als ich. Sie wird jetzt ihr Schläfchen halten. Aber Adoni wird sich nicht hinlegen. Er wird im Restaurant sitzen, die Füße auf einem der Stühle, eine Zigarette rauchen und die Zeitung lesen oder eins seiner Bücher aus der Bücherei – *Rätsel der Vergangenheit*, *Das Geheimnis geistiger Energie* –, langsam und methodisch. Obwohl er langsam ist, der Junge, stellt er gerne Fragen. Und er findet die Antworten heraus. O ja. Wenn man ihm Zeit läßt, findet er alles heraus.

Anna kommt ins Schlafzimmer gewatschelt. Ich tue so, als ob ich schlafe, obwohl ich sie aus einem halbgeschlossenen Auge beobachte. Sie schleudert ihre Schuhe von sich, dann fummelt sie mit fetten Armen, um sich das Kleid aufzumachen. Es fällt von ihr herab, ohne daß sie nachhelfen müßte, so als würde ein Denkmal enthüllt. In ihrem Unterrock sieht sie aus wie ein riesiger, bleicher Pudding in einer weißen, durchsichtigen Hülle. Sie schlurft zu ihrer Seite des Bettes, stellt den Wecker und zieht ihn auf. Das tut sie immer, falls wir verschlafen. Aber ich habe noch nie erlebt, daß sie nicht wach war und sich aus dem Bett hievte, bevor der Wecker sie daran erinnerte. So ist sie nun mal: Sie tut, was getan werden muß. Ihr riesiger Körper ist dafür gebaut, in der Küche zu schuften und Töpfe zu scheuern. Wir Männer, wir hängen gern unseren Phantasien nach, träumen von scharfen Weibern, aber wo wären wir ohne diese großen Arbeitspferde, die uns durchschleppen?

Sie streckt sich neben mir aus und sieht, daß ich nicht wirklich schlafe. Ich schlage die Augen auf. »Es macht nichts, Kostaki«, sagt sie. »Es macht nichts. Überhaupt, wer sind wir denn schon?«

Ihr Körper riecht nach warmem Fett und Scheuerpulver. Wie kann es sein, daß ihr Schoß – der jetzt nichts mehr hervorbringen kann – früher einmal Mißgestalten statt Menschen hervorgebracht hätte? Wie kann es sein, daß sie zu diesem riesigen Fleischberg geworden ist? Und doch hat sie einmal – es erscheint unmöglich –, als ich ein junger Tölpel von achtzehn Jahren war, in dem struppigen Buschwerk auf dem Hymettos *»Ela pethí mou«* zu mir gesagt und meine Hand zwischen ihre Beine gezogen.

Manchmal frage ich mich, was Adoni von Frauen hält. Ich schwöre, daß er mit fünfundzwanzig noch nie eine angerührt hatte. Damals sagte ich jeden zweiten Tag zu ihm: »Nimm dir heute abend frei, Adoni, Anna und ich, wir schaffen das schon«, um ihm die Möglichkeit zu geben. Aber er zuckte immer mit den Achseln, schüttelte den Kopf und fuhr fort, Fleischstückchen für die Kebabs aufzuspießen. Dann begannen wir, Kellnerinnen einzustellen. Es zieht Kundschaft an, abgesehen davon, daß es die Arbeit erleichtert. Aber der eigentliche Grund, warum ich Kellnerinnen einstellte, war, daß ich Adoni ermutigen wollte. Ich bin ein unmoralischer alter Mann. Zuerst kam Carol, dann Diane, dann Christine, aber Christine war die beste. Wenn wir abends zugemacht hatten, überredete ich Anna immer, früh ins Bett zu gehen. Ich begleitete sie und überließ Adoni und der Kellnerin das Aufräumen. Ich lag dann mit gespitzten Ohren im Bett und dachte: Los, Adoni, jetzt keine Skrupel! Pack die Gelegenheit beim Schopf! Mach deinem Namen Ehre. Willst du die kleine Christine etwa nicht? Bringt sie nicht dein Blut in Wallung? Nimm sie mit rauf in dein Zimmer und vögele sie um deiner Mama und deines Vaters willen – wir haben nichts dagegen. Aber niemals passierte was. Und zu allem Übel konnte ich selbst nach einiger Zeit nicht widerstehen und tätschelte dieser Christine mehr als einmal den Hintern und fuhr ihr mit dem Finger in den Blusenausschnitt. Und obwohl das niemand sonst mitkriegte, kündigte sie, und die nächste Kellnerin, dic wir bekamen, war – vielleicht zum Glück – ein unscheinbares Ding, das ewig schniefte.

Adoni ging auf seinen dreißigsten Geburtstag zu. Langsam schämte ich mich für ihn. Mein Sohn – das war kein Mann, das war kein Grieche, gar nichts war er. Aber da sag ich es schon wieder: »Mein Sohn«. Was für ein Recht hatte ich, mich auf diese Weise zu schämen? Mit welchem Recht maßte ich mir den väterlichen Luxus an, zu wünschen, mein eigener Sohn möge in seiner Jugend ein bißchen mehr Vergnügen haben, als ich es in jenen elenden Hungerjahren in Athen gehabt hatte? Die Wahrheit ist, daß ich einen richtigen Sohn haben wollte, den Sohn, um den ich geprellt worden war, nicht diesen Ersatz aus Holz. Aber Anna war in den Wechseljahren. Ich war ebenfalls in den Wechseljahren. Manchmal weinte ich.

Und dann dachte ich auf einmal: Es ist eine Strafe. Es ist, weil wir es Adoni nicht von Anfang an gesagt haben. Wenn wir es ihm gesagt hätten, vielleicht hätte er sich dann normal entwickelt, weil er dann wenigstens gewußt hätte, wer er ist. Aber wo es um die Frage des Blutes geht, läßt sich ein Betrug nicht verbergen. Und dann dachte ich: Vielleicht weiß er es ja, vielleicht ist er mit einer Art sechstem Sinn dahintergekommen. *Er* ist es, der uns bestraft. Weil wir nicht seine wahren Eltern sind, benimmt er sich, als ob er uns nichts bedeutete. Ich sagte mir: Jeden Augenblick wird er damit rauskommen – »Anna, Kosta, ich kann euch nicht mehr Vater und Mutter nennen«. Und wie hätte ich ihm zuvorkommen sollen? Indem ich zu ihm gesagt hätte: »Adoni, du bist jetzt dreiunddreißig – es ist an der Zeit, daß du etwas erfährst«? Ich fing an, bei ihm nach Zeichen des Argwohns, der Auflehnung Ausschau zu halten. Er brauchte Anna gegenüber nur die geringste Kühle an den Tag zu legen – zum Beispiel, wenn er nicht augenblicklich auf etwas antwortete, was sie sagte –, und ich geriet in unbändige Wut.

Ach! Habe ich was von Wechseljahren gesagt? Wahnvorstellungen ist wohl das richtigere Wort.

Und dann – was passiert? Adoni möchte freihaben. Er geht auf einmal abends weg und nachmittags ebenfalls. »Natürlich«, sage ich. »Nimm dir einen ganzen Tag frei – amüsier dich.« Und ich kann wieder leichter atmen. Sonst sage ich nichts, aber ich halte nach Anzeichen Ausschau. Benutzt er viel Rasierwasser? Tut er sich Pomade ins Haar? Versucht er, etwas von dem frühzeitig angesetzten Fett loszuwerden und ein paar moderne Tanzschritte zu lernen? Und ich denke: Wenn der richtige Augenblick gekommen ist, dann werde ich zu ihm sagen: »Hier, komm, setz dich zu mir, trink einen Brandy mit mir. Und jetzt erzähl mir, wer diese Nachtigall ist.« Aber ich rieche kein Rasierwasser, und obwohl Adoni abends ausgeht, kommt er nicht spät zurück. In seinen Augen tanzen keine Sterne, und manchmal sehe ich ihn in großen Büchern lesen, die Art von Büchern, von denen man den Staub runterbläst.

»Adonaki«, sage ich, »was machst du, wenn du ausgehst?«

»Ich gehe in die Bücherei.«

»Warum zum Teufel gehst du in die Bücherei?«

»Um Bücher zu lesen, Baba.«

»Aber es ist zehn oder elf, wenn du nach Hause kommst. So lange haben die Büchereien nicht geöffnet.«

Er senkt den Blick, und ich lächle. »Na los, *Adoni mou*, du kannst es mir ruhig erzählen.«

Und mich überrascht, was er mir erzählt.

»Ich gehe in den *Neo Elleniko*, Baba.«

Ich habe vom *Neo Elleniko* gehört. Es ist ein Club in Camden für im Ausland lebende Griechen. Er ist voll von alten Männern, die phantastische, sich endlos wiederholende Geschichten erzählen und gerne glauben möchten, daß sie melancholische, weltkluge Männer im Exil sind.

Sie sind alle *trellí*. Obendrein sind zwei Drittel von ihnen überhaupt keine Griechen, sondern verrückte Zyprioten. Ich halte nichts von dem *Neo Elleniko*.

»Was willst du denn mit all den verrückten Alten?«

»Ich rede mit ihnen, Baba. Ich stelle ihnen Fragen.«

Jetzt senke ich zur Abwechslung den Blick. Adoni spielt also wirklich Detektiv. Er sucht nach Antworten. Liegt ein Funkeln in seinen Augen? Vielleicht hatten ja einige dieser verknöcherten alten Kerle im *Neo Elleniko* während des Krieges irgendwo bei uns in der Nachbarschaft in Nea Ionia gelebt oder kannten vielleicht Leute von dort. Er versucht, die Wahrheit herauszufinden.

»Die erzählen dir doch bloß *vlakíes*.« Ich kriege Speichel auf die Lippen.

»Warum bist du ärgerlich, Baba?«

»Ich bin nicht ärgerlich. Nenn mich nicht ›Baba‹. Du bist kein kleines Kind mehr.«

Er zuckt mit den Achseln. Und plötzlich scheint sein rundes, wächsernes, irgendwie weit entferntes Gesicht bloß das Gesicht irgendeines Mannes zu sein, eines Mannes, der in meinem Alter sein könnte – jemand, den man aus einem geringfügigen Anlaß trifft, dem man die Hand schüttelt und den man dann vergißt.

»Na schön. Wenn du dich in der Gesellschaft alter Männer wohl fühlst ... wenn du nichts Besseres zu tun weißt ... dann geh nur in den *Neo Elleniko*. Erwarte nicht, daß ich mitkomme.«

Das war im Frühjahr. Ich sage mir: Es ist nur eine Frage der Zeit. Ich fühle mich schuldig, wie ein Verbrecher. Was sollen wir all den Leuten sagen, denen wir erzählt haben, daß Adoni unser Sohn ist? Anna meint: »Beruhige dich, *glikó mou*. Gar nichts wird passieren. Das ist alles Vergangenheit. Es wird sich nichts mehr ändern, dazu ist es zu spät.«

Und dann, irgendwann im Juli, sagt er: »Vater, ich möchte in diesem Sommer Urlaub machen. Du hast doch nichts dagegen? In all den Jahren habe ich keinen Urlaub genommen.«

Ich suche in seinen Augen nach einer tieferen Bedeutung.

»Okay – wenn du Urlaub machen willst, mach Urlaub. Wohin fährst du?« Aber die Antwort darauf weiß ich bereits.

»Ich will nach Griechenland fahren, Baba.«

Und so kauft er sich seine Flugtickets und einen Koffer und etwas Leichtes zum Anziehen. Mit all dem Geld, das er nicht für Frauen ausgegeben hat, kann er sich das gut leisten. Und was könnte ich tun, um ihn aufzuhalten? Ich beneide ihn sogar darum, daß er in Glyfada aus dem Flugzeug steigen und in die Hitze dort eintauchen wird.

Sein Urlaub ist für vierzehn Tage im September festgesetzt. Ich finde mich langsam damit ab. Soll er gehen. Er ist fünfunddreißig. Es ist Schicksal. Wie König Ödipus muß er diese törichten Fragen stellen. Er muß herausfinden, woher er stammt.

Und Anna sagt: »Warum siehst du so unglücklich drein, Kostaki? Unser kleiner Adoni ... so ernst, so *sovaró* ... er wird Urlaub machen. Er will ein bißchen Sonne haben.«

Der Wecker klingelt. Anna ist schon auf und knöpft sich das Kleid zu. Ich habe kein Auge zugetan. Ich richte mich auf und kratze mir den Bauch. Bald geht alles wieder von vorne los, das alte abendliche Ritual. Annas fette Hände werden Salate garnieren. Adoni wird um die Tische watscheln. Und ich werde einmal mehr so tun müssen, als wäre ich Alexis Sorbas.

Draußen regnet es. Anna zieht sich die Ärmel hoch wie ein Arbeiter. In England ist es jetzt bereits Herbst. Aber in Athen sind die Nächte noch wie Backöfen, und die Bürgersteige riechen wie heiße Kekse.

Ich stehe also um vier auf, um ihn vom Flughafen abzuholen. Mein Herz klopft wie bei einem Mann in einer Zelle, der auf seinen Prozeß wartet. Ich sehe ihn aus der Zollabfertigung kommen und erkenne sofort – es ist etwas an der Art, wie er geht –, daß er es weiß. Ich kann mir nicht länger vormachen, daß er mein Sohn ist. Aber ich umarme ihn und schlage ihm auf die Schulter, wie es sich für einen Vater gehört, und ich denke an all die Szenen, in denen Väter Söhne begrüßen, die lange fort gewesen sind – in weit entfernten Ländern, zur See, im Krieg –, und ich schaue Adoni nicht direkt an, damit er den feuchten Schimmer in meinen Augen nicht sieht.

»Eh, Adonaki – du siehst gut aus. Hast du schöne Ferien gehabt? Erzähl mir, wie es dort ist. Bist du nach Vouliagmeni gefahren? Nach Sounio? Und mit dem Schiff nach Idra? Und sag, *Adoni mou*, die Mädchen in Athen, sind die immer noch ...« – ich hebe die Hand, lege Finger und Daumen zusammen – »... *phrouta*?«

»Mein Koffer, Baba ...« Er blinzelt, als ob er dieses Wort nicht hat aussprechen wollen, und macht sich frei, um zum Gepäckband zu gehen.

Im Auto warte ich darauf, daß er es ausspuckt. Ich kann doch sehen, daß es ihm auf der Zunge liegt. Okay, du hast also in Nea Ionia herumgeschnüffelt, du hast Fragen gestellt. Du hast überhaupt keinen Urlaub gemacht. Sag es. Bring's schon hinter dich. Aber er sagt es nicht. Vielleicht hat er auch Angst, es auszusprechen. Statt dessen erzählt er mir von Athen. Überall sind diese Touristen, und nirgends in der Innenstadt kriegt man etwas Anständiges zu essen. Vouliagmeni? Ja. Man kann vor lauter Leibern kaum treten und muß bezahlen, um an ein sauberes Stück Strand zu kommen. Idra? Voll von knipsenden Deutschen.

Und mir wird klar, daß es jenes schäbige, aber freundliche Griechenland, das ich kannte – und das Adoni über meine Erinnerung kannte –, nicht mehr gibt.

»Und die Mädchen, Adonaki?«

Noch am gleichen Abend zieht er sich dann wieder seine Kellnersachen an und schneidet Brot und öffnet Flaschen, so als ob er niemals fort gewesen wäre. Ich warte immer noch darauf, daß er sich ein Herz faßt. Jedesmal, wenn wir mit Tellern aneinander vorbeigehen, mustern wir uns, und in der Küche sieht mich Anna besorgt an.

Doch erst als wir schließlich zugemacht haben, ist es soweit. Denn ich hatte mich nicht geirrt. Ich hatte gewußt, daß es kommen mußte. Wir sitzen in dem leeren Restaurant, trinken Kaffee und fragen Adoni über Athen aus. Und plötzlich bringt etwas, was Adoni sagt, Anna in Fahrt. Ihre Augen werden glasig. Sie fängt an, über Nea Ionia vor dem Krieg zu reden – über die alten Häuser, mit ihren Balkonen, die Familien in ihrer Straße, die Vassilious, die Kostopoulous, den einäugigen Feigenverkäufer Triandaphilos. Ich blicke sie grimmig an. Sie muß doch wissen, daß das wie ein Stichwort ist. Aber vielleicht soll es ja ein Stichwort sein.

»*As to! Koutamares!* Geh und mach noch Kaffee!«

Anna schlurft davon, und ich weiß, daß der Augenblick gekommen ist – und ich weiß, daß Anna mit gespitzten Ohren am Herd stehen und warten wird, bis es vorüber ist.

Er steckt sich eine Zigarette an.

»Übrigens ... ich habe mal versucht, ob ich die Kassevetistraße finden kann. Sie ist immer noch da, allerdings sind die Häuser alle neu. Und weißt du was? – Ich habe sogar einen der Vassilious gefunden ... Kitsos Vassiliou, wahrscheinlich ein bißchen älter als ich. Und der hat mir gesagt, wo ich den alten Elias Tsobanidis finden könnte. Erinnerst du dich noch an ihn?«

Ja, ich erinnere mich. Er schien schon um die Siebzig zu sein, als ich noch ein Junge war. Ich kann es gar nicht fassen, daß er noch am Leben ist.

Er spielt mit seiner Kaffeetasse. Die Stille, die herrscht, ist wie ein riesiges Gewicht, das sich herabsenkt.

»Du weißt, was ich gleich sagen werde, nicht wahr?« Plötzlich sieht sein Gesicht nicht mehr puddinghaft und weich aus, sondern als wäre es aus Stein gemacht.

»Ja, ja. Sag es. Sag es! Sag es!«

»Elias Tsobanidis hat mir erzählt – oder er hat Dinge gesagt, so daß ich es mir selbst zusammenreimen konnte –, daß mein wirklicher Name gar nicht Alexopoulos ist ... sondern Melianos. Meine Mutter starb bei meiner Geburt, und mein Vater fiel im Krieg.«

»Es stimmt, es stimmt. Es ist die Wahrheit!« Ich wünschte, ich könnte flennen wie ein sündhafter alter Mann.

»Verzeih mir, Adonaki.«

Aber er sieht mich an mit diesem harten, entschlossenen Gesicht – wo hat er das her? Er zieht an seiner Zigarette. Seine dicken Finger sind ledern und stumpf. Und plötzlich scheint es, daß er nicht bloß ein erwachsener Mann, sondern daß er alt ist, daß er die Jugend verloren hat, die er nie hatte.

Er legt seine Zigarette hin, lehnt sich über den Tisch und sagt, kalt wie Eis:

»Elias hat mir auch noch etwas anderes gesagt. Du weißt, daß das, was Elias sagt, die Wahrheit sein muß, nicht wahr? Er hat gesagt, daß dein Name auch nicht Alexopoulos ist. Die Alexopoulos, das waren Nachbarn deiner Eltern in Smyrna ... sie waren im Tabakgeschäft ... und sie waren diejenigen, die dich auf das Flüchtlingsschiff brachten. Deine Mutter und dein Vater wurden umgebracht, als die Türken die Stadt niederbrannten.«

Ich sehe ihn an, als wäre er ein Gespenst. Ich bemerke, daß Anna in der Tür steht. Sie sieht auch wie ein Gespenst aus, und sie sieht mich an, als wäre ich ein Gespenst.

Wir sind alle Gespenster. Aber gleichzeitig weiß ich – ich sehe es so deutlich vor mir wie nur irgend etwas –, daß wir alle so weitermachen werden wie vorher, daß wir im Restaurant unsere Rituale vollziehen werden, als ob sich nichts geändert hätte, und so tun werden, als ob wir Menschen wären, die wir nicht sind.

»Elias Tsobanidis ist ein alter Lügner!« brülle ich diesen »Sohn« an, den ich mein ganzes Leben lang belogen habe. »Ein alter Lügner! Ein alter Lügner!«

Sagen Sie mir, wer sind wir? Was ist wichtig, was nicht? Ist es besser, in Unwissenheit zu leben? Mein ganzes Leben lang habe ich mich schuldig gefühlt, weil ich meiner Mutter die Finger abgeschnitten habe, und jetzt erfahre ich, daß es überhaupt nicht meine Mutter war. Ach! Und zwei von den Köpfen, die die Türken in Smyrna abgehackt haben, zwei von ihnen waren die meiner Eltern, meines Vaters und meiner Mutter.

Aijih! Mir gefällt es nicht, wie es auf der Welt zugeht.

Der Hypochonder

Ich erinnere mich an jenen Tag aus zwei Gründen. Es war ein leuchtend klarer Tag Mitte September. Der Herbst war gekommen. Alles trat scharf umrissen und deutlich hervor …

Erstens war es der Tag, an dem meine Frau und ich erfuhren, daß sie schwanger war. Sie hatte mir morgens die Probe gegeben, und ich hatte sie selbst ins Krankenhaus gebracht, um sie untersuchen zu lassen. Vielleicht ist es ja seltsam, wenn sich ein Arzt auch bei seiner Frau so wissenschaftlich nüchtern verhält. Ich übergab die Probe McKinley im Labor und sagte: »Auf die hier werde ich warten – es ist meine Frau.« Kurze Zeit später kam McKinley zurück. »Positiv.« Aber auch vorher schon hatte meine Frau gewußt (diese frühen Ahnungen sind oft richtig), daß sie tatsächlich schwanger war. Wir hätten uns freuen sollen. Bevor ich an jenem Morgen mit der Probe das Haus verließ, hatte ich sie lange prüfend angesehen – vielleicht um festzustellen, ob ihre Intuition noch weiter ging. Unsere Küche war von blendendem Sonnenlicht erfüllt. Meine Frau wandte sich ab, und da küßte ich sie leicht auf den Kopf, so wie man ein unglückliches Kind küßt. Als McKinley »Herzlichen Glückwunsch« sagte, mußte ich mich zusammenreißen, um die übliche Freude zur Schau zu stellen …

Und zweitens war es der Tag, an dem ich zum erstenmal mit M. sprach. Er war der letzte auf meiner Liste für die Abendsprechstunde, und schon bei seinem Eintreten wußte ich irgendwie, daß er ein Simulant war. Er redete von Kopfschmerzen und unbestimmten Schmerzen in Rücken und Brust. Er war ein schmächtiger, farbloser, langweilig aussehender junger Mann von kaum zwanzig Jahren. Man merkt gleich, wenn jemand einen Schmerz beschreibt, der nicht wirklich da ist.

»Was für Schmerzen?«

»So eine Art Stechen.«

»Haben Sie sie jetzt auch?«

»O ja – sie sind immer da.«

»Andauernde, *stechende* Schmerzen?«

Ich klopfte pro forma seine Brust ab, fühlte seinen Puls und was dergleichen mehr war, um ihn zufriedenzustellen. Schließlich sagte ich zu ihm: »Soweit ich sehen kann, sind Sie ein völlig gesunder junger Mann. Physisch ist alles in Ordnung. Haben Sie irgendwelche Sorgen? Ich glaube, Ihre Schmerzen sind nur eingebildet. Ich glaube, Sie haben sie sich so lange eingebildet, bis sie wirklich da waren.« Ich sagte das durchaus freundlich. In Wirklichkeit hätte ich am liebsten gesagt: »Jetzt gehen Sie endlich!« Ich wollte Schluß machen und alleine sein. Ich brachte ihn zur Tür. Er hatte so ein blasses, schwaches Gesicht, das ich nicht mochte. An der Tür drehte er sich plötzlich um und sagte: »Herr Doktor, die Schmerzen sind wirklich echt.« Er sagte das mit solchem Ernst, daß ich hastig erwiderte (was ein Fehler war): »Wenn Sie sich immer noch Sorgen machen, dann kommen Sie nächste Woche wieder.«

Dann war er den Kiesweg hinunter verschwunden.

Ich hatte meine Frau seit dem Morgen nicht mehr gesehen. Ich hatte sie vom Krankenhaus aus angerufen. Ich hatte »Er ist positiv – Glückwunsch« gesagt, bloß um zu sehen, ob sie genauso reagieren würde wie ich bei McKinley. »Ich hab's ja gewußt«, war ihre Antwort gewesen. Dann hatte ich einiges im Krankenhaus erledigen müssen – mich mit dem Radiologen treffen, nachmittags einige Besuche machen –, und als ich zurückgekommen war, war ich gar nicht erst ins Haus, sondern gleich in die Abendsprechstunde gegangen. Das ist nichts Ungewöhnliches. Meine Praxis befindet sich in einem Anbau des Hauses, aber meine Frau und ich betrachten sie als eigenständigen Bereich. Meine Frau betritt mein Sprechzimmer auch außerhalb der Sprechstunden nicht, und es gibt Zeiten – wie zum Beispiel an jenem Abend –, wo ich mich an meinem Schreibtisch in der Praxis mehr zu Hause fühle als im eigentlichen Haus, von dem ich nur durch eine Tür getrennt bin.

Ich sagte Susan, meiner Sprechstundenhilfe, auf Wiedersehen und tat so, als wäre ich mit ein paar Krankenblättern beschäftigt. Es war kurz vor sieben. Die Sonne, die den ganzen Tag geschienen hatte, stand tief, strahlte jedoch noch in rötlicher Frische. Durch das Fenster meines Sprechzimmers konnte ich sehen, wie die Äpfel an den Bäumen in unserem Garten immer dicker wurden, sah die orangefarbenen Beeren des Feuerdorns und den sich rot färbenden wilden Wein an der Hauswand. Es hat mir immer gefallen, wie der Garten vom Sprechzimmer aus zu sehen ist und sich gegen das Fenster drängt, als wäre es eine Art Wintergarten. Ich glaube, meine Patienten finden das beruhigend. Sie äußern sich oft mit Vergnügen über den Ausblick. Ich saß eine Zeitlang am Schreibtisch und blickte in den Garten hinaus. Ich wollte nicht an meine Frau denken. Ich dachte an meinen Großonkel Laurie. Dann sah ich auf die Uhr, stand auf, verschloß die Außentüren von Wartezimmer und Sprechzimmer und ging durch die Verbindungstür ins Haus. Auf dem Weg verlieh ich meinem Gesicht einen munter-ernsten Ausdruck, wie ich es für meine Patienten tue. Meine Frau war in der Küche. Sie ist neunundzwanzig, jung genug, um meine Tochter zu sein. Ich nahm sie in die Arme, aber fast ohne einen Druck auszuüben, so wie man etwas Zerbrechliches und Kostbares berührt. Sie sagte: »Wir müssen eben abwarten.«

M. kam in der Woche, die auf seinen ersten Besuch folgte, in meine Praxis und auch in der Woche darauf und in Abständen jenen ganzen Winter hindurch. Es war ein Fehler gewesen, bei seinem ersten Besuch nicht standhaft geblieben zu sein. Ich schätzte ihn als Hypochonder der hundertprozentigen Sorte ein. Da war zunächst seine Beharrlichkeit. Dann die scheinbar grenzenlose Veränderbarkeit seiner Symptome und die Ungereimtheiten, wenn er sie beschrieb. Wenn ich zum Beispiel bei einem seiner Besuche die Schmerzen an einer bestimmten Stelle als reine Erfindung abgetan hatte, kam er wieder, um mir mitzuteilen, daß die Schmerzen »gewandert« seien – von der Brust in den Unterleib, vom Herzen zu den Nieren –, so daß ich gezwungen war, die Sache zu untersuchen. Nach einiger Zeit wurden diese »Schmerzen« zu etwas Allgegenwärtigem und Amorphem, das seinen Organismus auf geheimnisvolle Weise durchdrang, aber jederzeit bereit war, sich in jenen Körperregionen festzusetzen, wo ich es seiner Meinung nach am wenigsten ignorieren konnte. Oft beschrieb er einigermaßen detailliert die klassischen Symptome bestimmter Krankheiten (wie sie jedermann in medizinischen Lehrbüchern nachlesen kann), aber er vergaß dabei verräterischerweise irgendeinen bestimmten Faktor, oder er konnte die körperlichen Anzeichen nicht vorweisen. Dann griff er auf seinen alten Spruch zurück: »Aber Herr Doktor, die Schmerzen sind wirklich echt«, und ich auf den meinen: »Herrgott noch mal – Ihnen fehlt nicht das geringste!«

Ich konnte ihn nicht loswerden, indem ich ihm einfach

bloß bewies, daß seine Beschwerden eingebildet waren. Natürlich war mir auch klar, daß man das Problem anders anpacken mußte. M.s Hypochondrie selbst, so offensichtlich neurotisch, war das einzige bei ihm, was berechtigterweise ärztlich behandelt werden konnte. Ich hätte ihn zu seiner Vorgeschichte befragen sollen, zu seinen Ängsten, ihn vielleicht in psychiatrische Behandlung überweisen. Aber das tat ich nicht. Mir schien, wenn man M.s Zustand ernst nahm, würde das sehr wahrscheinlich nur zur Folge haben, daß dieser gehätschelt und unterstützt, nicht jedoch beseitigt wurde. Ich konnte den Verdacht nicht loswerden, daß M. sich auf Kosten der Medizin einen komplizierten Scherz erlaubte, und ich wollte ihm nicht zum Opfer fallen. Außerdem hatte ich nicht den Wunsch, sein bereits übermäßiges Interesse an Krankheiten noch zu vergrößern. Es gibt nichts, was ich mehr verachte. Damit wir uns nicht falsch verstehen: Ich bin nicht Arzt geworden, weil ich mich für die Krankheit interessiere, sondern weil ich auf der Seite der Gesundheit stehe. Die Tatsache, daß die Hälfte meiner Familie aus Medizinern bestand, ändert nichts an meinen Motiven. Man kann der Krankheit auf zwei Arten entgegentreten – die eine ist solides praktisches Wissen, die andere Gesundheit. Das sind die beiden Dinge, die ich am höchsten schätze. Und glauben Sie mir, Gesundheit ist nicht die Abwesenheit von Krankheit, sondern deren Nichtbeachtung. Der geheimnisvolle Nimbus, der angeblich das Leiden umgibt, kann mir gestohlen bleiben.

Also konnte ich M. nur den simplen Rat geben, den sich unzählige potentielle Patienten selbst geben, und das mit bestem Erfolg: »Kümmern Sie sich nicht darum. Es hat nichts zu bedeuten. Ihnen fehlt nichts.« Und ich sagte: »Ich will Sie hier nicht wiedersehen.«

Aber er kam trotzdem wieder und trieb mich schier in den Wahnsinn. Es gab Zeiten, da mußte ich mich beherrschen, um ihn nicht anzubrüllen, zu packen und gewaltsam aus dem Sprechzimmer zu werfen. Manchmal stieg ein wilder Haß auf dieses niedergeschlagene Gesicht, auf seine flehende Art in mir auf. Ich hätte ihn am liebsten geschlagen. Dann wieder behandelte ich ihn mit der zwanglosen Gleichgültigkeit, die ein Kneipenwirt einem Stammkunden entgegenbringt, der Abend für Abend kommt und an der Theke allein vor sich hin trinkt, trübsinnig, aber harmlos. Dann wurde ich wieder wütend, wütend auf M., wütend auf mich, weil ich sein Spiel duldete. »Hören Sie«, sagte ich, »ich habe hier wirklich kranke Menschen, um die ich mich kümmern muß. Wissen Sie, was wirklich kranke Menschen sind? Sie stehlen mir meine Zeit und hindern mich daran, Leuten zu helfen, die wirklich Hilfe brauchen. Gehen Sie. *Tun* Sie irgend etwas! Lernen Sie Skilaufen oder Bergsteigen … dann brauchen Sie vielleicht wirklich mal einen Arzt!« Aber er gab nicht auf. »Ich *bin* wirklich krank.«

Einmal bemerkte ich, daß mir, nachdem ich ihn zur Tür gebracht hatte, die Hände zitterten. Ich war völlig außer mir.

»Wer ist denn dieser Mann?« fragte meine Frau.

Wir waren im Begriff, Mittag zu essen und saßen im Eßzimmer, von dem aus man einen Blick über den Vorgarten hinweg auf die Straße hat. Auf der anderen Straßenseite befindet sich eine Bushaltestelle, wo man manchmal nach Ende meiner Abendsprechstunde die letzten Patienten auf den Bus warten sehen kann. Meine Frau sieht meine Patienten kommen und gehen. Sie erkundigt sich nach ihnen. Manchmal glaube ich, daß sie eifersüchtig auf sie ist.

M. war dagewesen, in seinem zerknautschten blauen Regenmantel. Meine Frau mußte ihn früher schon bemerkt haben.

»Das ist M.«, sagte ich. »Er ist eine absolute Pest.« Und dann setzte ich, auf einmal ganz besitzergreifend und so, als hätte ich mich zu verteidigen, hinzu: »Ihm fehlt überhaupt nichts! Nicht das geringste!«, so daß mich meine Frau erschrocken ansah.

Das war kurz vor Weihnachten. Inzwischen konnte man meiner Frau die Schwangerschaft deutlich ansehen. Ich habe unzähligen Frauen während ihrer Schwangerschaft beigestanden. Ich fand das befriedigend. Aber dieses Baby im Bauch meiner Frau war wie eine Barriere zwischen uns.

Ungefähr eine Woche später sagte ich zu M. (wir waren wieder bei Kopfschmerzen und verschiedenen Beschwerden gelandet, den bunt zusammengewürfelten Symptomen eines halben Dutzends nervös bedingter Erkrankungen): »Sie wissen doch genausogut wie ich, daß Ihnen absolut nichts fehlt. Warum tun Sie das?«

Es war ein rauher, nebliger Novembertag. An einem solchen Tag kann mein Sprechzimmer behaglich wirken, wie eine Zufluchtsstätte. Ich habe einen schönen eichenen Rollschreibtisch, einen dunkelgrünen Teppich, ein leise vor sich hin zischendes Gasfeuer, Bilder an der Wand – Blumen- und Früchtestilleben.

Ich hatte meinen Füllfederhalter hingelegt und lehnte mich zurück. Ich war bereit, offen zu reden.

»Mir geht es nicht gut, Herr Doktor … ich komme zu Ihnen.«

Es war etwas Fremdländisches an M., an seiner Stimme, seinem Akzent, seiner Ausdrucksweise, seinem Aussehen.

Ich seufzte und drehte mich langsam auf meinem Drehstuhl hin und her.

»Erzählen Sie mir etwas von sich. Was tun Sie beruflich? Sie arbeiten in irgendeinem Büro, nicht wahr?«

»Lebensversicherungen.«

Das amüsierte mich. Ich zeigte es nicht.

»Aber was machen Sie abends? An den Wochenenden?«

Er sagte nichts. Er sah nervös auf meinen Schreibtisch. Er war wie ein Schuljunge, der keinen Ton herausbringt, wenn der Lehrer freundlich mit ihm redet.

»Haben Sie keine Freunde? Eine Freundin?«

Keine Antwort.

»Familie?«

Er schüttelte den Kopf.

Der Ausdruck seines Gesichts war leer und undurchsichtig. Ohne weiter in ihn zu dringen, konnte ich das ganze Bild vor mir sehen: den ganzen Tag Ablage machen und Zahlen eintragen, ein möbliertes Zimmer, einsame Abende. Nachts lag er dann wach und lauschte auf seinen Herzschlag, seine Atemzüge, das Gurgeln seines Verdauungstrakts.

Ich dachte an mein eigenes Leben als Zwanzigjähriger. Ich hatte in der Bibliothek der Medizinischen Fakultät über Fachbüchern gehockt. Ich hatte Rugby für Guy's Hospital gespielt, war mit einer Studentin der Zahnmedizin ausgegangen.

»Ja, also …« fing ich an.

»Herr Doktor«, unterbrach er mich, so als machte ihn meine Abschweifung ungeduldig. Trotz seiner Zurückhaltung konnte er einem ganz plötzlich in die Parade fahren. »Sie werden mir sagen, was mir fehlt?«

»Ja, also, wie ich Ihnen gerade sagen wollte, wenn Sie mehr aus Ihrem Leben …«

»Nein, ich meine, was mir fehlt.« Er tippte sich auf die Brust. Manchmal tat er so, als verheimlichte ich ihm eine furchtbare Wahrheit. »Bitte, sagen Sie es mir.«

»Dasselbe wie sonst auch – nichts«, sagte ich ärgerlich.

»Das wissen Sie?«

»Ja.«

»Wie können Sie das wissen?«

Das war wie ein Verwirrspiel in einem Verhör.

»Lieber Himmel, das ist schließlich mein Beruf!«

Er brachte sein Gesicht ein wenig näher an das meine. Es zeigte denselben schüchternen Ausdruck wie immer, aber es hatte auch etwas Hartnäckiges, das einen nicht gleichgültig ließ.

»Herr Doktor, Sie sollen Schmerzen lindern. Wissen Sie, was Schmerzen sind?«

Ich hätte bei einer so absurden Frage explodieren sollen, auch wenn sie sehr sanft vorgebracht worden war. Aber ich tat es nicht. Ich merkte, daß ich mich geradezu zwanghaft mit meinem Stuhl hin und her drehte, daß ich meinen Füller aufgenommen hatte und daran herumfingerte.

»Hören Sie, das alles ist ziemlich sinnlos, finden Sie nicht auch? Offensichtlich kann keiner von uns beiden dem anderen helfen. Lassen Sie uns das Spiel beenden. Finden Sie nicht, daß es weit genug gegangen ist?«

Er sah mich entgeistert an.

»Also, ab mit Ihnen!«

Er stand auf. Ich war streng. Aber mir war klar, daß die vertrauensvolle Art, in der ich mit ihm gesprochen hatte, ein Eingeständnis gewesen war. Ich hatte zugegeben, daß er mich aus der Ruhe brachte, mich nicht kaltließ, daß mein Verhältnis zu ihm anders war – intimer und komplizierter – als zu anderen Patienten. An der Tür blickte er – fast zufrieden – auf. Meine Handflächen waren feucht. Sein Gesicht hatte etwas Flaches, so als wäre nichts dahinter. Und plötzlich wußte ich, warum er seine Schmerzen so hegte und pflegte, warum er kleine Störungen und Krisen in seinem Körper erfand, warum er dieses Amateurtheater in meiner Sprechstunde brauchte: Er erlebte etwas.

In jener Nacht konnte meine Frau nicht schlafen. Sie hatte leichte Schwangerschaftsbeschwerden, für die ich ihr hatte Tabletten verschreiben lassen. Wir lagen in der Dunkelheit und schliefen nicht. Ich fragte sie (was ich im stillen schon so oft getan hatte, seit ich wußte, daß sie schwanger war, aber erst jetzt laut tat): »Von wem ist das Kind?« – »Woher soll ich das wissen?« sagte sie. Und doch wußte ich, daß sie es wußte. Vielleicht sagte sie es nicht, um mich zu schützen, mich zu besänftigen oder – wenn es von mir war – um mich zu bestrafen. Sie drehte sich auf die Seite. Sanft legte ich meine Hand auf ihren Bauch.

Ich hatte meine Frau kennengelernt, als sie zweiundzwanzig und ich einundvierzig war und gerade als Partner in der Praxis angefangen hatte, die mir jetzt allein gehört. Zwanzig Jahre lang (wenn ich meine Ausbildung mitrechne) hatte ich in der hektischen Krankenhauswelt gearbeitet und mir so etwas wie eine Reputation erworben, aber es war nie meine Absicht gewesen, berühmt zu werden, mich der Medizin ausschließlich oder gar akademisch zu widmen. Ich wollte eines Tages eine Praxis übernehmen, in der ich mich nicht totarbeiten mußte, die mir genug Freiheit ließ, mein Leben zu genießen. Ich wollte mein Leben genießen. Ich liebte das Leben. Meine medizinischen Kenntnisse waren eine Garantie dafür, daß es mir gelang. Denn sehen Sie, für mich ging es immer um Gesundheit, um Glück. Und wenn ich erst diese Praxis hatte, dann wäre es auch Zeit für mich zu heiraten. Meine Frau würde jung sein, sinnlich, natürlich und voller Leben. Sie würde die Opfer und Einschränkungen, die man im Dienste der Medizin auf sich nehmen muß, teilweise wieder wettmachen.

Barbara war alles das. Obwohl sie, wie ich fand, auch verletzlich wirkte, so als brauchte sie Schutz, als wäre sie trotz ihrer zweiundzwanzig Jahre in mancher Hinsicht noch ein Kind. Sie arbeitete in der Hämatologischen Abteilung des St. Leonard's Hospital. Ich habe mich immer besonders für Hämatologie interessiert. Der Grund dafür ist, daß ich früher einmal Angst vor Blut hatte. Sein Anblick versetzte mich in Panik. Barbara war nach ihrem Examen ans St. Leonard's gegangen und seit einem Jahr dort. Innerhalb von achtzehn Monaten waren wir verheiratet. Vielleicht hatte ich auf sehr altmodische Weise um sie geworben. Indem ich ihr all die soliden Dinge zeigte, die ich ihr zu bieten hatte – das Haus mit der angrenzenden Praxis, die mir Dr. Bailey (der sein Praktikum bei meinem Großonkel im St. Bartholomew's Hospital absolviert hatte) anbieten würde, wenn er sich zur Ruhe setzte, den Garten mit seinen Apfelbäumen, mein berufliches Ansehen, mein Wissen. Vielleicht erwartete sie ja auch von mir eine Erweiterung ihres Erfahrungshorizontes. Sie war ausgelassen, energiegeladen und kapriziös, und ich wollte daran als ein Partner teilhaben. Aber ich stellte fest, daß ich in die Rolle des Älteren rutschte, dessen Würde veralbert und herausgefordert wird. Unsere Hochzeitsreise machten wir nach Italien. Wir liebten uns in einem Zimmer mit ausgeblichenen Fensterläden und Blick auf den Golf von Sorrent. Und doch wußte ich hinterher, daß es nicht so sein würde, wie ich es mir vorgestellt hatte. Ich machte mir deswegen keine Gedanken – ich habe gelernt, mir wegen nichts Gedanken zu machen, die Dinge zu nehmen, wie sie sind. Ich betrachtete die Jugend meiner Frau als etwas völlig Natürliches, völlig Richtiges, selbst wenn ich sie nicht gänzlich teilen konnte. Mein Verhältnis zu ihr wurde eher väterlich – ihr Vergnügen war mein Vergnügen; ich war da, um ihr zu raten, ihr ihr Vergnügen zu sichern, es vor den möglichen Risiken zu schützen, die es unter Umständen einging, für ihre Gesundheit zu sorgen. Ich wollte ihr keine Fesseln anlegen. Wir trennten die Praxis vom Haus ab, so daß sie separate Territorien bildeten und sich keiner dem anderen aufdrängte. Vielleicht wurde sie auf meine Patienten eifersüchtig, weil die Aufmerksamkeit, die ich ihnen widmete, in gewisser Weise der ähnelte, die ich ihr schenkte. Dennoch glaube ich, daß ich ihr gegenüber fürsorglich war, wie auch meinen Patienten gegenüber. Ich dachte an all das, was ich hatte. Ich hatte allen Grund, dankbar zu sein. Ich betrachtete meine Frau, wenn sie sich mit hochgesteckten Haaren für einen Abend mit Freunden zurechtmachte oder wenn sie, mit Einkaufstüten beladen, aus dem Auto stieg, das ich ihr gekauft hatte (nur manchmal sagte ich mir, daß diese Bilder Fotografien glichen, deren Gegenstand man nicht berühren kann – aber ich ließ mich davon nicht niederdrükken), und ich dachte: Ich bin ein glücklicher Mann, ein wirklich glücklicher Mann. Und dann erwachte in mir der Wunsch nach einem Kind.

Ich wußte, daß sie ein Verhältnis mit Crawford hatte. Er war der neue Chef der Hämatologischen Abteilung. Erst zweiunddreißig. Ich war nicht aufgebracht, machte ihr keine Vorwürfe. Ich halte nichts davon, Leid hervorzurufen. Ich dachte: Das ist natürlich und entschuldbar. Sie muß dieses Abenteuer haben, sie muß ihre Erfahrungen machen. Das beste ist, man läßt die Sache laufen. Wenn alles vorüber ist, dann kommt sie zu mir zurück, und unsere Beziehung wird gefestigter sein, heiterer. Ich war noch nicht einmal eifersüchtig auf Crawford. Er war kein Arzt, wie die meisten in den Forschungsabteilungen. Wie alle Nichtärzte pflegte er seinen Gegenstand wissenschaftlich isoliert zu betrachten, ohne jeden menschlichen Bezug. Er war ein ziemlich schmächtiger, wenig einnehmender Mann – wenn er auch sechzehn Jahre jünger war. Seine Affäre mit Barbara dauerte jenen Sommer hindurch und fand im August ihr Ende. Ich weiß nicht, ob er Schluß gemacht hatte oder ob sie beide ein Ende machen wollten, weil sie mir gegenüber ein schlechtes Gewissen hatten. Oder Crawfords Frau gegenüber. Später erfuhr ich, daß Crawford im neuen Jahr eine Stelle in Kanada antreten würde. Barbara wurde mit der Trennung schlecht fertig – sie weinte sogar in meiner Gegenwart und machte mir Vorwürfe. Ich dachte: Damit muß man rechnen. Es wird heilen. Das Leben fängt neu an. Die beiden hatten miteinander Schluß gemacht, kurz bevor sie und ich zu unserem Sommerurlaub im Westen Irlands aufbrachen. Oft ließ ich sie in unserem Zimmer allein zurück und ging am Strand oder auf dem Golfplatz spazieren. Voller Dankbarkeit atmete ich die saubere Luft.

Nach unserer Rückkehr erfuhren wir dann, daß sie schwanger war.

Behutsam legte ich meine Hand auf ihren Bauch. Wenn man den Bauch einer Schwangeren berührt, kann man alles mögliche über das Kind, das sie trägt, sagen. Nur nicht, von wem es ist.

»Sag es mir.«

»Ich weiß es nicht, ich weiß es nicht.«

Ich dachte: Vielleicht sagt sie das nur, um ein Drama daraus zu machen.

»Wenn du es mir sagst, werde ich es verstehen. So oder so.«

Sie gab keine Antwort. Es war, als wäre sie weit weg. Sie lag zusammengekrümmt unter der Bettdecke, in sich zusammengezogen wie der Fötus in ihrem Inneren.

Sie schwieg lange, dann sagte sie: »Was wirst du verstehen?«

Als M. ein paar Tage später in meiner Praxis auftauchte, fuhr ich wütend auf ihn los. Ich weigerte mich, ihn zu behandeln. Ich hatte mich nicht so benehmen wollen. Aber beim Anblick seines hilflosen Gesichts explodierte etwas in mir. Es war nicht mehr einfach nur beruflicher Ärger. Ich hatte das Gefühl, ich müßte mich von ihm befreien, so wie man manchmal eine schädliche Beziehung abbrechen, eine Bindung lösen muß, die man nie hätte eingehen sollen. »Raus!« sagte ich. »Ich habe genug! Raus!« Er sah mich mit einer Art naiver Ungläubigkeit an. Das steigerte meine Heftigkeit nur noch. »Raus! Ich will Sie hier nicht mehr sehen!« Ich fühlte, daß ich rot vor Zorn geworden war, und ich war nahe daran, die Kontrolle über mich zu verlieren. »Aber ... meine Schmerzen sind *echt*, Herr Doktor«, wiederholte er seinen alten Spruch. »Nein, Ihre Schmerzen sind nicht echt«, sagte ich mit Nachdruck. »Wenn sie echt wären, würde es Sie nicht interessieren, ob sie echt sind oder nicht.« Ich hatte etwas von meiner Selbstbeherrschung zurückgewonnen. Mit einer Hand auf M.s Schulter drängte ich ihn zur Tür. Ich öffnete sie und stieß ihn beinahe hinaus. »Gehen Sie, ja? Ich will Sie nicht wiedersehen!«

Es war ein dunkler Abend um die Mitte des Winters. Eine Lampe über der Eingangstür zur Praxis beleuchtete den Kiesweg. M. ging davon, blieb aber nach drei oder vier

Schritten kurz stehen, um sich nach mir umzudrehen. Und in dem Augenblick stieg in mir ein sonderbares, deutliches Bild aus meiner Kindheit auf. Ich war höchstens elf Jahre alt. Es war ein warmer Sonntag mitten im Sommer, und die ganze Familie war im Garten. Ich war aus irgendeinem Grund in die Küche gegangen und fand unseren alten Kater Gus tot auf dem Fußboden. Er lag auf den Fliesen und hatte die Beine steif von sich gestreckt. Ich wußte, daß er tot war, aber ich war dem Tod noch nie zuvor in so greifbarer Form begegnet. Ich hatte Angst. Aber was mir angst machte, war nicht so sehr die tote Katze an sich, als vielmehr die Tatsache, daß ich sie als erster entdeckt hatte, so daß ihr Tod irgendwie mit mir zusammenhing und ich ihr gegenüber eine Verantwortung trug. Ich wußte nicht, was ich tun sollte. Ich zog mich einfach in den Garten zurück, tat so, als hätte ich nichts gesehen, und versuchte, meinen Gemütszustand zu verbergen, bis jemand anders die Katze entdecken würde. Aber nachdem ich mich aus der Küche geschlichen und einen Nebenpfad eingeschlagen hatte, drehte ich mich, ohne es zu wollen, um, als ob sich die tote Katze irgendwie von den Toten erheben und meine Schuld und meine Feigheit enthüllen könnte wie der Geist eines Ermordeten.

Diese Erinnerung schoß mir bei M.s Fortgehen durch den Kopf, aber nicht, wie das bei Erinnerungen sonst der Fall ist, das heißt so, als sähe man alles noch einmal mit seinen eigenen Augen. Vielmehr schien ich mich selbst als Jungen von außen zu sehen, genauso wie ich in der Realität M. vor mir sah.

Ich kehrte an meinen Schreibtisch zurück und setzte mich. »Was in aller Welt war denn los?« fragte meine Sprechstundenhilfe, die aus dem kleinen Büro kam, das an mein Sprechzimmer anstieß. Mein Schreien mußte fast noch im

Wartezimmer zu hören gewesen sein. »Ist schon gut, Susan. Alles in Ordnung. Geben Sie mir einen Augenblick Zeit, bevor Sie den nächsten hereinschicken, ja?« Ich stützte den Kopf in die Hände und saß mehrere Minuten so da. Meine Praxisräume sind seitlich und nach hinten versetzt an das Haus angebaut, so daß man, wenn man schräg nach hinten schaut, die rückwärtigen Fenster des Hauses sieht. Ebenso kann man vom Haus aus die Fenster der Praxis sehen. Ich zog die Vorhänge über meinem Schreibtisch zurück und schaute zu den erleuchteten Erdgeschoßfenstern hinüber, hinter denen, wie ich wußte, Barbara sein würde. Ich wollte, daß sie erschien. Dann atmete ich tief durch und drückte auf den Summer auf meinem Schreibtisch, das Signal, den nächsten Patienten aus dem Wartezimmer hereinzurufen.

Als meine Sprechstunde an jenem Abend zu Ende war, schloß ich sofort ab und ging direkt zu meiner Frau hinüber. Ich wollte meine Arme um sie legen und sie beschützend festhalten. Aber irgendwie vereitelte sie das. »Was ist los?« fragte sie. Sie stand in der Diele und trocknete sich die Hände mit einem Küchenhandtuch ab. Vielleicht sah ich nach meinem Gefühlsausbruch M. gegenüber immer noch erregt aus. Sie kam zu mir. Sie führte mich ins Wohnzimmer. »Komm, setz dich einen Augenblick, du siehst nicht gut aus.« Ich war davon so überrascht, daß ich es geschehen ließ. In den Anfangsjahren unserer Ehe, als deutlich wurde, daß unser Altersunterschied seine Folgen haben würde, hatte meine Frau versucht, ihre Rolle neu zu interpretieren. Sie hatte sich, was die Zukunft anbetraf, als der jüngere, stärkere Partner gesehen, der ein wachsames (und beruhigendes) Auge auf einen beschäftigten älteren Ehemann hat und ihn vor den Strapazen der Überarbeitung bewahrt. Ich hatte mir vorgenommen, ihr nie Gelegenheit dazu zu geben.

Sie deutete auf einen Sessel. Ich dachte: Das ist lächerlich, das ist irgendein Trick. Ich bin der Arzt, und sie sagt, daß ich unwohl aussehe. Ich war es, der sie trösten wollte, sie ist es, die sich ausruhen muß. Als sie mich drängte, ich solle mich hinsetzen, stieß ich plötzlich ihre Hände weg. »Mein Gott, mir fehlt nichts!« Sie sah mich durchdringend an. »Na schön«, sagte sie, und ihr Gesichtsausdruck wurde bitter und leer.

Später an jenem Abend kam ich darauf, warum ich manchmal das Gefühl gehabt hatte, M. schon einmal gesehen zu haben. Sein Gesicht ähnelte dem einer der Leichen, die wir während meiner Studienzeit im Anatomiekurs seziert hatten. Ich erinnerte mich daran, weil fast alle Leichen, die für Lehrzwecke verwendet werden, die alter Menschen sind. Ich selbst litt nicht unter den Übelkeitsanfällen, von denen die meisten Medizinstudenten im Seziersaal heimgesucht werden. Aber diese Leiche eines jungen, schmal gebauten Mannes ließ mich zögern. Der Anatomiedozent hatte gewitzelt: »Ihr Alter, was, Collins?«

Es ist das gleiche Gesicht, dachte ich. Aber ich schob diesen Gedanken beiseite.

Zwei oder drei Tage später erhielt ich einen Anruf, der mich aus dem Gleichgewicht brachte. Er kam von einer jungen Frau, die sagte, sie riefe wegen M. an. Sie habe ein Zimmer im selben Haus, in dem auch M. wohne. M. sei krank. Er habe die Aufmerksamkeit von Mitbewohnern auf sich gelenkt und ihnen meine Nummer gegeben. Ich dachte: Natürlich, der unvermeidliche Trick. Jetzt, wo er nicht mehr in meine Praxis kommen darf. Es war unmöglich, ihr am Telefon meinen Standpunkt zu erklären, und ebenso unmöglich, ihr geradeheraus zu sagen, daß ich nicht die Absicht hatte, M. zu besuchen. Ich sagte, daß ich versuchen würde, am Nachmittag noch einen Besuch einzuschieben. Das war vormittags so gegen elf Uhr. In meinem Ärger unterließ ich es sogar, nach den Symptomen zu fragen, wie ich es normalerweise tat.

»Es scheint ihm schlechtzugehen, Herr Doktor, meinen Sie nicht, Sie sollten sofort kommen?«

Ich war versucht zu sagen: »Das ist alles nur Getue, Sie dumme Gans, lassen Sie sich doch nicht aufs Glatteis führen«, aber ich tat es nicht. Ihre Stimme hatte wirklich flehend geklungen. Statt dessen sagte ich energisch: »Hören Sie, ich bin ein vielbeschäftigter Mann, vor vier kann ich nicht kommen ... in Ordnung?« Und knallte den Hörer auf die Gabel.

Ich hatte tatsächlich an jenem Nachmittag mehrere Hausbesuche zu machen. Einige Fälle waren ernsterer Art, keiner war wirklich dringend. Ich wußte, daß es meine Pflicht war, mich als erstes um einen Notfall zu kümmern. Notfall! Meine einzige Schwierigkeit bestand darin zu entscheiden, ob ich überhaupt zu M. fahren sollte. Ich entschloß mich erst, nachdem ich alle anderen Besuche gemacht hatte. Normalerweise versuche ich, bis vier Uhr mit meiner Runde fertig zu sein, so daß ich eine kurze Pause habe, bevor um fünf die Abendsprechstunde anfängt. Es war fast Viertel nach vier, als ich wendete und die Richtung zu M.s Wohnung einschlug. Ich wußte, daß es unangenehme Folgen für einen Arzt haben konnte, wenn er einen Hausbesuch ablehnte (selbst bei blindem Alarm), wenn es um Dritte ging. Gegen halb fünf erreichte ich M.s Haus – eines in einer Reihe großer, häßlicher viktorianischer Häuser mit Kellergeschossen. Es war schon fast dunkel. Als die Tür geöffnet wurde, schien mehr als eine Person auf mich zu warten – eine junge Frau mit Kräuselhaaren und Brille, die wahrscheinlich die Anruferin war, ein großgewachsener, lakonischer Westinder, ein Mann mittleren Alters in einer blauen Strickjacke, der aus einem Zimmer im hinteren Teil des Hauses auftauchte, noch eine Frau, die sich über das Treppengeländer beugte. Ich spürte sofort die allgemeine Feindseligkeit. Die Frau auf der Treppe, die am weitesten von mir entfernt war, sprach als erste.

»Sie kommen verdammt noch mal zu spät, Freundchen!«

Die junge Frau mit Brille erklärte: »Wir haben einen Krankenwagen gerufen.«

»Sie haben was?«

»Vor einer halben Stunde ist er weggefahren … wir haben uns wirklich Sorgen gemacht.«

»Ja, was hatte er denn bloß?«

»Das fragt er jetzt«, sagte der Westinder und musterte mich von oben bis unten. »Fünf Stunden«, setzte er hinzu, »fünf beschissene Stunden, bis der Arzt kommt.«

Ich stand im Flur, im Mantel und mit Arzttasche, und der Gedanke drängte sich mir auf, daß das alles – sogar der Krankenwagen – immer noch gespielt war, ein übler Streich, eine komplizierte Verschwörung, um M.s Schwindel fortzusetzen. Ich wollte nicht den Fehler begehen und die Sache für echt halten. Der Flur war schwach erleuchtet und ungeheizt.

Bruchstücke ramponierten Linoleums bedeckten Fußboden und Treppenstufen. Essengerüche durchzogen die Luft. Die Leute vor mir glichen Figuren aus einem Theaterstück, in dem ich die Rolle des Hauptverdächtigen spielte. Alles war sehr seltsam.

Es gelang mir, mich soweit in der Gewalt zu haben, daß ich sagen konnte: »Hören Sie, M. ist eine ganze Zeit lang mein Patient gewesen ... ich bin mir über seinen Zustand völlig im klaren. Also« – ich wandte mich an die junge Frau mit Brille – »ich nehme an, es war diese junge Dame hier, die mich heute morgen angerufen hat. Ich würde gerne mit ihr sprechen ... allein. Ich wäre Ihnen allen dankbar, wenn Sie mir das gestatteten.«

Sie sahen mich eine Weile an, als hätten sie nicht die Absicht, sich in Bewegung zu setzen, dann zogen sie – langsam – ab. Der Westinder sagte halb rückwärts gewandt zu der jungen Frau: »Sag's ihm, Janie!«

Wir gingen in ihr Zimmer im ersten Stock. Es war ein düsterer, vollgestopfter Raum, der durch bunte Decken über den Sesseln und Topfpflanzen auf dem Kaminsims etwas Farbe bekam. Sie steckte sich eine Zigarette an und redete bereitwillig, aber mit Argwohn in der Stimme. Sie beschrieb ein Sammelsurium von Symptomen – wie die mir von M. in meiner Praxis beschriebenen –, die für mich nichts Bestimmtes ergaben. Ich hörte ihr gleichmütig zu. Als sie sah, daß ich nicht beeindruckt schien, wurde offensichtlich, daß sie mich nicht mochte. Ich dachte: Wenn ich es ihr nur erzählen könnte.

»Hat er sich übergeben? Hatte er Fieber ... Gesichtsröte, Ausschlag?« fragte ich.

Sie zuckte die Achseln, als wäre es meine Sache, so etwas zu bemerken.

»Herr Doktor, er hat vor Schmerzen geschrien ... er hat Qualen gelitten.«

»Ich verstehe.«

Ich sagte, daß ich gerne M.s Zimmer sehen würde. Ich weiß nicht, warum das wichtig für mich war. Zögernd sagte sie: »Na gut. Es ist das Zimmer nebenan. Ich habe den Schlüssel an mich genommen, als der Krankenwagen wegfuhr.«

Als wir den Flur entlanggingen, fragte ich: »Kennen Sie ihn? Wohnt er schon lange hier?«

»Lebt zurückgezogen. Ruhig. Am Anfang dachten wir, er wäre Ausländer. Wir würden gern mehr von ihm sehen, aber wir drängen niemanden.«

»Einsam?«

»Vielleicht.«

Die Frau, die bei meiner Ankunft als erste gesprochen hatte, erschien wieder auf der Treppe. »Armer Junge, immer so nett und bescheiden.«

»Ja«, sagte ich.

M.s Zimmer stand in absolutem Gegensatz zu dem, was ich vom übrigen Haus gesehen hatte. Alles strahlte Sauberkeit und Ordnung aus. Das Bett an der Wand war ungemacht, aber davon abgesehen schienen die Möbel (ein Sessel, ein Couchtisch, ein Tisch mit zwei Holzstühlen, eine Kommode und ein Schrank) unverrückbar an der vorgeschriebenen Stelle zu stehen und nicht benutzt worden zu sein – wie in einem unbewohnten Zimmer, das auf Gäste wartet. Es lagen weder Kleidungsstücke noch Zeitungen herum, noch fand sich der übliche Krimskrams auf dem Kaminsims. In einer Ecke in einem Alkoven war eine Spüle mit Abtropffläche, eine Arbeitsfläche mit einem zweiflammigen Gaskocher und einem Kessel und Schränken darüber und darunter. All das war alt, angeschlagen und korrodiert, aber im Ausguß standen keine schmutzigen Teller, es standen keine Essensreste herum, und das Abtropfbrett war sauber abgewischt. Es gab nichts im Zimmer, was auf das Leben hinwies, das sich darin abgespielt hatte – mit Ausnahme vielleicht der Bücher auf zwei Bücherborden über dem Bett: eine kleine, zusammengewürfelte Kollektion, die einen großen Themenkreis oberflächlich behandelte, wie die Bücher eines Schülers, der für viele Fächer lernen muß. Mit säuerlicher Befriedigung bemerkte ich darunter auch den ausgeblichenen Rücken einer alten Ausgabe von *Black's Medical Dictionary*. Mich deprimierte das alles, und ich fand es beklemmend. Ich sah mich an M.s Bett um und öffnete einen kleinen Nachttisch. Ich weiß nicht, was ich zu finden hoffte – ein geheimes Lager leerer Pillenflaschen, die wirren Aufzeichnungen einer laienhaften Selbstdiagnose. Da war aber nichts. »Er nimmt nichts, falls es das ist, was Sie denken«, sagte die junge Frau, jetzt ganz offen vorwurfsvoll. Wir gingen zur Tür. Bevor wir auf den Flur hinaustraten, sah ich mich ein letztes Mal im Zimmer um und wußte, was ich so beklemmend, ja sogar bedrohlich fand. Es war das Zimmer eines Menschen von kindlicher Unschuld, ohne alle Erfahrung, das darauf wartete, vom Leben in Unordnung gebracht zu werden.

Bevor ich ging, sagte ich zu der jungen Frau: »Vielen Dank. Ich werde mich mit dem Krankenhaus in Verbindung setzen. Es tut mir leid, daß ich nicht eher hier war, aber glauben Sie mir bitte, es besteht meiner Ansicht nach kein wirklicher Grund zur Besorgnis.«

Sie nickte kühl.

Ich fuhr zurück. Ich war ganz ruhig, was M. betraf. Aber ich hatte ein ungutes Gefühl, so als ob mir etwas bevorstünde. Ich kam zu spät zu meiner Sprechstunde. Ich rief St. Leonard's erst um sechs an. Ich wußte, wer der diensttuende Oberarzt in der Notaufnahme war.

»Tony? Hier ist Alan Collins. Haben Sie einen Patienten von mir auf Ihrer Station? Sein Name ist M.«

»Ja … haben wir« – die Stimme veränderte sich plötzlich. »Ich fürchte ja. Er ist tot.«

»Tot?«

Ein paar Sekunden lang war ich außerstande, etwas anderes zu sagen. Ich fragte mich, warum Tony versuchte, mich hereinzulegen.

»Ungefähr vor einer Stunde. Praktisch bei der Einlieferung. Sind Sie sein behandelnder Arzt?«

»Aber zum Teufel, woran denn bloß?«

»Tja, also ... wir hatten eigentlich gehofft, Sie könnten uns das sagen.«

Meiner Frau erzählte ich nichts von M.s Tod. Während der nächsten zehn Tage oder so mußte ich die Tatsache verarbeiten, mich mit den Autopsieberichten auseinandersetzen und die gerichtliche Untersuchung durchstehen (die bezüglich der Todesursachen kein sicheres Ergebnis erbrachte mit Ausnahme der unmittelbaren: plötzliches Koma und Atemstillstand). Auch mußte ich mit einem Berufsgerichtsverfahren rechnen, auf das dann aber verzichtet wurde. Während all dessen hatte ich mit dem Gefühl zu kämpfen, daß etwas in mir zerbrochen war, daß ein fester Halt, auf den ich mich bis jetzt verlassen hatte, unter mir weggebrochen war. Ich nehme an, daß ich einen Schock hatte und unter ernstem psychischem Streß stand. Ich sagte zu mir: Betrachte das wie den Fall eines deiner Patienten. Ich wurde schweigsam und in mich gekehrt. Susan bemerkte die Veränderung, meine Patienten ebenfalls und natürlich auch Barbara. Wenn ich ihr alles erzählt und bei ihr Trost gesucht hätte, dann wäre es mir wahrscheinlich bessergegangen. Aber ich hatte ihre Fürsorge schon einmal zurückgewiesen, als sie gesagt hatte, ich sähe krank aus. Und außerdem war ich es schließlich gewesen, der vor ein paar Wochen so erregt zu ihr gesagt hatte, daß M. nichts fehle. Und überhaupt hatte ich – wie soll ich es ausdrücken – auf einmal Angst vor meiner Frau, vor der

Tatsache, daß sie schwanger war. Ich weiß nicht, warum. Es war, als entspräche ihre Fülle einer Leere in mir selbst.

Sie mußte das alles als Kälte und Gleichgültigkeit aufgefaßt haben. Es war Februar. Sie war bald im siebenten Monat. Eines Nachts im Bett fing sie an zu schluchzen – ein langes, tiefes, atemloses Schluchzen, als fühlte sie sich einsam und allein gelassen. Als ich sie in den Arm nahm, jammerte sie: »Es ist sein Kind. Ich weiß es.« Dann sagte sie lange Zeit nichts, sondern schluchzte nur, das Gesicht in den Händen vergraben und am ganzen Körper zitternd, bis ihr Schluchzen in hilfloses Stöhnen überging. Ich versuchte, das Schluchzen nicht zu hören. Ich sagte mir: Bei einer Krise muß man versuchen, den Schmerz, die Schreie zu ignorieren. Ich saß im Schlafanzug bei meiner Frau und hielt ihr die Seiten, als wollte ich ihr Schluchzen unterdrükken. Ich wußte nicht, ob ich ihr glaubte. Schließlich sagte ich: »Ich verstehe.« Und dann, nach einer weiteren Pause: »Ich wünschte, es wäre mein Kind.« Sie richtete sich auf und wandte sich mir zu – ihre Tränen ließen sie wie etwas Fremdartiges aussehen, wie ein Monster. »Wenn es dein Kind wäre, dann wäre es noch schlimmer.« Und sie hielt ihr Gesicht angespannt dicht vor das meine, bis ich wegsah.

Am nächsten Morgen in der Praxis wich ich den Blicken meiner Patienten aus. Schnell schrieb ich die Rezepte und riß sie vom Block. Vielleicht sahen sie, daß etwas nicht stimmte. Ich wollte die Sprechstunde hinter mich bringen, aber dieses erschöpfte Winterende ließ mir keine Chance – alle Welt hatte es auf der Brust, hatte Husten oder rheumatische Beschwerden. Nachdem ungefähr fünfzehn Patienten gegangen waren, drückte ich wieder auf den Summer. Ich war aufgestanden, um etwas in den Aktenschrank zurückzutun. Als die Tür aufging, hielt ich den Kopf gesenkt. Ich sagte: »Einen Moment«, und drehte mich dann zu der eingetretenen Person um. Ich fragte: »Was …?« und ging einen Schritt auf sie zu. In dem Augenblick muß ich zusammengebrochen sein, denn ich erinnere mich an nichts weiter, außer daß man mir vom Boden aufhalf und mich zu meinem Sessel brachte, daß die Patienten im Wartezimmer fortgeschickt wurden, Susan sich über mich beugte und später dann Barbara.

Es war M. gewesen, den ich gesehen hatte.

Jetzt sitze ich im Wohnzimmer in dem Sessel am rückwärtigen Fenster, das Telefon und meine Tabletten neben mir auf dem Tisch. Wenn ich an der Hauswand entlangschaue, kann ich ihn durch einen Spalt in den Vorhängen gerade so sehen: Mason, meinen Ersatzmann, wie er sich über den Schreibtisch beugt, aufsteht und sich aus meinem Blickfeld bewegt, um einen Patienten zu untersuchen, wie das Gespenst meiner selbst. Seit beinahe zehn Wochen ist er jetzt schon meine »vorübergehende« Vertretung. Es heißt, ich könne noch nicht wieder arbeiten. Eine lange und vollständige Erholung erscheint angezeigt. Ich weiß nicht, ob ich das, wenn es mein Fall wäre, verschreiben würde. Zuerst waren es meine Kollegen, die sich um mich kümmerten. Ich habe ihre unwirschen Gesichter gesehen – kein Arzt behandelt gern einen anderen Arzt, es ist so etwas wie ein böses Omen. Dann war es Barbara. Obwohl sie selber Pflege brauchte, war sie es, die mich versorgte. Und ich hatte keine andere Wahl, als mich zu beugen. Vielleicht brachte das eine Veränderung mit sich, vielleicht wurde sie in diesen letzten zehn Wochen glücklicher. Ich weiß es nicht. Eine Zeitlang war ich wie ihr Kind, das sie umsorgte.

Es ist ein klarer, frischer Morgen gegen Ende April, windig – warm und frisch zur gleichen Zeit. Im Garten kann ich Osterglocken und die weißen Blütensträußchen an den Apfelbäumen sehen, die von plötzlichen Windstößen geschüttelt werden. Irgendwo auf der Entbindungsstation von St. Leonard's wird meine Frau in Kürze ein Kind zur Welt bringen. Wenn ich nicht gegenteilige Instruktionen hätte, wäre ich dort. Vielleicht wird sie gerade in diesem Augenblick entbunden. Ich sitze wartend neben dem Telefon, sehe hin und wieder Mason auftauchen und beobachte, wie der Wind durch den Garten tollt.

Es waren die Apfelbäume in dem großen Garten, den wir hatten, als ich klein war, unter denen mein Großonkel Laurie an warmen Sommertagen zu sitzen pflegte, sich Leckerbissen in den Mund stopfte, teuren Wein in sich hineingoß und seine unzähligen dicken Zigarren rauchte.

Ich bewunderte ihn, obwohl ich ihn einmal gefürchtet hatte. Er war Chirurg am Bart's, Oberarzt und sehr angesehen, der seine ersten Operationen in den Tagen des Chloroforms und des Äthers durchgeführt hatte, als zur üblichen Kleidung des Chirurgen noch Weste, Schürze und aufgerollte Ärmel gehörten. Es gab Fotos von Onkel Laurie mit Teilen, die er seinen Patienten entfernt hatte. Ich fürchtete ihn, so wie ich die ganze Familie meiner Mutter fürchtete – Onkel, Großonkel, in ihren schwarzen Röcken und mit Augen, die einem ins Innere zu blicken schienen, aber Onkel Laurie mit seinen Sägen und Meißeln fürchtete ich am meisten.

Ich verstand eben einfach nicht, wie man ohne Angst leben konnte. Ich war unwissend und naiv.

Aber noch weniger vermochte ich zu verstehen, wie sich Onkel Laurie, der seinen Lebensunterhalt damit verdient hatte, daß er Leute aufschnitt, zur Ruhe setzen konnte (ich war damals neun), wie er seine Instrumente wegpacken und sich von da an dem Essen und Trinken widmen konnte – wie ein Mann, der sich in seinem Beruf mit Krankheiten befaßt hatte, sein eigenes Wissen und die Vorhaltungen seines Arztes ignorieren und fett, kurzatmig und rotgesichtig werden konnte, weil er sich praktisch nicht mehr bewegte. Unter seinem Apfelbaum sah er aus, als lebte er vollkommen in Frieden mit der Welt. Und deshalb fürchtete ich ihn noch mehr. Er sah meine Furcht. »Wovor hast du Angst?« fragte er. Und zu meiner Mutter sagte er: »Dieser Junge wird mal ein einziges Nervenbündel werden, wenn du nichts dagegen tust.«

Aber dann tat er etwas – an jenem Nachmittag, als unser Kater starb.

Meine Mutter war in die Küche gegangen, hatte das tote Tier entdeckt und gedacht, sie sei die erste, und war sofort zurückgekommen, um es uns zu sagen. Alle überlegten, was man mit der Leiche machen sollte. Ich ließ den Kopf hängen, aber Onkel Laurie beobachtete mich. Während die anderen einen großen Wirbel machten, sagte er: »Komm mit. Wir werden ihn wegschaffen ... laßt mir den Jungen eine Weile.« Und er erhob sich langsam aus seinem Korbstuhl, wobei er gereizt seine Zigarre ausdrückte.

Er ging mit mir in die Garage und zwängte seine massige Gestalt an unserem Wagen vorbei zu der Werkbank dahinter. Er räumte ein paar Werkzeuge fort, legte ein Stück Wachstuch auf die Bank und darauf ein Holzbrett. Seine Arme waren massig, aber an ihren Enden befanden sich präzise arbeitende, bewegliche Finger wie die eines Pianisten. Er befestigte die Arbeitsleuchte so an der Werkbank, daß ihr Licht auf das Brett fiel, zusammen mit dem Tageslicht vom rückwärtigen Garagenfenster. »Also los«, sagte er, »bevor das Ding zu steif wird.« Er watschelte aus der Garage, und als er nach einiger Zeit zurückkam, hielt er in einem Arm Gus und im anderen eine schwarze Ledertasche, in der sich Skalpelle, Zangen und Sonden befanden.

»Du hast vor so was Angst, nicht? Vor toten Tieren? Paß auf.« Und dann hatte Onkel Laurie in wenigen Minuten, wie es schien, die Katze auf dem Brett befestigt, sie geöffnet, mir ihre lebenswichtigen Organe gezeigt, demonstriert, wie sie gelebt und funktioniert hatte und wie sie gestorben war (an einem Herzanfall), hatte kurz die Lebensvorgänge bei der Katze zu denen beim Menschen in Beziehung gesetzt und die sterblichen Überreste für die Beerdigung wieder zusammengesammelt.

Er sprach distanziert und monoton und sah dabei ernst und desinteressiert aus, als wäre er in Gedanken woanders.

Während seines Vortrags durfte ich die Augen nicht von dem herumschneidenden Skalpell abwenden. Mein Kopf wurde nach unten gedrückt, damit ich besser sehen und nichts verpassen würde. Ich atmete den Dunst ein, der aus Gus' Innerem aufstieg.

»Du siehst, es ist alles nicht so schlimm, wenn du weißt, was da drin ist, und weißt, wie es funktioniert.«

Er stieß so etwas wie ein zufriedenes Grunzen aus. Vielleicht war er stolz auf seine Vorführung, obwohl ich ihn nicht lächeln sah. Er wischte seine Instrumente mit einer Art schwerfälligen Verachtung ab, als könnte er, wenn er wollte, Gus' Teile wieder zusammensetzen wie einen Motor und ihn ins Leben zurückrufen.

Später sah ich ihn im Garten an einem Pfirsich saugen.

Aber jetzt war mir klar, warum er so zufrieden unter den Bäumen sitzen und seine Zigarren und die Sonne auf seinem Gesicht genießen, warum er sich bis zur Kurzatmigkeit mästen konnte, ohne sich um die Konsequenzen zu kümmern. Denn sehen Sie, Gesundheit ist nicht Abwesenheit, sondern Nichtbeachtung von Krankheit.

Von jenem Tag an wußte ich, daß ich Arzt werden würde.

Ich beobachte Mason, wie er sich hinter dem Spalt in den Vorhängen im Sprechzimmer hin und her bewegt. Ich weiß nicht, ob ich an Gespenster glaube. Als Arzt, als ein Mann der Wissenschaft, habe ich kein Recht, an so etwas zu glauben. Wenn ein Arzt krank ist, dann gibt es alle möglichen Zweifel, alle möglichen sprichwörtlichen Stigmata. Vielleicht werden mich meine Patienten verlassen wie einen viktorianischen Landarzt, der in einen Skandal verwickelt ist. Draußen im Garten biegen sich die Osterglocken, und der Wind schüttelt kleine Schneestürme aus Blütenblättern von den Apfelbäumen. Meine Frau bekommt ein Kind. Mir erscheint das schrecklich, so als würde sie gleich in zwei Teile gerissen werden. Ich sollte nicht so etwas Absurdes denken. Ich sitze in Hausschuhen und Strickjacke am Fenster, Kissen im Rücken, und warte auf den Anruf.

Ich weiß nicht, ob es wirklich M. war, den ich in meiner Sprechstunde gesehen habe. Ich weiß nicht, ob meine Frau wirklich weiß, daß es Crawfords Kind ist. Ich weiß sehr wenig.

Onkel Laurie starb, als ich vierzehn war, an Übergewicht und Herzverfettung. Als wir ihn beerdigten, trauerte ich – dies war ein Zeichen meiner Bewunderung – nicht mehr um ihn als damals um Gus, als wir ihn im Steingarten begruben. Ich hatte ihn für glücklich und gesund gehalten. Er hatte mit sich selbst in Frieden gelebt. Er brauchte die Trauer eines anderen nicht. Erst jetzt begreife ich, daß er sich langsam umgebracht hat. Er war ein brillanter Chirurg gewesen, ein erstklassiger Arzt, ein Experte auf seinem Gebiet. Das war alles gewesen. Er hatte Essen in sich hineingestopft, um die Lücken auszufüllen. Er hatte sich vollgefressen, weil sein Leben leer gewesen war.

Gabor

»Das ist Gabor«, sagte mein Vater in feierlichem, einstudiertem Ton, und seine Stimme zitterte ein wenig.

Das war Anfang 1957. Der Krieg war sogar denen noch ziemlich frisch in Erinnerung, die, wie ich selbst, erst danach geboren waren. In den meisten Haushalten schien es gerahmte Fotografien von Uniformierten zu geben, jüngere Väter, die unbekümmert rittlings auf Geschützrohren oder auf Kotflügeln saßen. Auf dem asphaltenen Schulhof meiner Volksschule wurde der unermüdliche Kampf zwischen Engländern und Deutschen regelmäßig in Szene gesetzt. Dies war der einzige Krieg, und sein Mythos verdrängte andere, geringere Störungen des Friedens. Ich war zu jung, um etwas von Korea mitzukriegen. Dann kamen Suez und Ungarn.

»Gabor, das ist Mrs. Everett«, fuhr mein Vater, deutlich und langsam sprechend, fort, »Rogers Mutter. Und das ist Roger.«

Gabor war ein schlaksiger, dunkelhaariger Junge. Er hatte eine abgetragene schwarze Jacke an, einen marineblauen Pullover, graue kurze Hosen, graue Kniestrümpfe und schwarze Schuhe. Nur die Jacke und der schlaffe Seesack, den er in der Hand hielt, sahen so aus, als gehörten sie ihm. Er hatte ein dickes, blasses, rechteckiges Gesicht, dunkle, waagerechte Augen und einen wulstigen Mund. Über seiner Oberlippe verlief – was ich erstaunlich fand, da er nur so alt war wie ich – eine halbmondförmige Linie hauchzarter, schwärzlicher Haare wie die Andeutung eines Schnurrbarts.

»Guten Tag«, sagte meine Mutter. Sie stand mit starrem Lächeln unschlüssig im Eingang, denn sie wußte nicht recht, wie man sich in einer solchen Situation verhalten sollte – ob eine mütterliche Umarmung oder Förmlichkeit angebracht war. Sie hatte schon überlegt, ob sie vielleicht Decken und Suppe bereithalten sollte.

Vater und der Neuankömmling rührten sich nicht von der Schwelle fort – es war nicht mit anzusehen.

»Grüß dich, Gabor«, sagte ich. Eine Sitte der Erwachsenen, die mir ausnahmsweise mal ungeheuer praktisch erschien und durch Augenblicke wie diesen hier gerechtfertigt wurde, war das Händeschütteln. Ich streckte die Hand aus und ergriff das Handgelenk unseres Besuchers. Gabor nahm unter seiner blassen Haut eine lachsrosa Farbe an und sagte zum erstenmal etwas – etwas Unverständliches. Mutter und Vater strahlten gütig.

Gabor war ein Flüchtling aus Budapest.

Er ging weitgehend auf Vaters Konto. Er war, wie ich es jetzt sehe, so etwas wie der ideale Pflegesohn, den er sich immer gewünscht hatte, die Antwort auf seine verzweifelten, kummervollen, seltsam märtyrerhaften Gebete. Mein Vater war im Krieg Offizier der Infanterie gewesen. Er hatte in Nordafrika und in der Normandie gekämpft und war bei der Befreiung von Konzentrationslagern dabeigewesen. Er hatte miterleben müssen, wie um ihn herum fast alle seine Freunde gefallen waren. Diese Erfahrungen hatten ihn davon überzeugt, daß Leben in Wahrheit Leiden hieß und daß er dort, wo er auf das Leiden traf, ganz besonders dazu in der Lage war, zu verstehen und zu trösten. Friede war für ihn nur ein schöner, leicht vergänglicher Schein. Mit seinem sicheren Job bei der Seetransportversicherung war er nicht glücklich, auch nicht mit den Lockungen des Wohlfahrtsstaates in jenen Jahren nach der Rationierung. Die Befriedigung, die ihm die Vaterschaft verschaffen konnte, war problematisch. In der Rückschau sehe ich ihn warten, mit melancholisch herabgezogenen Mundwinkeln über mich wachen, darauf warten, daß mir Schmerz, Leid widerfuhr und ich entdeckte, daß die Welt nicht der sonnige Spielplatz war, für den ich sie gehalten hatte, damit er mir endlich – und voller Liebe, da bin ich sicher – etwas von seiner eigenen Erfahrung, seinem Kummer und seiner Stärke mitteilen und seine großen Tabakhände schützend über mich breiten konnte.

Ich muß ihn verletzt haben. Während er mit seinen Kriegserinnerungen lebte, war ich Richard Todd als Guy Gibson, die hohle Hand als Sauerstoffmaske vor dem Gesicht, und glitt verzückt über unseren Rasen hinter dem Haus, um den Möhne-Damm zu bombardieren, oder ich war Kenneth More als Douglas Bader, der fröhlich auf dic deutsche Luftwaffe feuerte.

Vater überflog die Zeitung. Bei Schlagzeilen, die von Unruhen oder Katastrophen kündeten, machte er ein weises Gesicht. Als sich die Nachricht von dem Aufstand in Ungarn und seiner Niederschlagung verbreitete und er später von verwaisten ungarischen Kindern meines Alters las, die nach England kommen sollten und für die Familien gefunden werden mußten, da hatte er eine neue Aufgabe im Leben.

Ich war gar nicht begeistert, daß Gabor zu uns kommen sollte. Obwohl er nicht richtig adoptiert war und zunächst nur »probeweise« bei uns sein würde, wie es amtlich hieß, war ich eifersüchtig auf ihn als ein Ersatzkind – nämlich Ersatz für mich. Ein kleinerer Krieg, wie ihn sich keiner vorgestellt hatte, zwischen England und Ungarn, hätte in unserem Haus die Folge sein können. Aber ich erkannte gleich am Anfang, daß es mir im Gegensatz zu meinen Eltern leichtfiel, mit Gabor zurechtzukommen, und der Stolz, mit dem mich das erfüllte, hielt meinen Groll in Schach. Außerdem hatte Gabor den Reiz eines Menschen, der – wie mein Vater – einen wirklichen Kampf und echtes Blutvergießen miterlebt hatte, allerdings in seinem Falle in der Gegenwart und nicht in der Vergangenheit. Überdies waren es Erfahrungen eines Jungen in meinem Alter. Vielleicht würde er – anders als mein Vater – bei meinen Kriegsspielen mitmachen und ihnen eine besondere Würze verleihen.

Falls dies geschah, würde es einen alten Groll gegen meinen Vater besänftigen. Ich konnte nicht verstehen, warum er als kampferfahrener Veteran an meinen imaginären Schlachten nicht teilnahm oder sie doch wenigstens guthieß. Ich empfand ihn als Spielverderber, und – schlimmer noch – ich zweifelte allmählich an seiner durchaus verbürgten Qualifikation auf diesem Gebiet. Ich versuchte, an meinem Vater die Züge meiner Kinohelden zu entdecken, doch es gelang mir nicht. Seinem Gesicht fehlte das Braungebrannt-Kantige und auch die unbekümmerte Nonchalance. Es war vielmehr bläßlich, fast ein Bürogesicht. Folglich argwöhnte ich, daß seine kriegerischen Heldentaten (von denen ich nur Unbestimmtes gehört hatte) Lügen waren.

Die erste Lektion in englischen Sitten und Gebräuchen, die ich Gabor gab, bestand darin, daß ich ihm zeigte, wie man Deutsche erschoß.

Wenn ich darüber nachdenke, dann war es schon bemerkenswert, daß er begriff, was von ihm gewünscht wurde. Nicht nur, daß er kaum ein Wort Englisch konnte, es gab auch eine historische Schwierigkeit. Ich hatte nicht die geringste Ahnung, welche Rolle Ungarn im Zweiten Weltkrieg gespielt hatte (wußte also auch nichts von seiner Kollaboration mit den Nazis), den ich für einen nationalen Zweikampf zwischen England und Deutschland hielt. Trotzdem, wenn sich der Rauch von unseren Maschinengewehren oder Handgranaten verzogen hatte und ich Gabor nach einem tapferen Erkundigungsgang von einem weiteren erledigten Panzer, einer weiteren niedergemetzelten Infanteriepatrouille unterrichtete, dann blickte er voll unbedingtem Vertrauen zu mir auf und zeigte ein irres, frohlockendes Lächeln.

»*Jó*«, sagte er dann, »gut, gut.«

Vater war entsetzt über den sorglosen Eifer, mit dem Gabor an meinen Spielen teilnahm. Er konnte nicht verstehen, wie ein Junge, der wirkliche Gewalt kennengelernt hatte, dessen Eltern (soweit wir wußten) brutal umgebracht worden waren, so unbeschwert bei diesen Spielen mitmachen konnte. Für ihn existierte zwischen Realität und Illusion eine undurchdringliche Barriere, eine Art gläserne Wand, die ihn so einsam machte wie einen Goldfisch und die er nicht überwinden konnte. Aber es war nicht bloß das, was ihn bekümmerte. Er sah, wie Gabor sich auf mich verließ und nicht auf ihn, wie er mir, wenn wir von unseren militärischen Überfällen am anderen Ende des Gartens zurückkehrten, folgte wie einem Führer, dem er blindlings vertraute, wie die innere Verwandtschaft zwischen ihm und diesem Kind des Leidens, auf die er so gehofft hatte, von Anfang an nicht erkennbar wurde. Ich habe mich oft gefragt, wie sie an jenem ersten Tag miteinander ausgekommen waren, als Vater nach London gefahren war, um Gabor abzuholen wie eine neue Anschaffung. Ich malte mir ihre Heimfahrt aus, wie sie sich im Zugabteil stumm gegenübersaßen und durch die Vororte holperten wie zwei verlorene Seelen.

»Gabor«, sagte Vater öfter, wenn er sich nach dem Essen seine Zigarette ansteckte, und machte dabei ein Gesicht, als wollte er gleich etwas Lebenswichtiges bekanntgeben oder eine tiefschürfende Frage stellen.

»Igen?« erwiderte Gabor dann. »Ja?«

Dann machte mein Vater den Mund auf und sah Gabor an, aber irgend etwas, ein Hindernis, das größer war als das der Sprache, hielt seine Worte zurück.

»Nichts.«

»Ja?«

Gabor lief dann rosa an, und sein Blick schwenkte in meine Richtung.

Später, nachdem Gabor etwas mehr Englisch gelernt hatte, fragte ich ihn, ob er meinen Vater mochte. Er gab eine weitschweifige, unverständliche Antwort, aber ich entnahm der Art und Weise, in der sie gegeben wurde, daß er Angst vor ihm hatte. »Erzähl mir was von deinen Eltern«, bat ich. Gabors Kinn zitterte, seine Lippen zuckten, und seine Augen wurden ölig. Zwei Tage lang konnte ihn selbst die Aussicht, Messerschmitts abzuschießen, nicht zum Lächeln bringen.

Gabor ging mit mir zusammen in meine Volksschule. Wenn er nicht gerade seinen speziellen Sprachunterricht hatte, waren wir so gut wie immer zusammen. Er war ein intelligenter Junge, und nach achtzehn Monaten war sein Englisch erstaunlich flüssig. Er hatte so eine Art, mit traurigem Gesichtsausdruck in der Klasse zu sitzen, die alle Lehrer für ihn einnahm. Ich allein wußte, daß er nicht wirklich traurig war. Meine Nähe zu Gabor verschaffte mir bei meinen englischen Freunden ein sehr hohes Ansehen. Hin und wieder pflegte Gabor etwas auf ungarisch vor sich hin zu murmeln, weil er wußte, daß ihm das eine gewisse Aura verlieh. Mir verlieh es eine noch größere Aura, wenn ich es dann beiläufig übersetzte. In unserer neugebauten Backsteinschule mit ihren Rasenstreifen und Goldregenbüschen, ihren Bildern der Königin, Karten des Commonwealth und Zweigen von Weidenkätzchen in Marmeladengläsern gab es sehr wenig, was unser Leben zu stören vermochte. Nur die Einstufungsprüfung am Ende der Schulzeit hing wie ein Damoklesschwert über uns.

In den Sommerferien spielten Gabor und ich bis es dunkel wurde. Am Ende unseres Gartens befanden sich ein paar kleine heruntergekommene Parzellen, altes Pachtland, und dahinter Wiesen und Hecken, die zu einer Straße hin abfielen. All das bot uns unbegrenzte Möglichkeiten, auf alle nur erdenkliche Weise Krieg zu führen. Wir kletterten über den Zaun am Ende des Gartens, stahlen uns wagemutig an den eingestürzten Schuppen und zerbrochenen Frühbeetkästen der kleinen Schrebergärten vorbei (genaugenommen noch immer Privateigentum) und in das hohe Gras dahinter (später wurde auf das ganze Areal eine Wohnsiedlung gebaut). Einmal stießen wir auf einen ziemlich großen Krater, der von einer richtigen V-1 aus dem Krieg stammte und mit leeren Farbdosen und ausrangierten Kinderwagen angefüllt war. Wir kauerten uns hinein und taten so, als würden wir in die Luft gesprengt. Nach jedem grausigen Tod wurden unsere Körper auf wundersame Weise wiederhergestellt, und überall zwischen Brombeeren und Gundermann gab es kleine Merkwürdigkeiten und Entdeckungen: Löcher, Baumstümpfe, verrostete Werkzeuge, zerbrochenes Porzellan, der Schutt früherer Existenzen (ich war der Meinung, daß genau diese Froschperspektive den Erwachsenen fehlte), Dinge, die unserem Territorium unendlich tiefe, phantastische Dimensionen verliehen.

Ein paar Impressionen reichen aus, um jene Zeit wieder wach werden zu lassen – der dünne, klagende Ruf meiner Mutter, der klang, als hätte sie sich verirrt, der bei hereinbrechender Dunkelheit vom Gartenzaun her zu uns herüberdrang: »Roger! Gabor!« Gabors keuchender Atem, wenn wir uns, nach feindlichen Scharfschützen Ausschau haltend, durch das Gestrüpp pirschten, hin und wieder begleitet von seinem ungarischen *»Menjünk! Megvárj!«*, so als teilten wir eine Geheimsprache. Vater, wie er versuchte, seinen Ärger und seine Enttäuschung zu unterdrücken, wenn wir endlich durch die Hintertür hereingezockelt kamen. Er ließ dann seinen Blick mißbilligend über unsere verschwitzten Gestalten wandern. Mich sah er mit gerunzelten Brauen an, als wäre ich Gabors Verderber. Gabors Blick wich er aus. Er wagte nicht, die Stimme zu erheben oder mich anzurühren, weil Gabor dabei war. Aber selbst wenn Gabor nicht dagewesen wäre, hätte er sich gefürchtet, Gewalt gegen mich anzuwenden.

Vater wollte einfach nicht glauben, daß Gabor glücklich war.

In jenem Sommer, in dem ich mit bangen Gefühlen den Ergebnissen meiner Einstufungsprüfung entgegensah, und Gabor ebenfalls darauf wartete, daß über sein Schicksal entschieden würde (er hatte die Prüfung nicht gemacht, da das Schulamt in ihm einen »Sonderfall« sah), geschah etwas, was uns von unseren üblichen kriegerischen Spielen ablenkte. Wir hatten uns angewöhnt, weit draußen in den Wiesen umherzustreifen, bis zu den Hängen, die zur Straße hinunterführten. Von dort oben pflegten wir dann, durch Büsche oder das hohe Gras getarnt, vorbeifahrende Autos mit Maschinengewehren zu beschießen. Das Juliwetter war schön.

Eines Tages sahen wir das Motorrad – ein altes BSA-Modell (dessen feindliches Hoheitsabzeichen durch einen imaginären Feldstecher deutlich zu erkennen war) – nicht weit von der Straße bei ein paar Weißdornbüschen liegen. Dann kamen der Mann und das Mädchen eine der Wasserrinnen im Kalkstein des Hangs herauf. Sie unterhielten sich, wurden, als sie auf gleicher Höhe mit uns waren, hinter Grashügeln unsichtbar und tauchten wieder auf wie Schwimmer in den Wellen. Sie verschwanden eine Weile hinter einer Graswoge, dann erschienen sie wieder. Sie waren auf dem Rückweg. Der Mann hielt das Mädchen bei der Hand, damit es nicht die Rinne hinunterrutschte. Das Mädchen zog seinen Faltenrock zwischen die Beine, bevor es auf den Sozius kletterte.

Am nächsten Tag um die gleiche Zeit erschien das Motorrad wieder, gegen fünf am heißen Nachmittag. Ohne daß wir darüber geredet hätten, kehrten wir am darauffolgenden Tag an unseren Aussichtspunkt zurück. Wir waren nicht mehr daran interessiert, Autos zu beschießen, sondern wollten nur noch den Mann und das Mädchen beobachten. Am vierten Tag versteckten wir uns an dem Weg, den das Paar normalerweise entlangging, im Farnkraut. Von dort konnten wir durch die Farnwedel gerade noch einen Teil der Straße, das obere Ende des Einschnitts und in der anderen Richtung – in Augenhöhe – die wogenden Grasähren sehen. Zwischen dem Gras standen Weidenröschen mit ihren rosa Speeren. Wir hörten das Motorrad, hörten, wie der Motor abgestellt wurde, und sahen das Paar am oberen Ende des Einschnitts auftauchen. Das Mädchen trug einen Baumwollrock und eine rote Bluse, der Mann ein T-Shirt mit Schweißflecken unter den Achseln. Sie kamen ganz dicht an unserem Ausguck vorüber und ließen sich ein paar Meter entfernt im Gras nieder. Eine Zeitlang sahen wir nur ihre

Scheitel oder konnten ihre Anwesenheit nur daran ablesen, daß die höheren Grashalme Anzeichen von Bewegung erkennen ließen. Durch das Summen der Bienen und Fliegen und das flatternde Geräusch des Windes erreichten uns unklare und zeitweise hektische Geräusche.

»Mi az?« flüsterte Gabor. *»Mit csinálnak?«* Irgend etwas hatte ihn sein Englisch vergessen lassen.

Nachdem es eine Weile still gewesen war, sahen wir, wie sich das Mädchen aufsetzte. Sie hatte uns den Rücken zugewandt, ihre Schultern waren nackt. Sie sagte etwas und lachte. Sie bog den Kopf zurück, schüttelte ihr dunkles Haar, wandte ihr Gesicht der Sonne zu. Dann drehte sie sich ganz plötzlich um und lächelte uns – ohne es zu wissen – zu, so als hätten wir sie angerufen. Dabei zeigte sie uns zwei weiße, sonnenbeschienene, rosaknospige Kugeln.

Auf dem Rückweg merkte ich plötzlich, daß Gabor versuchte, nicht zu weinen. Tapfer und schweigend kämpfte er mit den Tränen.

Zufällig hatten meine Eltern an jenem Tag ihren Hochzeitstag. Jeden Juli wurde dieses Ereignis mit pedantischer Förmlichkeit begangen. Vater kaufte auf dem Weg von der Arbeit eine Flasche süßen Weißwein, Mutters Lieblingswein. Mutter kochte »Steak au Poivre« oder »Ente à l'Orange« und zog ihr Sommerkleid aus Organdy mit dem Tüll am Ausschnitt an. Dann aßen sie. Nach dem Essen wusch mein Vater ab und war so kühn, dazu ihre Rüschenschürze umzubinden. Wenn der Abend schön war, saßen sie anschließend draußen, als wäre man in den Kolonien und säße auf seiner Terrasse. Mein Vater holte den Martell. Meine Mutter legte eine Platte auf, so daß die Töne durchs offene Fenster getragen wurden: *Love is a Many Splendoured Thing*, gesungen von Nat King Cole.

In den vorangegangenen Jahren hatte ich immer früh zu Abend essen müssen und war dann ins Bett gesteckt worden, hatte das Ritual also nur aus der Ferne beobachten können. Aber diesmal durften wir, vielleicht Gabor zuliebe, teilnehmen. Ernst tranken wir unser halbes Glas süßen Wein, ernst beobachteten wir meine Eltern. Innerlich kauerten wir immer noch mit großen Augen im Farnkraut.

»Vor fünfzehn Jahren«, erklärte mein Vater Gabor, »haben Rogers Mutter und ich geheiratet. Hoch-zeits-tag«, artikulierte er langsam, damit Gabor den Ausdruck lernen konnte.

Ich blickte Gabor an. Er hielt den Kopf gesenkt. Seine Augen waren trocken, aber ich sah, daß er jeden Augenblick in Tränen ausbrechen konnte.

Meine Mutter und mein Vater aßen ihre Steaks. Sorgfältig schnippelte und schabte ihr Besteck. »Großartig«, sagte mein Vater nach dem zweiten Mundvoll, »herrlich.« Meine Mutter klapperte mit den Augendeckeln und entblößte zuvorkommend ihre Zähne. Ich bemerkte, daß ihre Brust trotz des bauschigen Kleides ganz flach war.

Gabor sah mich an. Irgendein Kummer, eine Erinnerung, die keiner von uns kannte, war nicht mehr länger zu unterdrücken. Mein Vater fing den Blick auf und wandte sich mit plötzlicher Aufmerksamkeit Gabor zu. Zum erstenmal an diesem Abend erwachte so etwas wie Leben in seinen Augen. Ich konnte mir vorstellen, wie er gleich den Rest seines Steaks beiseite schieben, mit gerunzelten Brauen die Flasche Barsac, die Schale mit Rosen in der Mitte des Tisches von sich weisen und Gabors Hand mit den Worten ergreifen würde: »Ja, natürlich, das hier ist alles dummes Zeug ...«

Aber das sollte nicht geschehen. Ich hatte fest beschlossen, und sei es auch nur, um meinem Vater zu trotzen, daß Gabor nicht weinen sollte. Ich hatte erkannt, daß unser nachmittägliches Erlebnis etwas an sich gehabt hatte, auf das Tränen nur eine mögliche Antwort waren. Gabor senkte wieder den Kopf, aber ich heftete meinen Blick wie ein Gedankenleser auf seinen schwarzen Schopf, und hin und wieder blitzten seine Augen zu mir auf. Eine nervöse, erwartungsvolle Stille lag über dem Eßtisch, in der meine Eltern die Mahlzeit fortsetzten. Ihre Ellbogen und Kinnladen bewegten sich wie von Drähten gezogen. Ich sah sie auf einmal, wie Gabor sie sehen mußte – so als wären sie überhaupt nicht meine Eltern. Jedesmal, wenn Gabor aufblickte, sah ich ihm in die Augen, zwang ihn kraft meines Willens, nicht zu weinen, meine Gedanken zu lesen, meinen Blicken zu folgen, wenn ich einmal die Hängebacken meines Vaters, dann wieder den dünnen Hals meiner Mutter ansah.

Gabor saß am Fenster und hatte das Abendlicht im Rücken. Wenn er den Kopf neigte, war sein embryonaler Schnurrbart deutlich zu erkennen.

Dann fingen wir beide – wie Jungs in der Kirche, die einen Witz nicht unterdrücken können – plötzlich an zu lachen.

Ich erfuhr, daß ich in ein neues Gymnasium aufgenommen werden sollte. Gabor wurde auf Grund einer Ungeschicklichkeit auf der Verwaltungsebene ein Platz in einer ähnlichen, aber nicht in derselben Institution bewilligt, und es wurden Vorkehrungen für eine Fortsetzung seines Privatunterrichts getroffen. Die Frage seiner Zukunft, also ob er ganz in unsere Familie aufgenommen werden sollte oder nicht, wurde zu diesem Zeitpunkt »noch einmal geprüft«. Bis September konnten wir so tun, als wären wir frei. Wir hielten nach dem Paar auf dem Motorrad Ausschau. Es tauchte nicht wieder auf. Irgendwie konnte die in jenem Sommer herbeigeführte, endgültige Niederlage oder Vernichtung der letzten Reste der deutschen Armee das nicht aufwiegen. Aber unser zukünftiger Statusgewinn brachte auch neue Freiheiten mit sich. Mein Vater, dessen Gesicht verdrießlicher geworden war (manchmal fragte ich mich, ob er es begrüßen oder bedauern würde, wenn amtlicherseits entschieden würde, daß er Gabors gesetzlicher »Vater« sein konnte), schlug vor, daß ich ein oder zwei Tage unserer Ferien darauf verwenden könnte, Gabor London zu zeigen. Ich wußte, daß dies ein Opfer war. Wir waren schon einmal alle zusammen in London gewesen, als Familie, um Gabor die Sehenswürdigkeiten zu zeigen. Gabor war brav hinter meinen Eltern hergezockelt und hatte pflichtbewußt Interesse geheuchelt. Ich wußte, daß mein Vater einmal davon geträumt hatte (was er inzwischen nicht mehr tat), selbst mit Gabor nach London zu fahren, ihm die Bauwerke und Monumente zu zeigen, ihm vorzuführen, wie er sich als Erwachsener auskannte und ihm keiner etwas vormachte, und zu sehen, wie Gabors Augen aufleuchteten und ihn vertrauensvoll anblickten wie einen neugefundenen Vater.

Gabor und ich fuhren mit dem Zug bis London Bridge. Ich kannte mich von den Ausflügen mit meinem Vater her aus und war ein sicherer Führer. Wir hatten unseren Spaß. Wir fuhren mit der Untergrundbahn, und in den Bussen saßen wir auf dem Oberdeck. In der City und um St. Paul herum gab es Trümmergrundstücke, wo im Krieg Bomben gefallen waren. Auf dem Schutt blühten Weidenröschen. Am Tower kauften wir uns ein Eis, und auf dem Trafalgar Square fotografierten wir uns gegenseitig. Wir sahen die Life Guards wie Spielzeugsoldaten die Mall hinunterreiten. Zu

Hause fragte uns mein Vater (wir waren erst kurz vor seiner Heimkehr von der Arbeit zurückgekehrt) beim Anblick unserer zufriedenen Gesichter: »Nun, wie war es in der großen Stadt?« Gabor antwortete mit dem ernsten, weisen Gesicht, das er immer machte, wenn er sich auf sein Englisch konzentrierte: »Ich mag London. Ist voll Gäschichte. Ist voll Gäschichte.«

Die Uhr

Sagen Sie selbst, was ist wundersamer, unheimlicher, bösartiger und doch tröstlicher, was drückt die Beständigkeit – und Launenhaftigkeit – des Schicksals besser aus als eine Uhr? Denken Sie an die Uhr, die in diesem Augenblick hinter Ihnen, über Ihnen tickt, aus Ihrer Manschette hervorschaut. Denken Sie an die Uhren, die unbekümmert am Handgelenk eben Verstorbener zirpen. Denken Sie an jene Uhren, die man anfleht innezuhalten, damit ihre Zeiger niemals einen bestimmten schicksalhaften Augenblick verkünden – und die dennoch voranrücken –, oder andererseits an jene, die man bittet, schneller zu gehen, damit eine Zeit des Unglücks ihr Ende findet, und die sich störrisch weigern. Denken Sie an die Uhren, die leise auf Kaminsimsen schlagen, beruhigend für den einen, nervenaufreibend für den anderen. Und denken Sie an die Uhr, die ein Lied berühmt gemacht hat, die, als ihr alter Besitzer starb, für immer stehenblieb, so wie ein treuer Hund beim Tode seines Herrn auch stirbt. Liegt es da nicht nahe, sich vorzustellen – wie es die Wilden einst taten, als sie zum erstenmal eine Uhr sahen –, daß in diesem surrenden, tickenden Mechanismus ein Geist wohnt, eine geheime Macht, ein Dämon?

Meine Familie ist – war – eine Familie von Uhrmachern. Vor drei Generationen hatten meine Vorfahren auf der Flucht vor politischen Unruhen ihre Heimat verlassen und waren nach England gekommen. Sie stammten aus Polen, aus Lublin, einer Stadt, die für ihre barocke Architektur und ihre sinnreichen Erfindungen berühmt war – und für ihre

Uhren. Zwei Jahrhunderte lang hatten die Krepskis in Lublin die Uhren hergestellt. Aber Krepski, so heißt es, war nur eine Verballhornung des deutschen Namens Krepf, und wenn man meinen Stammbaum weiter zurückverfolgt, findet man Verbindungen zu den großen Uhrmachern aus Nürnberg und Prag. Meine Vorfahren waren nämlich nicht einfach nur Handwerker, bloße Techniker. Bleiche, kurzsichtige Männer mögen sie gewesen sein, die in ihrer dunklen Werkstatt saßen und das Geld zählten, das sie damit verdient hatten, daß sie den Vornehmen am Ort zur Pünktlichkeit verhalfen, aber außerdem waren sie Hexenmeister, Männer mit einer Mission. Sie teilten miteinander den naiven, aber unerschütterlichen Glauben, daß Uhren die Zeit nicht nur anzeigen, sondern in sich enthalten – daß sie mit ihrer weberschiffchengleichen Bewegung die Zeit gleichsam spinnen. Ja, daß Uhren die *Ursache* der Zeit sind. Daß sich ohne ihr beharrliches Ticktack Gegenwart und Zukunft niemals treffen würden, daß das Nichts regieren und die Welt sich in einem selbstzerstörerischen Augenblick selbst verschlingen würde.

Wer hin und wieder auf die Uhr schaut, wer die Zeit für etwas Festes und Geregeltes hält, wie es ein Kalender ist, und nicht für eine Kraft, der er das Schlagen seines Herzens verdankt, der kann sich leicht darüber lustig machen. Der Glaube meiner Familie läßt sich nicht mit Vernunftgründen erklären. Und doch gibt es in unserem Fall einen einzigartigen und entscheidenden Beweis aus einer nicht wegzuleugnenden, heiligen Quelle.

Niemand kann sagen, warum unter allen meinen achtbaren Vorfahren gerade mein Urgroßvater Stanislaw auserkoren war. Niemand kann die Frage entscheiden, welches geheimnisvolle Zusammentreffen von Einflüssen, welche

Verbindung von Eingebung, Wissen und Können den Moment begünstigte. Aber an einem Septembertag im Jahre 1809 gelang meinem Urgroßvater in Lublin der Durchbruch, der für den Uhrmacher dasselbe bedeutet wie für den Alchimisten der Stein der Weisen. Er schuf eine Uhr, die nicht nur ohne aufgezogen zu werden ewig lief, sondern der man die Zeit selbst, jenen unsichtbaren und doch klar erkennbaren Stoff, entnehmen konnte (durch Berührung, durch Nähe) wie eine Art magnetische Kraft. So jedenfalls stellte es sich heraus. Die Eigenschaften dieser Uhr – einer großen Taschenuhr, um genau zu sein, denn um Nutzen aus ihr ziehen zu können, mußte sie tragbar sein – waren nicht sofort erkennbar. Mein Urgroßvater hatte nur so eine unheimliche Ahnung. In seinem Tagebuch finden sich unter jenem Tag im September die mysteriösen Worte: »Die neue Uhr – ich weiß, ich fühle es in meinem Inneren – sie ist es.« Danach in wöchentlichen Abständen immer die gleiche Eintragung: »Die neue Uhr – noch nicht aufgezogen.« Der wöchentliche Abstand wird zu einem monatlichen. Dann, am 3. September 1810 – am Jahrestag ihrer Vollendung – die Worte: »DIE UHR – ein ganzes Jahr, ohne sie aufzuziehen«, mit dem geheimnisvollen Zusatz: »Wir werden ewig leben.«

Aber das ist nicht alles. Ich schreibe dies jetzt in den siebziger Jahren des zwanzigsten Jahrhunderts. Im Jahr 1809 war mein Urgroßvater zweiundvierzig. Man braucht kein großer Rechenkünstler zu sein, um zu sehen, daß wir es hier mit einer ungewöhnlichen Langlebigkeit zu tun haben. Mein Urgroßvater starb 1900 – im Alter von hundertdreiunddreißig Jahren, inzwischen ein anerkannter und arbeitsamer Uhrmacher in einem der Einwandererviertel Londons. Er war zu der Zeit, wie verblichene Daguerreotypien bezeugen, ein Mann, der zweifellos alt, aber nicht klapprig aussah (man hätte ihn vielleicht für einen rüstigen Siebziger gehalten), immer noch auf den Beinen und immer noch seiner Arbeit nachgehend, und er starb auch nicht an Altersschwäche, sondern wurde von einem außer Kontrolle geratenen Pferdeomnibus angefahren, als er an einem Julitag versuchte, Ludgate Hill zu überqueren. Daraus läßt sich ersehen, daß die Uhr meines Urgroßvaters keine Unsterblichkeit verlieh. Sie schenkte denen, die Zugang zu ihr hatten, eine vielleicht unbegrenzte Anzahl von Jahren. Sie feite gegen das Alter und gegen all die Vorgänge, die uns darauf aufmerksam machen, daß die Zeit eines Menschen abläuft, aber sie schützte nicht vor äußeren Unglücksfällen. Man denke nur an Juliusz, den Erstgeborenen meines Urgroßvaters, der im Jahr 1807 von einer russischen Flintenkugel getötet wurde. Und an Josef, seinen zweiten Sohn, der in den Unruhen, die meinen Urgroßvater zwangen, aus dem Land zu fliehen, einen gewaltsamen Tod fand.

Wir nähern uns allmählich der Gegenwart. Im Jahr 1900 war mein Großvater Feliks (der dritte Sohn meines Urgroßvaters) ein junger Spund von zweiundneunzig Jahren. 1808 geboren, hatte er damit fast augenblicklich von der Uhr meines Urgroßvaters profitiert und war vergleichsweise sogar noch besser beieinander, als sein Vater es gewesen war. Ich kann mich dafür verbürgen (obwohl ich in dem Jahr noch gar nicht auf der Welt war), weil ich jetzt von einem Mann spreche, zu dem ich während des größten Teils meines Lebens die engsten Beziehungen gehabt habe, ja der mich fast von meiner Geburt an aufgezogen hat.

Mein Großvater war in jeder Hinsicht der Schüler und das Abbild meines Urgroßvaters. Er arbeitete lange und schwer in der Werkstadt in Ostlondon, wo auch Stanislaw, obwohl gesegnet unter den Sterblichen, immer noch das tägliche Geschäft unserer Familie betrieb. Als er älter wurde – und immer noch älter –, nahm er das ernste, wachsame und ein wenig kleinliche Aussehen meines Urgroßvaters an. Im Jahr 1900 war er der einzige noch lebende Sohn und Erbe, denn Stanislaw hatte mit außerordentlicher Selbstdisziplin – wenn man die Länge der Jahre bedenkt – davon abgesehen, weitere Kinder zu zeugen, da er die Eifersüchteleien und den Streit, zu denen die Uhr in einer großen Familie führen konnte, vorhersah.

So wurde Feliks der Hüter der Uhr, die inzwischen, ohne aufgezogen worden zu sein, fast ein ganzes Jahrhundert vor sich hin getickt hatte. Ihre Kraft hatte nicht nachgelassen. Feliks lebte immer weiter und wurde einhunderteinundsechzig Jahre alt. Erst vor ein paar Jahren fand er auf aufsehenerregende Weise den Tod, als er in einem heftigen Gewitter draußen auf den Sussex Downs von einem Blitz erschlagen wurde. Ich selbst kann seine körperliche und geistige Kraft in diesem seinem mehr als hohen Alter bezeugen. Denn ich habe ihn an jenem Augustabend mit eigenen Augen trotzig davonstapfen sehen. Und ich selbst habe ihn angefleht, dem Toben des Unwetters Rechnung zu tragen. Und als er nicht zurückkam, war ich es, der seine regennasse Leiche am Fuße eines gespaltenen Baumes fand und aus seiner Westentasche die an einer Goldkette befestigte Große Uhr herauszog – die noch immer tickte.

Aber was war mit meinem Vater? Wo war er, als mich mein Großvater in seine Obhut nahm? Das ist eine andere Geschichte – zu der wir gleich kommen werden. Eine Geschichte des Eigensinns und der Rebellion und eine, die – mein Großvater erinnerte mich immer wieder gerne daran – auf unsere Familienehre und unseren Familienstolz einen Schatten warf.

Sie werden bemerkt haben, daß ich die Frauen unserer Familie nicht erwähnt habe. Außerdem habe ich gesagt, daß sich Stanislaw einige Mühe gab (allem Dafürhalten nach), seine Nachkommenschaft zu begrenzen. Eine Zunahme an Jahren, so mögen Sie glauben, würde auch zu einer Zunahme des Nachwuchses führen. Aber das war nicht der Fall – und Urgroßvaters Leistung war vielleicht nicht ganz so gewaltig. Stellen Sie sich die Lage eines Mannes vor, der Aussicht auf ein ganz ungewöhnlich langes Leben hat und der auf seine eigene Vergangenheit zurückschaut wie andere Leute in Geschichtsbücher. Die Begrenzung seines Seins, sein »historischer Ort«, wie es so schön heißt, die Tatsache seiner Vergänglichkeit verblassen langsam, und allmählich interessiert er sich nicht mehr für die Mittel und Wege, mit denen andere Männer ihre Existenz zu verlängern suchen. Und welches Mittel wäre wohl verbreiteter als das Zeugen von Kindern, das Weitergeben des eigenen Blutes?

Da mein Urgroßvater und mein Großvater mit dem Fortpflanzungstrieb wenig anzufangen wußten, wußten sie auch mit Frauen wenig anzufangen. Sie hatten zwar welche – beide verbrauchten jeweils drei –, aber ihre Ehen verliefen mehr nach orientalischem Muster, wo die Frauen praktisch der Besitz ihrer Ehemänner sind. Nicht Schönheit oder Fruchtbarkeit war das Auswahlkriterium gewesen, sondern unbedingte Fügsamkeit. Die Frauen wurden von den männlichen Geheimnissen der Uhrmacherei ferngehalten, und wenn sie etwas von der Großen Uhr erfuhren, dann war das eine Art Zugeständnis. Wenn man nach der einzigen Frau, die ich selbst kannte, gehen darf (es war die letzte Frau meines Großvaters, Eleanor), dann waren es unterwürfige, stille, schüchterne Geschöpfe, deren Zusammenleben mit ihren Ehemännern (die schließlich mehr als doppelt so alt wie sie sein mochten) von so etwas wie verwirrter Distanz gekennzeichnet war.

Ich erinnere mich, wie sich mein Großvater einmal über die Gründe für diese Unterwerfung und diesen Ausschluß der Frauen ausließ. »Frauen, mußt du wissen«, sagte er belehrend, »haben keinen Sinn für Zeit, sie sind sich keiner Dringlichkeit bewußt ... und das zeigt, wie wenig ebenbürtig sie uns sind« – eine Erklärung, die mich damals nicht überzeugte, vielleicht, weil ich ein junger Mann und an jungen Frauen nicht uninteressiert war. Aber die Jahre haben die – schmerzliche – Wahrheit dieses Urteils bestätigt. Zeigen Sie mir eine Frau, die das gleiche Gefühl von Dringlichkeit hat wie ein Mann. Zeigen Sie mir eine Frau, die sich genauso wegen ihrer befristeten Zeit Sorgen macht, wegen der vergehenden Sekunden, der entschwindenden Stunden. Nun ja, werden Sie sagen, das ist alles männlicher Unfug. Gut, ich lege all die Vorurteile und die Verachtung an den Tag, die meine kurze Ehe zerstört haben – die mein Leben zerstört haben. Aber betrachten Sie die Sache unter einem allgemeineren Gesichtswinkel. Normalerweise sind es die Frauen, die länger leben. Warum ist das so? Ist der Grund nicht genau der, daß ihnen das Gefühl für Dringlichkeit abgeht – jenes Gefühl, das die Männer beherrscht, das sie zu unnatürlichen Tricks und Verzweiflungstaten treibt, das sie auslaugt und ihnen einen frühen Tod beschert?

Aber das Gefühl von Dringlichkeit konnte man Großvater – trotz seiner Worte – nicht gerade ansehen. Verständlicherweise. Was für einen Grund zur Eile hatte er, ausgestattet, wie er war, mit einem – theoretisch – unendlichen Vorrat an Zeit? Ich habe bereits von dem geizigen und wachsamen Aussehen meiner Vorfahren gesprochen. Aber dieser Geiz war nicht der Geiz rastloser, unersättlicher Habgier, sondern der zufriedene, müßige Geiz des Geizhalses, der glücklich auf einem riesigen Schatz gehorteten Geldes sitzt, von dem er nichts auszugeben gedenkt. Und die Wachsamkeit war nicht die eines Wachtpostens, sondern glich eher dem selbstgefälligen Hochmut eines Mannes, der weiß, daß er die Dinge von einer einzigartigen Warte aus überblickt. Ja, man kann zweifellos sagen, je länger meine Vorfahren lebten, um so weniger lebendig wirkten sie. Je mehr sie sich in ihre zwanghafte Beschäftigung mit der Zeit vertieften, desto mechanischer und gleichförmiger wurde alles, was sie taten, so daß ihr Leben im Ticktack jenes Wunderwerkes ablief, das ihnen dieses Leben schenkte.

Sie wünschten keine Aufregung, diese Methusalems, sie hatten keine Träume. Nichts ist für mein Leben mit meinem Großvater charakteristischer als die Erinnerung an zahllose monotone Abende in seinem Haus in Highgate – Abende, an denen mein Vormund (ein Mann, der vor der Schlacht bei Waterloo zur Welt gekommen war) nach dem Abendessen dasaß und sich, wie es aussah, auf nichts anderes als den Vorgang seiner Verdauung konzentrierte, während meine Großmutter wie angenagelt über einer friedfertigen weiblichen Arbeit – Strümpfestopfen oder Knöpfeannähen – saß und die Stille, die schwere, schmerzhafte Stille (wie sehr doch die Erinnerung an ein bestimmtes Schweigen auf einem lasten kann) einzig und allein vom Ticken der Uhr unterbrochen wurde.

Einmal wagte ich, diese Stille zu stören, mich gegen den bleiernen Druck der Zeit aufzulehnen. Ich war ein gesunder, gutgenährter Knabe von dreizehn Jahren. In einem solchen Alter ist – wer kann das leugnen – noch alles neu. Die Augenblicke huschen vorbei, und man hält nicht inne, um sie zu zählen. Es war an einem Sommerabend, und in jenen

Tagen war Highgate grün, ja fast ländlich. Mein Großvater dozierte über sein einziges Thema (stellen Sie sich einen dreizehnjährigen Jungen und einen hundertzwanzig Jahre alten Mann vor), als ich ihn mit der Frage unterbrach: »Aber ist es nicht das beste, wenn wir die Zeit vergessen?«

Ich bin sicher, daß mit diesen unbefangenen Worten der Geist meines rebellischen – und toten – Vaters in mir aufstand, auch wenn seine Herrschaft nur von kurzer Dauer gewesen war. Mir war das Ausmaß meiner Ketzerei gar nicht bewußt. Das Gesicht meines Großvaters bekam den Ausdruck jener Väter, die die Angewohnheit haben, ihren Gürtel abzunehmen und ihrem Sohn damit das Fell zu gerben. Seinen Gürtel nahm er nicht ab. Statt dessen geißelte er mich mit einer furchtbaren Schmährede gegen die Torheit der Welt (für die meine Worte ein typisches Beispiel waren), die zu glauben wagte, daß sich die Zeit um sich selbst kümmern könnte, gefolgt von der Berufung auf die Mühen meiner Vorfahren, gefolgt von dem unvermeidlichen Fluch, daß die Sünden meines Vaters auf mein Haupt kommen sollten. Indem ich mich unter diesem Ansturm duckte, erkannte ich die unauflösliche, wenn auch irrationale Verbindung zwischen Alter und Autorität an. Die Jugend muß sich dem Alter beugen. Hier fuhr der gottähnliche Zorn von einhundertzwanzig Jahren auf mich hernieder, und ich hatte keine Wahl, ich mußte mich in den Staub werfen. Gleichzeitig jedoch dachte ich – während die flüchtige Sommerdämmerung ihren letzten Schimmer vom Garten hereinwarf – über die entsetzliche Einsamkeit nach, die das Alter meines Großvaters mit sich bringen mußte, die Einsamkeit, die entsteht (es ist kaum vorstellbar), wenn man keine Altersgenossen hat. Und mir wurde klar, daß ich meinen Großvater – diesen Mann von zurückhaltendem und übervorsichtigem

Wesen – selten, wenn überhaupt je so zornig gesehen hatte. Und ich habe ihn nur noch einmal so erregt gesehen, nämlich am Tage seines Todes, als er, trotz meiner Versuche, ihn davon abzuhalten, in das heraufziehende Gewitter hinausgestürmt war.

Die Sünden meines Vaters? Was war die Sünde meines Vaters anderes als nach einem Weg zu suchen, auf dem er die Zeit überlisten konnte, der nicht der ihm gewiesene war? Der Weg des Abenteuers, der Gefahr und des Wagemuts, der Weg eines kurzen, aber erfüllten und denkwürdigen Lebens. Waren die ihn antreibenden Motive wirklich so anders als die seines eigenen Vaters und die des Vaters seines Vaters?

Vielleicht schlägt jede dritte Generation aus der Art. Im Jahr 1895 geboren, wäre mein Vater der dritte Nutznießer der Großen Uhr geworden. Von frühester Kindheit an wurde er wie jeder echte Krepski-Sohn mit Uhren und Zeitmessung großgezogen. Aber schon als Junge ließ er auf deutliche und manchmal hysterische Weise erkennen, daß er keine Lust hatte, in die Fußstapfen seines Vaters zu treten. Großvater Feliks erzählte mir, daß er gelegentlich befürchtete, der kleine Stefan würde die Uhr sogar stehlen (die er als das größte aller Geschenke hätte betrachten sollen), um sie kaputtzuschlagen oder zu verstecken oder einfach irgendwohin zu schleudern. Infolgedessen trug mein Großvater sie immer bei sich, selbst nachts, wo er sie an einer verschlossenen Kette um den Hals trug – was seinen Schlaf nicht befördert haben dürfte.

Es waren schlimme Zeiten. Stefan wuchs zu einem dieser psychopathischen Kinder heran, die am liebsten all das gnadenlos zerstören möchten, was ihren Vätern am teuersten ist. Seine Revolte, die in der Familiengeschichte nicht ihresgleichen hatte, mag unerklärlich erscheinen, aber ich glaube, ich kann sie verstehen. Als Feliks geboren wurde, war sein eigener Vater, Stanislaw, vierzig – eine Sachlage, gegen die nichts einzuwenden war. Als Stefan seiner gedankenlosen Kindheit entwuchs, ging sein Vater auf die ersten Hundert zu. Wer kann sagen, wie ein Zehnjähriger auf einen so alten Vater reagiert?

Und was war schließlich Stefans Antwort auf den väterlichen Druck? Eine oft erprobte, ja abgedroschene. Aber in unserer Familie aus dem landumschlossenen Lublin war eine solche Lösung noch nie versucht worden. 1910, im Alter von fünfzehn Jahren, riß er von zu Hause aus und ging zur See, um sein Glück zu machen – oder bei dem Versuch umzukommen. Man nahm an, daß man ihn nicht mehr zu Gesicht bekommen würde. Aber was mein unerschrockener Vater war, der gab sich nicht mit seinem trotzigen Ausreißertum zufrieden und auch nicht damit, daß er der rauhen Welt, in die er sich gestürzt hatte, mutig begegnet war, sondern er kehrte nach drei Jahren zurück, um sich das Vergnügen zu machen, meinem Großvater unverwandt ins Gesicht zu starren. Er war ein junger Mensch von achtzehn Jahren, aber drei Jahre in der Ferne (Schanghai, Yokohama, Valparaiso …) hatten ihn abgehärtet und seine Jugend mit mehr Findigkeit ausgestattet, als mein über seine Zahnrädchen und Pendel gebeugter hundertjähriger Großvater je sein eigen genannt hatte.

Mein Großvater begriff, daß er einem Mann gegenüberstand. Jener starre Blick konnte es mit seinen nominellen hundert Jahren aufnehmen. Das Resultat von Stefans Rückkehr war eine Aussöhnung, ein seltenes Gleichgewicht zwischen Vater und Sohn, welches durch die Tatsache, daß sich Stefan nur ungefähr einen Monat später mit einer Frau von zweifelhaftem Charakter einließ – der Witwe eines Varietédirektors (vielleicht ist es bedeutsam, daß sie zwölf Jahre älter als mein Vater war) –, sie schwängerte und heiratete, eher verstärkt als gestört wurde. So erschien ich auf der Bildfläche.

Mein Großvater legte eine erstaunliche Nachsicht an den Tag. Er ließ sich sogar eine Zeitlang dazu herab, die kurzlebige Freude an Varietékünstlern und drallen Sängerinnen zu teilen. Es sah so aus, als hätte er nichts dagegen (ob es nun passend war oder nicht), daß Stefan und seine Nachkommen an der Uhr teilhatten. Es erschien sogar möglich, daß Stefan – der einzige Krepski, der sich nicht automatisch, so wie die Fische schwimmen und die Vögel fliegen, zu dem Beruf hingezogen gefühlt hatte – sich schließlich doch noch zum Uhrmacherhandwerk bekehrte.

Aber all das sollte nicht sein. 1914 – im Jahr meiner Geburt – stach Stefan wieder in See, diesmal, um seinem Land zu dienen (denn er war der erste Krepski, der auf britischem Boden geboren war). Wieder kam es zu hitzigen Auseinandersetzungen, aber mein Großvater zog den kürzeren. Vielleicht wußte er, daß Stefan auch ohne den Vorwand des Krieges früher oder später zu einem verwegenen Abenteurerleben getrieben worden wäre. Schließlich schluckte Feliks seinen Ärger und seine Enttäuschung vor dem scheidenden Krieger hinunter und stellte ihm die Uhr in Aussicht, wenn schon nicht als Uhrmachermeister einem treuen Lehrling, so als Vater dem Sohn. Vielleicht wäre Stefan 1918 tatsächlich zurückgekommen, ein Held der Meere, bereit, sich niederzulassen und die Segnungen der Uhr zu empfangen. Vielleicht hätte auch er ein volles Jahrhundert gelebt und noch ein weiteres – wäre da nicht die deutsche Granate gewesen, die ihn und die übrige Mannschaft seines stattlichen Schiffs in der Schlacht bei Jütland auf den Grund schickte.

So kam es, daß ich, der ich meinen Großvater, dessen eigene Erinnerungen bis in die Zeiten Napoleons zurückreichten, so genau kannte, der ich zweifellos auch – wäre da nicht dieser Tölpel von Omnisbusfahrer gewesen – meinen Urgroßvater gekannt hätte, der zur Welt gekommen war, als Amerika noch zu den britischen Kolonien gehört hatte, mich an meinen Vater überhaupt nicht erinnern konnte. Denn als bei Jütland die großen Geschütze donnerten und das Schiff meines Vaters seine wirbelnden Schrauben gen Himmel reckte, schlief ich, von meiner genauso ahnungslosen Mutter beschützt, in meinem Bettchen in Bethnal Green. Nur sechs Monate später sollte auch sie sterben, an einer Mischung aus Kummer und Grippe. Und ich ging im Alter von zwei Jahren in die Hände meines Großvaters über – und damit in die Geisterhände meiner ehrwürdigen Ahnen. Von Kindesbeinen an war ich dazu bestimmt, Uhrmacher zu werden, ein Mitglied jener ernsten Priesterschaft, die dem Gott Zeit dient, und wann immer ich während meines Noviziats in die Irre ging, wie an jenem betörenden Abend in Highgate, sollte mir mein Vater als warnendes Beispiel vor Augen geführt werden – gestorben (obwohl sein Name ruhmvoll weiterlebt – man kann ihn auf dem Ehrenmal bei Chatham lesen, der einzige Krepski unter all diesen Joneses und Wilsons) im lächerlichen Alter von einundzwanzig Jahren.

Aber dies ist keine Geschichte über meinen Vater und noch nicht einmal eine über das Uhrenmachen. Diese ganze langatmige Einleitung soll nur als Erklärung dienen, wie es kam, daß ich, Adam Krepski, an einem bestimmten Tag vor einer Woche im zweiten Stock eines baufälligen, aber (wie man sehen wird) berühmten viktorianischen Hauses in einem Zimmer saß und DIE UHR, die mein Urgroßvater gemacht hatte und die seit über einhundertsiebzig Jahren weder stehengeblieben noch jemals aufgezogen worden war, umklammert hielt, bis meine Handfläche feucht von Schweiß wurde. Zufällig war es mein Hochzeitstag. Ein Grund zum Sicherinnern, aber nicht zum Feiern. Meine Frau hat mich schon vor fast dreißig Jahren verlassen.

Und was war der Grund dafür, daß ich jenes kostbare Instrument so fest umklammert hielt?

Es waren die Schreie. Die Schreie, die durch das düstere, hallende Treppenhaus heraufdrangen, die Schreie, die aus dem Zimmer eine Treppe tiefer kamen und die ich schon seit mehreren Wochen sporadisch gehört hatte, die aber jetzt eine neue, dringliche Qualität bekommen hatten und mit zunehmender Häufigkeit erklangen. Die Schreie einer Frau, katzenartig, unverständlich (jedenfalls für mich, denn ich wußte, daß es die Schreie einer Asiatin waren, einer Inderin, einer Pakistanerin), die zunächst Wut und Kummer ausdrückten (zu Anfang vermischt mit dem Schimpfen eines Mannes), jetzt aber Schmerzen, Entsetzen und – es war das, weswegen sich meine Finger so heftig um die Uhr klammerten – unverkennbare Dringlichkeit.

Mein Hochzeitstag. Wenn ich darüber nachdenke, hat mir die Zeit mehr als einen Streich gespielt …

Und was tat ich in jenem düsteren, halbverfallenen Haus, ich, ein Uhrmacher aus der Familie der Krepskis? Das ist eine lange und verwickelte Geschichte – die vielleicht an jenem schicksalhaften Tag im Juli des Jahres 1957 beginnt, an dem ich geheiratet habe.

Mein Großvater (der in demselben Jahr hundertfünfzig wurde) war von Anfang an dagegen. Der Abend vor meiner Hochzeit war ein weiterer jener demütigenden Augenblicke in meinem Leben, wo er die Torheit meines Vaters ins Feld führte. Nicht, daß Deborah so etwas Fragwürdiges wie die Witwe eines Varietédirektors gewesen wäre. Sie war eine fünfunddreißig Jahre alte Volksschullehrerin, und ich war schließlich dreiundvierzig. Aber jetzt, da mein Großvater sein zweites Jahrhundert bereits zur Hälfte durchmessen hatte, war die in unserer Familie herrschende Neigung zum Frauenhaß bei ihm noch stärker ausgeprägt, noch unkritischer geworden. Nach dem Tode seiner dritten Frau im Jahr 1948 heuchelte er nicht länger und legte sich statt einer vierten Frau eine Haushälterin zu. Der Nachteil dieser Entscheidung war, wie er sich manchmal bei mir beklagte, daß eine Haushälterin bezahlt werden mußte. Seine Einstellung Frauen gegenüber war unverrückbar. Er sah in meiner zukünftigen Ehe einen hoffnungslosen Rückfall, ein Abrutschen in den Morast eitlen biologischen Verlangens und den illusionären Glauben an die Dauerhaftigkeit der Fortpflanzung.

Er irrte sich. Ich heiratete weder, um Kinder zu zeugen (was mein Unglück war), noch um meine Seele an die Zeit zu verkaufen. Ich habe einfach geheiratet, um außer meinem Großvater noch ein anderes menschliches Wesen zu haben, mit dem ich mich unterhalten konnte.

Verstehen Sie mich nicht falsch. Ich hatte nicht den Wunsch, ihn zu verlassen. Ich hatte nicht die geringste Absicht, meinen Platz neben ihm in der Werkstatt der Krepskis aufzugeben oder mein Teil an der Uhr zu verscherzen. Aber bedenken Sie das Gewicht seiner hundertfünfzig Jahre, das auf meinen kaum mehr als vierzig Jahren lastete. Bedenken Sie, daß ich von meinem dritten Lebensjahr an, ohne meinen Vater gekannt zu haben (auch meine Mutter habe ich kaum gekannt), von diesem erstaunlichen Menschen aufgezogen worden war, der schon bei meiner Geburt über hundert gewesen war. Lag es nicht nahe, daß ich – in abgeschwächter Form – den Druck und die Frustrationen verspürte, die mein Vater empfunden hatte? Mit Fünfundzwanzig hatte ich die irgendwie hohlen Berichte meines Großvaters von den polnischen Aufständen im Jahr 1830, vom Exil in Paris, vom London der fünfziger und sechziger Jahre des vorigen Jahrhunderts bereits satt. Mir war aufgefallen, daß mit seinem unverhohlenen Frauenhaß ein allgemeiner, dumpfer Menschenhaß einherging – eine Verachtung für die gewöhnlichen Menschen, die ihre mageren siebzig Jahre ablebten. Seine Augen (von denen eines durch die dauernde Benutzung der Uhrmacherlupe stark beeinträchtigt war) hatten einen trübe starrenden, moralisch überlegenen Blick angenommen. Es war um ihn etwas Abgestandenes, wie eine Art Krankenzimmergeruch, der in seiner Kleidung hing, etwas Schlechtgelauntes, etwas, was den Eindruck von Isolation und sogar, wenn man nach seinen zerschlissenen Jacken und der Baufälligkeit seines Hauses in Highgate ging, von relativer Armut erweckte.

Denn was war aus »Krepski & Krepski, Uhrmacher von Renommee« zu meinen Lebzeiten geworden? Sie waren nicht länger die gutgehende Werkstatt im East End mit sechs Gesellen und drei Lehrlingen, die sie um die Jahrhundertwende gewesen waren. Der ökonomische Wandel hatte ihnen einen Schlag versetzt. Die Massenproduktion von spottbilligen Armbanduhren und preiswerten elektrischen (elektrischen!) Uhren hatte die kleinen Betriebe verdrängt. Zu allem kam noch der stets wachsende Argwohn meines Großvaters hinzu. Denn selbst wenn der Mangel an Geld ihn nicht dazu gezwungen hätte, so hätte er seine treuen Mitarbeiter nach und nach doch entlassen – aus Angst, sie könnten das Geheimnis der Uhr entdecken und der Welt verraten. Jene Uhr konnte das menschliche Leben verlängern, aber nicht das Leben eines Unternehmens. In den fünfziger Jahren dieses Jahrhunderts waren »Krepski & Krepski« nur noch einer dieser schmutzigen, winzigen Läden, wie sie bei Dickens vorkommen und die man auch heute noch am Rande der City findet. Auf ihrem Firmenschild steht zwar »Uhrmacher«, aber sie sehen eher wie heruntergekommene Pfandleihen aus, und hin und wieder kommen betagte Kunden und bringen irgendein uraltes mechanisches Werk zum Nachsehen.

Großvater war hundertfünfzig. Er sah wie ein halb so alter, zwar griesgrämiger, aber gesunder Mann aus. Hätte er sich zur üblichen Zeit (also irgendwann in den sechziger oder siebziger Jahren des vorigen Jahrhunderts) zurückgezogen, dann hätte er das befriedigende Gefühl gehabt, ein Geschäft auf dem Höhepunkt seines Erfolges weitergegeben zu haben und ein geruhsames »Alter« verbringen zu können. In den fünfziger Jahren dieses Jahrhunderts hatte er – immer noch fit – keine andere Wahl, als weiterzumachen, um sich mühsam über Wasser zu halten. Selbst wenn er sich zurückgezogen und ich es geschafft hätte, ihn zu ernähren, wäre er zweifellos in den Laden in der Goswell Road zurückgekehrt wie ein Hund in seine Hütte.

Stellen Sie sich die Gesellschaft dieses Mannes vor – in unserer winzigen, zugigen Werkstatt, die von dem rumpelnden Verkehr draußen unaufhörlich bebte, oder in dem Haus in Highgate mit seiner abblätternden Farbe, seinen feuchten Wänden und dem gesprungenen Geschirr, wo nur das Murren von Mrs. Murdoch, der Haushälterin, die Eintönigkeit unterbrach. Konnte man es mir verübeln, daß ich, statt mich dort lebendig begraben zu lassen, erleichtert in die Arme einer impulsiven, intelligenten, auf mollige Weise attraktiven Lehrerin floh, die es – mit Fünfunddreißig – beunruhigend fand, wie die Jahre an ihr vorübergingen?

Bloß daß in letzterer Tatsache der Keim zu einer Ehekatastrophe lag. Großvater hatte recht. Ein wahrer Krepski, ein wahrer Hüter der Uhr sollte, wenn er denn überhaupt heiratete, eine häßliche, dumme und unfruchtbare Frau heiraten. Deborah war nichts von alledem. Sie war jenes brisante Phänomen einer Frau in einem für Frauen gefährlichen Alter, die sich plötzlich mit der Aussicht auf ein erfülltes Frauenleben gesegnet findet. Soll ich unsere Verbindung nur als eine eheliche beschreiben? Soll ich das Bild entwerfen, wie ich als der vernünftige, zuverlässige, vaterähnliche Mann (ich war acht Jahre älter als sie) dieses ein wenig empfindliche, ein wenig ängstliche Geschöpf unter meine Fittiche nahm? Nein. Jene ersten Monate waren ein Wirbelsturm, ein Strudel, in den ich hinabgezogen wurde, zuerst sanft und dann mit wachsender und hemmungsloser Gier. Die Wände unserer Wohnung im ersten Stock zitterten bei den Ausbrüchen weiblicher Leidenschaft, hallten wider von Deborahs Schreien (denn auf dem Höhepunkt pflegte Deborah so schrille Schreie auszustoßen, daß einem schier das Trommelfell platzte). Und ich, zunächst ein ahnungsloses und passives Werkzeug, eine Tonfigur, die durch heftiges Bearbeiten im Nu zum Leben erweckt wurde, erkannte plötzlich, daß mein Leben dreißig Jahre lang von Uhren bestimmt gewesen war, daß die Zeit für Leute, die keine Krepskis waren, kein Diener, sondern ein alter, mitleidloser Gegner war. Sie haben nur soundso lange auf dieser Erde, und sie wollen bloß leben, gelebt haben. Und wenn sich die Gelegenheit bietet, wird sie mit raubtierhafter Gier ergriffen.

Deborah – wie leicht die Wahl hätte sein können, wenn ich kein Krepski gewesen wäre. Manchmal wachte ich in jenen frühen Tagen auf, an das immer bereite Fleisch meiner Frau geschmiegt, und die Tage in der Goswell Road erschienen ausgelöscht: Ich war wieder ein Knabe (wie an jenem verwegenen Sommerabend in Highgate), von der Liebkosung der Welt verführt. Aber dann fiel mir sofort wieder mein Großvater ein, der bereits an seinem Werktisch wartete, die Große Uhr, die in seiner Tasche tickte, das die Zeit versklavende Uhrmacherblut, das in seinen und meinen Adern floß.

Eine wie leichte Wahl, wenn die Leidenschaft grenzenlos und endlos wäre. Aber sie ist es nicht, das ist das Problem – sie muß konserviert werden, bevor sie stirbt, und in eine dauerhafte Form gebracht werden. Alle Menschen müssen ihren Pakt mit der Geschichte schließen. Der erste Überschwang der Ehe ebbt ab, so heißt es, allmählich folgt sie einem langsameren, normaleren, effektiveren Rhythmus – die Glut kühlt sich ab, verteilt sich, aber geht nicht verloren. All das ist natürlich und dient einem natürlichen und richtigen Zweck. Doch das war der Punkt, an dem sich Deborahs und mein Weg trennten. Ich beobachtete meine Frau durch das rostige Eisengitter des Pausenhofes, wenn ich sie manchmal mittags von der Schule abholte. Auf ihren Wangen lag eine zarte, gesunde Röte. Wer hätte wohl erraten, woher dieser rosige Schimmer kam? Wer hätte sich vorstellen können, von welch wilder Hemmungslosigkeit diese äußerst korrekt wirkende Frau hinter geschlossenen Türen und zugezogenen Vorhängen ergriffen werden konnte?

Sie ließ jedoch ihrer Leidenschaft nicht länger freien Lauf. Diese wurde verweigert, vorenthalten (ich war inzwischen auf den Geschmack gekommen) und würde erst wieder uneingeschränkt dargeboten werden im Austausch für ein bleibendes Geschenk. Und wer hätte im Zweifel darüber sein können, um welches Geschenk es sich dabei handelte, wenn er ihr, wie ich, auf dem Schulhof zusah, wenn sie, die Trillerpfeife um den Hals, inmitten all der kreischenden Kinder und sich meiner Blicke vollkommen bewußt, hier einem streitsüchtigen Jungen mit aufgeschürften Knien, dort einer bezopften kleinen Jamaikanerin übers Haar strich, als wollte sie jeden Irrtum ausschalten.

Hatte ich ihr in all der Zeit von der Großen Uhr erzählt? Hatte ich ihr gesagt, daß ich sie vielleicht um ein Jahrhundert überleben würde und daß unser gemeinsames Leben – ihr ein und alles – eines Tages (ach, und der Tag ist da) nur noch eine Oase in der Wüste der Erinnerung sein könnte? Hatte ich ihr erzählt, daß mein Großvater, den sie für einen zähen Fünfundsiebziger hielt, in Wirklichkeit doppelt so alt war? Und hatte ich ihr gesagt, daß in uns Krepskis der Vaterinstinkt erloschen ist? Wir brauchen keine Kinder, die unser Bild in die Zukunft weitertragen, die uns als überstrapaziertes Bollwerk gegen das Ausgelöschtwerden dienen.

Nein. Ich hatte ihr nichts von alledem erzählt. Ich schwieg in dem irrigen – vom Wunsch diktierten? – Glauben, daß ich in ihren Augen als normaler Sterblicher durchgehen könnte. Wenn ich es ihr erzählte, sagte ich mir, würde sie mich dann nicht für verrückt halten? Andererseits, warum sollte ich mich nicht über die Skrupel, die Teil meines Erbes waren, hinwegsetzen (war denn wirklich soviel dabei?) und dieser Frau, mit der ich, zumindest eine gewisse Zeit lang, die zeitlosen Gefilde der Leidenschaft erforscht hatte, ein Kind schenken?

Unsere Ehe ging in ihr viertes Jahr. Meine Frau näherte sich dem bedenklichen Alter von vierzig Jahren. Ich war siebenundvierzig, ein Punkt, an dem andere Männer unter Umständen die Zeichen des Alterns an sich erkennen, an dem ich jedoch nur spürte, wie sich der schützende Panzer der Uhr enger um mich schloß, wie mich die Immunität der Krepskis einzwängte wie eine eiserne Jungfrau. Lieber Vater Stefan, betete ich hoffnungsvoll. Aber keine Stimme antwortete aus der kalten Tiefe des Skagerrak oder der Helgoländer Bucht. Statt dessen war mir, als hörte ich einen geisterhaften Seufzer aus dem weit entfernten Polen herüberwehen – und aus großer Nähe vielleicht noch ein ärgerliches Gemurmel, als sich Urgroßvater Stanislaw in Highgate im Grabe herumdrehte.

Und jeden Tag begegnete ich den stumm strafenden Blicken meines Großvaters.

Deborah und ich führten Krieg gegeneinander. Wir zankten uns, wir stritten uns, wir drohten einander. Und dann, eines Tages, machte ich endlich keine Ausflüchte mehr und erzählte es ihr.

Sie hielt mich nicht für verrückt. Etwas in meiner Stimme, in meiner Art sagte ihr, daß dies kein Wahnsinn war. Wäre es Wahnsinn gewesen, hätte sie es möglicherweise leichter ertragen können. Ihr Gesicht wurde weiß. Mit einem einzigen grausamen Schlag war ihre Welt zerstört worden. Ihr Vorrat an Liebe, ihr hungriger Leib, ihr leerer Schoß waren verhöhnt und herabgesetzt worden. Sie sah mich an, als wäre ich ein Monstrum mit zwei Köpfen oder einem Fischschwanz. Am nächsten Tag floh sie – »verließ sie mich« wäre ein zu milder Ausdruck. Bevor sie auch nur noch eine einzige Stunde neben jemandem lebte, der sein Leben auf unbestimmte Zeit gepachtet hatte, ging sie lieber zu ihrer Mutter zurück. Die Ärmste kränkelte, brauchte Pflege und sollte bald darauf sterben.

Tick-tack, tick-tack. Die kranken Uhren rasselten asthmatisch auf ihrem Bord in der Goswell Road. Großvater bewies Takt. Er streute kein Salz in die Wunde. Unsere Wiedervereinigung erlebte sogar so etwas wie kurze Flitterwochen. An dem Tag, an dem Deborah mich verlassen hatte, saß ich abends in Highgate mit ihm zusammen, und er erzählte – nicht mit seiner üblichen trockenen Absichtlichkeit, sondern mit liebevoller Spontaneität – von dem verlorenen Polen seiner Jugend. Doch gerade diese Weichheit war ein böses Omen. Unglaublich alte Menschen pflegen nicht nostalgisch zu sein. Es ist die Kürze des Lebens, das schnelle Vergehen einer endlichen Zeit, die Anlaß zu Sentimentalität und Bedauern geben. Während meines Intermezzos mit Deborah war eine Veränderung mit meinem Großvater vor sich gegangen. Er hatte zwar noch immer dieses Abgestandene an sich, und auch der starre Blick seiner Augen war noch da, neu war jedoch, daß er selber sich dessen bewußt zu sein schien. Sein Gesicht war von Trauer überschattet und von Müdigkeit, von Müdigkeit.

Das Geschäft stand kurz vor dem Aus. Jeder konnte sehen, daß es keine Zukunft hatte. Und doch gab es für Großvater und für mich immer eine Zukunft. Wir werkelten in der dumpfen Werkstatt vor uns hin und streckten das bißchen Arbeit, das wir gelegentlich bekamen. Die Große Uhr, dieses Symbol der besiegten Zeit, die erbarmungslos in Großvaters Westentasche vor sich hin tickte, beherrschte uns, das wußten wir. Manchmal hatte ich wilde Träume, wie ich sie zerstören, wie ich mit einem Hammer auf ihren unverwundbaren Mechanismus einschlagen würde. Aber wie hätte ich ein solches Sakrileg begehen und etwas tun können, was, soweit ich wußte, meinen Großvater auf der Stelle zu Staub verwandeln würde?

Wir arbeiteten weiter. Ich erinnere mich noch an das leere Gefühl, das weder Erleichterung noch Bedauern, sondern ein bloßer Reflex zwischen den beiden war, mit dem wir jeden Abend um sechs den Laden zumachten und nach Hause fuhren. Wir saßen da wie zwei in einer Blase eingeschlossene Geschöpfe, während unsere Linie 43 die Holloway Road entlangzockelte, und beobachteten das gereizte abendliche Gedränge (wie aufgeregt einem die Aktivitäten anderer vorkommen, wenn das eigene Leben langsam und endlos voranschreitet) mit kaltem, reptilienhaftem Blick.

Ach, diese glückliche, rastlose Welt, auf die der Tod wartet, der sie ihrer Sorgen entheben wird!

Ach, Deborah, die ich verloren habe und die jetzt Gladiolen auf das Grab ihrer Mutter legt!

Die Söhne und Enkel gewöhnlicher Menschen tun ihre Pflicht gegenüber ihren Vätern. Sie kümmern sich um sie an deren Lebensabend. Aber was, wenn es niemals Abend wird?

Als der hundertzweiundsechzigste Sommer im Leben meines Großvaters anbrach, konnte ich nicht mehr. Mit den letzten Resten meiner bescheidenen Ersparnisse mietete ich ein Häuschen in den Sussex Downs. Ich hatte die Absicht, das zu tun, was die Notwendigkeit dringend nahelegte, nämlich den Laden zu verkaufen und mir eine Arbeit mit einem gesicherten Einkommen zu suchen, von dem ich meinen Großvater und mich ernähren konnte. Zugegeben, ich war inzwischen fünfundfünfzig, aber als Uhrenexperte konnte ich vielleicht bei einem Antiquitätenhändler oder als zweiter Direktor in irgendeinem obskuren Uhrenmuseum unterkommen. Um all das in Angriff zu nehmen, mußte Großvater zunächst einmal fortgelockt und in sicherer Entfernung untergebracht werden.

Das soll nicht heißen, daß das Haus nur ein – teures – Mittel zum Zweck war. Ein Teil von mir wünschte aufrichtig, daß mein Großvater aufhören würde, in das staubige Innere von Uhren zu blicken, und statt dessen wieder hinaus in die Welt schauen würde, selbst wenn es die zahme, enge Welt von Sussex war. Irgendwie hatte ich immer noch die Vorstellung, daß man mit dem Alter reif und abgeklärt wird, daß es seine eigene, stille Zufriedenheit mit sich bringt. Warum hatte diese einzigartige Länge seines Lebens meinem Großvater nicht mehr Gelegenheit gegeben, sich an der Welt zu freuen, sie zu genießen, sie gedankenvoll zu betrachten? Warum sollte er jetzt nicht in eine Zeit meditativer Ruhe, in eine Zeit gottähnlicher Übereinstimmung mit der Natur eintreten? Die Jugend sollte sich vor dem Alter verneigen, nicht nur aus Pflicht, sondern aus Verehrung. Vielleicht hatte ich mich immer geschämt, vielleicht war es eine Quelle heimlicher Verzweiflung, was meine eigene Zukunft anbetraf, daß die Jahre meines Großvaters aus ihm nur das griesgrämige, streitsüchtige Geschöpf gemacht hatten, das ich kannte. Vielleicht hoffte ich, daß sein außerordentliches Alter ihn mit außerordentlicher Weisheit erfüllt hatte. Vielleicht stellte ich mir vor (eine phantastische, unmögliche Vision), daß er sich in seiner ländlichen Einsiedelei in eine Art Heiligen verwandeln würde, in den Schamanen von Sussex, den weisen Mann der Downs, in ein Orakel, zu dem die junge, törichte Welt pilgert, um Hilfe und Beistand zu finden.

Oder vielleicht war mein Motiv viel simpler. Vielleicht war es einfach nur das jener so glaubwürdig klingenden überlasteten Söhne und Töchter, die mit wohlmeinenden Blicken und nicht geringem finanziellen Aufwand ihre Eltern im Heim unterbringen, damit sie sie aus den Augen und aus dem Sinn haben – das heißt, damit sie dort auf sichere Weise ermordet werden.

Mein entscheidendes Argument war: Alles, was von Krepski & Krepski übrigbleiben würde, wäre die Große Uhr, zugegeben, aber dieses Alles wäre das ein und alles. Als vorbereitendes Zugeständnis war ich bereit, versuchsweise ein erstes Wochenende mit ihm in Sussex zu verbringen.

An einem Freitag nachmittag fuhren wir hinaus. Es war einer jener schwülen, düsteren Hochsommertage, an denen einem die Haut kribbelt und die Insektenschwärme aus dem Nichts hervorzukommen scheinen. Großvater saß auf seinem Platz im Eisenbahnabteil und versteckte sein Gesicht hinter einer Zeitung. Das war, wie das Wetter, ein schlechtes Zeichen. Normalerweise hatte er für Zeitungen nur Verachtung übrig. Was bedeuteten die Neuigkeiten von 1977 einem Mann, der 1808 geboren war? Zeitungen waren beinahe per definitionem der Beweis dafür, daß der Mensch der Zeit unterworfen war – ihr Geschäft war die Kurzlebigkeit. Seit neuestem jedoch, so hatte ich bemerkt, kaufte er sie und las sie fast gierig, und was sein Blick als erstes suchte, waren Berichte von Unfällen und Katastrophen, von Menschen, die eines plötzlichen, gewaltsamen Todes gestorben waren …

Hin und wieder kam er, während wir durch die Vororte Surreys fuhren, hinter seinem Schutzschirm hervor. Sein Gesicht war nicht das eines Mannes, der verjüngenden Horizonten entgegenfuhr. Es war das versteinerte Gesicht eines Menschen, den nichts Neues mehr berühren konnte.

Die Sussex Downs, eine Stunde von London entfernt, haben sich immer noch ihre stillen Ecken und Winkel bewahrt. Unser Häuschen – eines von zweien, die ein sich die Hände reibender örtlicher Spekulant als Wochenendhäuser vermietete – befand sich am einen Ende des Dorfes und am Fuße einer jener charakteristischen, seltsam weiblichen Anhöhen der Downs, die auf den Meßtischblättern als Aussichtshügel bezeichnet werden. Trotz der feuchten Hitze schlug ich am ersten Tag nach unserer Ankunft vor, dort hinaufzusteigen. Es war ein bekannter Aussichtspunkt. Laß uns hinuntersehen, dachte ich, uns Unsterbliche, auf die Welt.

Großvater war weniger enthusiastisch. Sein Widerstreben hatte nichts mit seiner Kondition zu tun. Der Aufstieg war steil, aber Großvater war trotz seiner Jahre so fit wie ein Vierzigjähriger. Seine Abgeneigtheit lag in dem kaum verhohlenen Wunsch begründet, diese meine ganze Unternehmung zu sabotieren und zu verhöhnen. Er hatte die ersten Stunden nach unserer Ankunft damit verbracht, im Haus umherzuschlurfen, ohne sich überhaupt die Mühe zu machen auszupacken, hatte mit einem Gesicht, aus dem äußerster Widerwille sprach, das eichene Balkenwerk inspiziert, den »traditionellen Kamin« und den »entzückenden Garten«, und sich schließlich schwer in einen Sessel fallen lassen, in der gleichen gekrümmten Haltung, mit der er sich in seinem gewohnten Sessel in Highgate oder auf seinem Hocker in der Werkstatt niederließ. Ein langes Leben sollte die Fähigkeit zur Veränderung wecken. Aber das Gegenteil trifft zu (das weiß ich nur zu gut). Langlebigkeit ermutigt Unnachgiebigkeit und eine konservative Einstellung. Sie lehrt einen, sich seinem Typ entsprechend zu verhalten.

Es war noch immer schwül. Als wir den Hügel zur Hälfte erstiegen hatten, beschlossen wir, beide in Schweiß gebadet, nicht weiterzugehen. Selbst in dieser relativen Höhe wurde die bleierne Luft von keinem Windhauch bewegt, und der berühmte Blick nach Norden zum Weald of Kent war hinter grauen Dunstvorhängen und den Schatten schwarzer, öliger Wolken verborgen. Wir saßen in büscheligem Gras und versuchten, wieder zu Atem zu kommen, Großvater ein wenig seitlich unterhalb von mir, wir beide stumm wie die Steine. Das Schweigen, das zwischen uns herrschte, war wie ein endgültiges Urteil über meine vergeblichen Hoffnungen: Gib diese zum Scheitern verurteilte Unternehmung auf.

Und doch war es keine Stille. Ich meine nicht unser Schweigen – sondern die Stille, in der wir saßen. Eine Stille, die, als unser Keuchen nachließ, allmählich greifbar, hörbar, eindringlich wurde. Wir saßen lauschend im warmen Gras und hatten die Ohren gespitzt wie wachsame Kaninchen. Wir vergaßen unseren mißlungenen Aufstieg. Wann hatten wir zum letztenmal eine solche Stille gehört, die wir an den dröhnenden Verkehr der Goswell Road gewöhnt waren? Und was für eine volle, was für eine laute Stille! Unter dem Druck der feuchten Luft öffneten sich die Poren der Erde, und die Stille war eine Mischung aus ihren zahllosen Ausdünstungen. Die Downs selbst, diese großen weiblichen Rundungen, kribbelten und schwitzten. Und was waren die Bestandteile dieser massiven Stille – das rasende Schlüpfen der Insekten, das Seufzen des Grases, das Trillern der Lerchen, das weit entfernte Blöken der Schafe – anderes als die Frucht dieses ganzen Schwellens? Und was war dieses Schwellen, das sich, als wir da so saßen, gegen unsere mickrigen Hinterteile drängte, anderes als die Fruchtbarkeit der Zeit?

Alt wie die Berge, sagt man. Großvater saß mit abgewandtem Gesicht bewegungslos da. Einen Augenblick lang stellte ich mir vor, wie sich das rauhe, nach Kreide duftende Gras über ihm ausbreitete, um ihn emporwuchs und aus ihm ein grasbedecktes Grab machte. Das Meßtischblatt wies die Aknenarben neolithischer Hügelgräber und eisenzeitlicher Erdwälle auf.

Stille. Das einzige Geräusch, das einzige, was diese überwältigende Stille störte, war Menschenwerk, war das Ticken von Urgroßvaters Uhr.

Wir begannen unseren Abstieg. Auf Großvaters Gesicht lag ein Ausdruck von Trübsinn, von Demut, von Stolz, von Reue, Zerknirschung – Verzweiflung.

Es wurde schnell Nacht, wozu die finsteren Wolken das Ihrige beitrugen. Und sie brachten die richtigen Bedingungen mit sich (einen Rückgang der Temperatur, einen Zusammenstoß von Luftströmungen), damit sich das Gewitter endlich entladen konnte. In dem Maße, in dem die Elektrizität in der Atmosphäre zunahm, wuchs auch Großvaters Unruhe. Er fing an, mit zuckendem Gesicht im Haus umherzulaufen, und warf mir dabei finstere Blicke zu. Zweimal zog er seine Uhr hervor, betrachtete sie, als wäre er drauf und dran, einen schrecklichen Entschluß zu fassen, und steckte sie dann mit einem gequälten Ausdruck wieder in die Tasche. Ich fürchtete mich vor ihm. Der Donner knatterte, und in der Ferne blitzte es. Und dann, als hätte ein unsichtbarer Riese einen gewaltigen Schritt gemacht, zerrte ein Windstoß an den Ulmen auf der Straße, im Haus krachte ein halbes Dutzend uns unvertrauter Türen und Fenster zu, und die Blitze schienen plötzlich auf einen Punkt über unseren Köpfen zu zielen. Großvaters Erregung verstärkte sich entsprechend. Seine Lippen zuckten. Ich erwartete, Schaum zu sehen. Draußen wieder ein wirbelnder Windstoß. Ich ging hinauf, um ein klapperndes Fenster zu schließen. Als ich zurückkam, stand er an der Haustür und knöpfte sich den Regenmantel zu.

»Versuche nicht, mich aufzuhalten!«

Aber ich hätte ihn gar nicht aufhalten können, selbst wenn ich den Mut dazu gehabt hätte. Sein Wahnsinn errichtete eine unüberwindliche Barriere um ihn. Ich sah zu, wie er in das Toben hinausschritt. Keine halbe Minute nach seinem Fortgehen öffneten sich die Schleusen des Himmels, und der Regen prasselte herab.

Ich war nicht so begriffsstutzig zu glauben, daß mein Großvater einfach nur einen Spaziergang machte. Aber etwas hielt mich davon ab, ihm nachzugehen. Ich saß in einem Schaukelstuhl an dem »traditionellen Kamin« und wartete (durchschauen Sie meine Motive, wenn Sie wollen), lächelte sogar, während draußen der Donner grollte. Ich konnte mir nicht helfen, aber etwas an der Dramatik des Augenblicks, etwas an diesem Eindringen der Natur in unser Leben fand ich (wie der Mann, der seinen Henker idiotisch anlächelt) befriedigend.

Und dann handelte ich. Der Aussichtshügel, das war der beste Ort, um ein Gewitter zu beobachten. Um dem Zorn des Himmels zu trotzen – oder um ihn herauszufordern. Ich griff nach meinem eigenen Regenmantel, zog mir meine Wanderschuhe an und ging in den Tumult hinaus.

Während eines Gewitters, so heißt es, soll Martin Luther in Thüringen zusammengebrochen sein. Er sei auf die Knie gefallen, habe den Allmächtigen um Vergebung angefleht und gelobt, ein Mönch zu werden. Ich bin nicht religiös (schließlich hatte man mir beigebracht, eine Uhr als den einzigen Gegenstand der Verehrung zu betrachten), aber in jener Nacht fürchtete ich um meine Seele. In jener Nacht, so glaube ich, war ein Gott am Werk und lenkte meine Schritte zu dem Schauplatz göttlicher Rache. Der Donner schlug seine Trommel. Im Schein der Blitze fand ich meinen Weg zum Fuß des Hügels, aber als ich endlich da war, sah es so aus, als brauchte ich keinen Führer, der mir weiterhalf – ich brauchte nicht bis ganz hinauf zu steigen, um dort wie ein verrückter Wetterhahn herumzustehen. Die Downs sind kahle, kühne Formationen, und im grellen Magnesiumlicht der Blitze konnte man alle charakteristischen Einzelheiten erkennen. Es stand dort, an den Hang geklammert, eine einzelne Baumgruppe von der Art, der man in den Downs einen Bezug zu den Druiden nachsagt. Weiter brauchte ich nicht zu gehen. Einer dieser Bäume war von dem Krummsäbel eines Blitzes gespalten und gefällt worden. Großvater lag leblos neben den verdrehten Überresten dieses Baumes, das Gesicht zu einer Grimasse des Schmerzes verzogen. Und in seiner Westentasche, unter seinem durchweichten Mantel, unter seiner durchweichten Jacke tickte die Große Uhr, deren winziges, vollkommen mechanisches Gehirn nichts von Stürmen, von menschlichen Dramen und Katastrophen wußte, immer noch gleichgültig vor sich hin.

Helft mir, ihr da oben! Hilf mir, o Zeit! Ich stand im Krematorium, der letzte Krepski, und die Große Uhr tickte in meiner Tasche. Die Flammen vollendeten an Großvater die Arbeit des Blitzes und verwandelten seinen hundertneunundsechzig Jahre alten Körper in wenigen Sekunden in Asche. An diesem Tag, einem Tag, der so gänzlich anders war – ein stiller, goldener Augusttag – als jene Todesnacht, hätte ich fortgehen und ein anderer Mensch werden können. Ich hätte den Weg zum Schulhof einschlagen können – es war nicht weit –, wo Deborah immer noch inmitten ihrer herumtobenden Kinderhorde stand, und sie bitten, sich mit mir auszusöhnen. Ihre Mutter, mein Großvater. Die zur Einsicht bringenden Bande des Verlustes.

Ich hätte die Uhr fortwerfen können. Ja, ich hatte tatsächlich erwogen, sie mit Großvaters Leiche einäschern zu lassen – aber die Vorschriften für die Feuerbestattung sind da sehr streng. Und war ich nicht am gleichen Nachmittag, nachdem ich bei einem Anwalt in Chancery Lane dem mechanischen Verlesen eines dürftigen Testaments beigewohnt hatte, auf dem Embankment an der Themse entlanggegangen, die Uhr in der schweißfeuchten Hand, und hatte mich dazu aufgefordert, sie ins Wasser zu werfen? Zweimal hatte ich ausgeholt und zweimal den Arm wieder sinken lassen. Vom blinkenden Fluß drang die Stimme meines Vaters herüber und sagte: »Warum nicht? Warum nicht?« Aber ich dachte an Großvaters Asche, die in ihrer Urne noch warm und aktiv war (wenn man annähernd zwei Jahrhunderte gelebt hat, dann stirbt man doch bestimmt nicht so schnell?). Ich dachte an Urgroßvater Stanislaw und an seine Vorfahren, deren Namen ich wie eine Litanei hersagen konnte – Stanislaw senior, Kasimierz, Ignacy, Tadeusz. In den Windungen der Themse sah ich, was ich noch nie gesehen hatte: die barocken Türme von Lublin, die ausgebreiteten Ebenen Polens.

Es ist wahr, was die Psychologen sagen: Unsere Ahnen sind unsere ersten und einzigen Götter. Von ihnen kommt alles, unsere Schuld, unsere Pflicht, unsere Sünde – unser Schicksal. Ein paar Donnerschläge hatten mich eingeschüchtert, ein paar himmlische Feuerwerkskörper hatten mir vorübergehend angst gemacht. Ich packte die Uhr. Ich ging an jenem Nachmittag nicht zu der Grundschule zurück, ja anfänglich nicht einmal zu dem Haus in Highgate. Ich ging wie ein frommer Pilger den ganzen Weg zu Fuß bis zu der Straße in Whitechapel, wo sich mein Urgroßvater als erfolgreicher Uhrmacher in den siebziger Jahren des neunzehnten Jahrhunderts hundertzwölfjährig niedergelassen hatte. Zu jener Zeit gab es in Whitechapel elegante Häuser ebenso wie Slums. Die Straße existierte immer noch. Und das alte Haus auch. Sein abblätternder Putz, seine zersprungenen und mit Brettern vernagelten Fenster und seine mit Papier und Abfällen übersäten Eingangsstufen waren eine Parodie des Hauses, wie es früher gewesen war, als noch zwei Dienstmädchen und eine Köchin darin gewaltet hatten. Ich starrte darauf. Das Schicksal wollte es, daß ich aus einem Reflex heraus an die Tür klopfte. Das Gesicht einer Asiatin, schüchtern, seelenvoll. Jemand habe mir gesagt, daß in diesem Haus ein Zimmer zu vermieten sei. Ja, das stimme – im zweiten Stock.

Und so warf ich die Uhr nicht fort: Ich fand einen Schrein für sie. Und ich kehrte auch nicht in das Haus in Highgate zurück, außer um seinen kargen Inhalt zu veräußern und seinen Verkauf in die Wege zu leiten. Aus einem Zimmer meiner Ahnen in Whitechapel schuf ich mir eine neue Welt, wie sie den Bedürfnissen eines Einsiedlers entsprach. Die Zeit verläuft, wie selbst die Ungebildeten Ihnen sagen werden und wie es jedes Zifferblatt demonstriert, zyklisch. Je länger man lebt, desto mehr sehnt man sich danach, zurückzugehen. Ich verschloß meine Augen vor der alten Hochstaplerin, der Zukunft. Und Deborah blieb für immer auf ihrem Schulhof und pfiff ihren Kindern wie jemand, der vergeblich nach einem fortgelaufenen Hund pfeift, weil der bereits tot am Straßenrand liegt.

So kam es, daß ich vor einer Woche in dem Zimmer in Whitechapel saß und wie an jenem Tag an der Themse die Uhr in der vor Schweiß juckenden Hand hielt. Und immer noch drangen sie aus dem Stockwerk unter mir herauf, diese Schreie, verzweifelt und nicht zu besänftigen.

Was hatten sie zu bedeuten? Ich wußte (ich, der ich all das aufgegeben hatte, um auf ewig mit meiner Uhr verheiratet zu sein), daß es die Schreie waren, die entstehen, wenn Männer und Frauen Umgang miteinander haben, die

Schreie großen Kummers und unerfüllter Wünsche. Ich wußte, daß es die Schreie derselben Asiatin waren, die mir am Tag von Großvaters Einäscherung die Tür geöffnet hatte. Eine Frau – oder ein Fräulein? – Matharu. Ihr Mann (Geliebter?) war zu unterschiedlichen Zeiten gekommen und gegangen. Irgendeine Art von Schichtarbeiter. Manchmal hatte ich ihn auf der Treppe getroffen. Ein Nicken, ein Wort. Aber das genügte mir auch. Ich verkroch mich in dem Bau meiner Vorfahren. Und selbst als das Geschrei anfing (das seine wild und schnell, das ihre wie das eines aufgebrachten, gluckenden Vogels), mischte ich mich nicht ein. Gewitter ziehen vorüber. Uhren ticken weiter. Es folgten gellende Schreie, Schläge, das Geräusch zuschlagender Türen, Schluchzen. Ich rührte mich immer noch nicht. Eines Tages dann schlug die Tür mit dem unverwechselbaren Klang der Endgültigkeit zu (ach, Deborah), und das darauf folgende Schluchzen war keines, das immer noch bettelte und flehte, sondern ein einsames Schluchzen, wimmernd und wie ein Klagegesang – das Schluchzen der Einsamen, das die leeren Stunden hinauszögert.

Ging ich die Treppe hinunter? Klopfte ich gedämpft an die Tür und fragte leise: »Kann ich Ihnen helfen?« Nein, die Welt ist voller Fallstricke.

Die Zeit heilt alle Wunden. Bald würde dieses Wimmern aufhören. Und das tat es auch. Oder besser gesagt, es wurde schwächer, bis es fast nicht mehr zu hören war – nur um sich zu einem neuen Crescendo der Qual zu steigern.

Ich umklammerte meinen tickenden Talisman, so wie sich die Kranken und Sterbenden in der Stunde ihrer Not an armselige Kinkerlitzchen klammern. Glauben Sie nicht, daß diese weiblichen Schreie nur meinen Frieden störten und mich etwa nicht leiden ließen, so wie die litt, die sie ausstieß. Ich erkannte, daß sie aus einer Region kamen, in der die Zeit nicht regierte – und folglich für uns Krepskis ein solches Gift waren, so tödlich wie frische Luft für einen Fisch.

Wir waren alleine im Haus, die klagende Frau und ich. Es mußte – wie die ganze Straße – geräumt werden. Die Besitzer hatte man enteignet, den Mietern gekündigt. Die anderen Zimmer waren bereits leer. Und schon stürzten vor meinem Fenster Mauern ein, ließen Bulldozer Staubwolken aufsteigen. Das Haus Krepski mußte bald fallen, wie bereits die ehemaligen Häuser jüdischer Schneider, holländischer Goldschmiede und russischer Kürschner gefallen waren – ein ganzes Viertel eingewanderter Handwerker, die im Londoner Hafen von Bord gegangen waren und die Bestandteile ihrer weit entfernten Vergangenheiten mitgebracht hatten. Wie war es nur möglich, daß soviel Geschichte vor meinen Augen dem Erdboden gleichgemacht worden war, so daß nur ein paar Haufen Schutt und ein paar graue Wellblechzäune übrigblieben?

Wieder ein gellender Schrei, als würde sie gefoltert. Ich stand auf, preßte die Hand gegen die Stirn, setzte mich, stand wieder auf. Ich stieg die Treppe hinunter. Aber nach wie vor hielt ich die Uhr fest umklammert.

Die Frau lag unter einem wirren Haufen Bettzeug auf einer Matratze in einem großen, zugigen Zimmer, das, wie ich vermutete, früher einmal der Salon meines Urgroßvaters gewesen war, jetzt aber als Wohnzimmer, Küche und Schlafzimmer in einem diente. Sie war offensichtlich nicht so sehr von Kummer überwältigt als vielmehr krank. Deshalb hatte sie auf mein Klopfen – die Tür war unverschlossen gewesen, und das vielleicht schon seit Wochen – nicht reagieren können. Ihr Gesicht war mit Schweißperlen bedeckt. Ihre Augen brannten. Und während ich sie beobachtete, gab sie einen erstickten Schmerzenslaut von sich, und über ihren Körper unter dem unordentlichen Bettzeug, das sie vermutlich bei meinem Eintritt eilig über sich zusammengerafft hatte, lief ein Zittern.

Umstände verbünden sich. Diese Frau sprach kaum Englisch, wie ich nach dem Dutzend Wörter wußte, das wir in etwas über einem Jahr gewechselt hatten. Sie konnte ihren Zustand nicht beschreiben. Ich konnte sie nicht fragen. Es bedurfte keiner Sprache, um mir zu sagen, daß ich einen Arzt holen sollte. Aber als ich mich mit der Vorsicht, mit der sich jeder Krepski einer Frau nähert, über sie beugte, packte sie plötzlich meinen Arm, und das nicht weniger fest, als ich mit meiner freien Hand die Uhr gepackt hielt. Als ich ihr meine Absicht zu verstehen gab, indem ich das Wort »Arzt« mehrere Male überdeutlich aussprach, ließ sie meinen Arm nicht los, und die Qual, die sich in ihrem Gesicht spiegelte, schien eine zusätzliche Dimension anzunehmen. Es ging mir durch den Kopf, daß sie, wäre ich jünger gewesen (ich war dreiundsechzig, und sie hatte keine Ahnung, daß ich, in den Kategorien unserer Familie, noch ein grüner Junge war), nicht ganz so schnell meinen Arm ergriffen hätte. Trotzdem verzog sich ihr Gesicht ebensosehr aus Angst wie in beharrlichem Flehen. Die Scham in ihren Augen schien viele Schichten zu haben, als sie erneut ein Stöhnen nicht unterdrücken konnte und ihr Körper sich unter dem Bettzeug aufbäumte.

»Was fehlt Ihnen bloß? Was fehlt Ihnen?«

Sie werden mich zweifellos für töricht und kolossal unwissend halten, weil ich nicht schon vorher die Symptome einer Geburt erkannt hatte. Denn genau solche waren es. Ich, ein Krepski, in dessen Hand die Macht lag, sehr lange zu leben, und dessen Vorfahren sehr lange gelebt hatten, erkannte nicht die Anfänge des Lebens und wußte nicht, wie eine in den Wehen liegende Frau aussah. Aber als ich schließlich zu begreifen begann, was vor sich ging, verstand ich auch, was es für die Frau bedeutete, verstand ich die Gründe für ihre Angst und ihre flehentliche Bitte. Das Kind war das Kind eines Vaters auf der Flucht. Papa war weit weg, wußte vielleicht gar nichts von der Frucht seiner Liebelei, genauso wie mein Vater Stefan – weit weg auf der Nordsee – nicht gewußt hatte, daß sich meine Mutter über mein Bettchen beugte. Papa war vielleicht dem Recht nach überhaupt kein Papa, und wer konnte sagen, ob nach dem Recht Papa und Mama überhaupt Immigranten waren? Das mochte erklären, warum sie mich so festgehalten hatte, als ich ärztliche Hilfe holen wollte. Dazu kam noch, daß ich ein Engländer war und mich über diese Frau gebeugt hatte (deren Mutter vielleicht in irgendeinem Dorf am Ganges verschleiert gegangen war), als sie die intimsten weiblichen Schmerzen erlitt ... Sie sehen, die Lage war verzwickt.

Und ich hatte keine andere Wahl, als Zeuge – Geburtshelfer – dieser hoffnungslosen Geschichte zu werden.

Ich begriff, daß der Augenblick dicht bevorstand. Ihre Augen, von der Farbe schwarzer Oliven, fixierten mich über die zerwühlten Bettücher hinweg, in denen sie, so als gehorchte sie einem uralten Instinkt, ihren Mund zu verstekken suchte. Der Moment konnte nicht mehr fern sein, wo sie alles Schamgefühl ablegen mußte – und ich alle Zimperlichkeit –, und ich sah, wie sie diese schreckliche Offenheit gegen die Tatsache abwog, daß ich ihre einzige Hilfe war.

Aber als wir einander so anstarrten, geschah etwas Seltsames. Es war mir, als sähe ich in dem kleinen Halboval von Gesicht, das sie mir zeigte, so als wären ihre Augen mit ein paar außergewöhnlich stark vergrößernden optischen Linsen ausgestattet, die riesigen Landmassen ihres Heimatkontinents Asien und die endlose Reihe nußbrauner Gesichter ihrer Vorfahren. Gleichzeitig waren in meinem Inneren die von den fernen Rändern Polens herbeiströmenden Krepski-Ahnen in Reihen angetreten. Wie seltsam, daß unsere Leben hier aufeinanderprallten, wo wir doch beide nicht von hier stammten. Wie seltsam, daß sie überhaupt aufeinanderprallten. Wie seltsam und außerordentlich, daß ich als ein Krepski geboren worden war und sie als eine Matharu. Welch eine unmögliche Kette von Zufällen geht einer jeden Geburt voraus.

Ich mußte bei diesem Gedanken gelächelt haben – oder jedenfalls meinem Gesicht einen Ausdruck verliehen haben, der auf sie ansteckend wirkte. Denn ihr Blick wurde plötzlich weicher, in ihre Augen trat ein sanfter Schimmer, und wurde augenblicklich wieder hart. Sie kniff die Augen zusammen, stieß einen lauten Schrei aus und zog mit einer Geste der Unterwerfung (wie sie sich diesem Scheusal von Ehemann unterworfen haben mochte) das Bettzeug von ihrem Unterkörper fort, zog die Beine an, hielt sich mit den Händen am Kopfende fest und begann mit aller Kraft zu pressen.

Ihre Augen waren geschlossen – ich glaube, sie blieben es auch während der ganzen nun folgenden Prozedur. Die meinen dagegen wurden größer und größer angesichts dessen, was vielleicht noch nie ein Krepski gesehen oder zumindest mit solch privilegierter und angstvoll gespannter Aufmerksamkeit verfolgt hatte. Die Mutter – denn das wurde sie jetzt zweifellos – wölbte den Rücken, hob ihren riesigen Bauch an, schien ihren ganzen Körper darzubieten, damit er von der Scham aufwärts gespalten würde, und meine sich staunend weitenden Augen sahen ein glänzendes, nasses, blaurot geflecktes Etwas, das wie ein gefleckter Kieselstein aussah, dort auftauchen, wo der Spalt anfing. Der Kiesel wuchs und wuchs, wurde viel zu groß für die enge Öffnung, in die er sich anscheinend um jeden Preis hineinzwängen wollte. Tatsächlich steckte er eine ganze Minute lang dort fest, als wäre dies der Platz, wo er ein für allemal bleiben wollte, während die Mutter schrie. Und dann war es auf einmal kein Kieselstein mehr. Es war ein Klumpen zusammengepreßten, ungeformten, mit Blut überzogenen Fleisches, der begriff, daß er dort nicht bleiben konnte. Die Mutter hielt den Atem an – es wurde ein Kopf, ein knubbeliger, verbeulter Kasperletheaterkopf. Die Mutter atmete tief aus, mit hörbarer Erleichterung und Freude diesmal, und jetzt war es kein Kopf mehr, sondern ein ganzes Geschöpf, mit Armen und Beinen und kleinen, herumtastenden Händen, und es saß nicht mehr länger in dieser schrecklichen Enge fest, sondern quoll plötzlich mit glitschiger Leichtigkeit heraus wie etwas, das, von einer schleimigen Lake begleitet, aus einem Glas mit Eingelegtem geschüttet wird. Aber das war noch nicht alles. Als ob es nicht schon erstaunlich genug war, daß aus einem so kleinen Loch etwas so Großes herauskam, folgte ihm rasch eine unbeschreibliche Menge an buntschillerndem Ausfluß, der in Konsistenz und Farbe an flüssige Koralle, Gelatine und Brombeerkompott erinnerte.

Aus was für Zutaten doch so ein menschliches Leben zusammengebraut wird!

Und was tat ich während dieser imposanten Leistung? Ich riß die Augen auf und konnte mich kaum auf den Beinen halten. In meiner Rechten hielt ich die Große Uhr so fest, als wollte ich sie zerquetschen. Aber jetzt, wo sich das kleine Wesen in Zeitlupentempo auf dem blutigen Laken wand und sich in das erleichterte Stöhnen der Mutter eine neue Angst mischte, wußte ich, daß auch ich in diesem Drama eine unvermeidliche Rolle zu spielen hatte. In Highgate hatte ich einmal im Fernsehen (abgestoßen, aber fasziniert) einen Film über Geburtshilfe gesehen. Mir war klar, daß viel mit dem fleischernen Schlauch zusammenhing, der sich eben jetzt von Mutter zu Kind schlängelte. Der Mutter war es auch klar, denn mit letzter Kraft deutete sie auf eine Kommode am anderen Ende des Raumes. In einer der Schubladen fand ich eine Küchenschere …

Mit dem Augenblick der Geburt beginnt die Möglichkeit des Totschlags. Meine ungeschulten Hände taten, was sie konnten, während mein Magen nicht nur mit Wogen des Ekels, sondern einer seltsamen emporquellenden Angst kämpfte. Wie der Fernseharzt hielt ich das glitschige Geschöpf hoch und gab ihm mit entschlossener Hand einen Klaps. Es verzog schwächlich das Gesicht und gab den Laut von sich (einen gurgelnden Schmerzenslaut), der, wie es heißt, bedeutet, daß das Kind leben wird. Aber ich fand, es sah elend und krank aus. Ich legte es dicht neben seine Mutter auf die Matratze, als könnte die mütterliche Ausstrahlung schaffen, was mir nicht gelang. Wir tauschten flehende Blicke, sie und ich, als wären wir tatsächlich Liebende, tatsächlich Vater und Mutter, die ihr Fleisch zu einer einzigen Hoffnung vereint hatten.

Deborah … mit ihrer Pausenhofpfeife.

Ich kannte den Ausdruck »das Leben hängt an einem seidenen Faden«. Ich wußte, daß er auf spannungsgeladene Augenblicke in Operationssälen und Todeszellen angewendet wurde, wenn noch Hoffnung auf Rettung bestand. Aber ich wußte nicht (an ein Leben gewohnt, das seinen gemächlichen Gang ging und sich über Jahrhunderte erstrecken konnte), was er wirklich bedeutete. Und erst jetzt begreife ich, welch ungeheure Konzentration von Zeit, welch riesiges Gegengewicht angesammelter Jahre, Jahrzehnte, Jahrhunderte in jenen Augenblicken enthalten ist, in denen der Zeiger der Waage zur einen oder zur anderen Seite ausschlagen kann.

Wir betrachteten das bedauernswerte Kind. Sein blindes Gesicht war zerknittert, seine Finger bewegten sich. Seine Atemzüge waren eindeutig gezählt. Die Mutter fing an zu weinen und fügte ihren anderen, namenlosen Gefühlsausbrüchen noch weitere Tränen hinzu. Ich fühlte, wie sich mir mein tickendes Uhrmacherherz im Leibe umdrehte. Mir entfuhr unwillkürlich ein stilles Stoßgebet.

Und plötzlich waren sie wieder da: Stanislaw und Feliks und Stefan, kamen auf irgendeinem unheimlichen Weg auf mich zugeflogen und brachten die geheimnisvolle Essenz der Elemente mit, von denen sie empfangen und zersetzt worden waren. Urgroßvater aus seinem Grab in Highgate, Großvater aus seiner Urne, Vater (war er als erster da?) aus der grauen Tiefe, wo die Fische an ihm geknabbert und die Meeresströmungen ihn schon vor langer Zeit zerfressen und verteilt hatten. Erde, Feuer, Wasser. Sie kamen aus dem Inneren der Erde geströmt, und mit ihnen kamen Stanislaw senior, Kasimierz, Tadeusz und all die anderen, deren Namen ich vergessen habe, sogar die legendären Krepfs aus Nürnberg und Prag.

Meine Hand lag auf der magischen, dienstbare Geister herbeirufenden Uhr. In dem Augenblick wußte ich, daß die Zeit nicht etwas ist, was außerhalb unserer selbst existiert wie ein Territorium, das man annektiert. Was sind wir anderes als das Destillat aller Zeit? Was ist jeder einzelne von uns anderes als die Summe aller Zeit vor ihm?

Die kleine Babybrust zitterte schwach, die Hände tasteten noch herum, das zerknitterte Gesicht wurde blau. Ich hielt ihm die Große Uhr Stanislaws hin. Ich ließ sie an ihrer goldenen Kette über den winzigen Fingern dieses neugeborenen Kindes sacht hin und her schwingen. Man sagt, das erste, was ein Baby instinktiv tut, ist greifen. Das Kind berührte das tickende Meisterwerk, das in den Tagen des Großherzogtums Warschau in Lublin hergestellt worden war. Ein winziger Zeigefinger und Daumen legten sich so leicht wie zwei Federn auf das feingetriebene Goldgehäuse mit dem dicken, gelb gewordenen Glas. Eine Sekunde, eine Ewigkeit verstrich. Und dann ... begann sich die nahezu bewegungslose Brust kraftvoll zu heben und zu senken. Das Gesicht verzog sich, und das Kind gab einen rauhen, stotternden Schrei von sich, in dem die Ansätze zu einem Kichern mitschwangen. Die tränenfeuchten Augen der Mutter leuchteten auf. Gleichzeitig fühlte ich, wie sich in mir wieder die Angst regte. Nein, nicht eigentlich Angst – eher das Gefühl, als schwände in mir etwas dahin, als würde ich einer Hochstapelei überführt, als hätte ich kein Recht zu sein, wo ich war.

Die winzigen Finger hielten noch immer die Uhr fest. Ich spürte ein ganz leichtes Ziehen an der goldenen Kette. Und da geschah etwas Wundersames – so wundersam wie das Wiederaufleben dieses Kindes. Ein Ereignis, das wert ist, ein für allemal festgehalten zu werden. An einem Juliabend um sechs Uhr dreißig, vor kaum einer Woche, hielt die Hand eines Säuglings (welch titanische Kraft müssen diese Finger besessen haben, eine aufgestaute Kraft, die den unzähligen Jahren angesammelter Zeit äquivalent war) die Uhr meines Urgroßvaters an, die, ohne die Hand eines Menschen zu benötigen, der sie aufzog, seit September 1809 gegangen war.

Die Angst – das Gefühl, von innen her angegriffen zu werden – verstärkte sich. Dieser Raum im Hause meines Urgroßvaters – in dem meine unsichtbaren Vorfahren persönlich angetreten waren (hatten sie bereits als exorzierte Geister das Weite gesucht?) – war kein Zufluchtsort mehr, sondern die Mitte der Wüste. Mit einer Kraft, die der entsprach, welche dieses Kind am Leben erhalten hatte, drückte mich der Gedanke an die Trostlosigkeit meiner Zukunft nieder, der Gedanke daran, wie ich älter und immer älter, aber niemals alt genug werden würde und von Tag zu Tag schwächlicher, verschrumpelter, insektenähnlicher.

Ich ließ die Kette los. Ich drückte die Große Uhr einem Säugling in die Hand. Ich erhob mich aus meiner hockenden Stellung neben der Matratze. Ich sah die Mutter an. Wie hätte ich es ihr erklären können, selbst wenn ich ihre Sprache beherrscht hätte? Das Kind atmete; es würde leben. Die Mutter würde durchkommen. Das wußte ich besser als jeder Arzt. Ich wandte mich zur Tür und ging hinaus. Um mich herum fing alles an zu verschwimmen. Ich stolperte die Treppe hinunter zur Haustür.

Draußen fand ich eine Telefonzelle und rief unter Angabe des Allernötigsten einen Krankenwagen. Dann stolperte ich weiter. Nein, nicht in Richtung Deborah, falls Sie das denken. Und auch nicht in Richtung Themse, um, wenn nicht die Uhr, so doch mich in den trübe dahinströmenden Fluß zu werfen und dorthin zu gehen, wo schon mein vom Meer verwandelter Vater war.

In gar keine Richtung. Eine Richtung war nicht nötig. Denn wenige Minuten später wurde ich in den historischen Straßen von Whitechapel, nein, nicht von einem Omnibus, nicht von einem Blitzpfeil und auch nicht von einem der Kriegsschiffe des Kaisers getroffen, sondern von einem geheimnisvollen und vernichtenden Schlag in meinem Innern, von einem Schlag, der keine leibhaftigen Bäume, sondern Familienstammbäume umwarf und mit der Wurzel herausriß.

Ein weiterer Krankenwagen kam den Stepney Way heruntergeheult, nicht für eine Mutter mit ihrem Kind, sondern für mich.

Und jetzt liege *ich* unter fieberheißem Bettzeug. Und jetzt kann ich erkennen – an den desinteressierten, wenn auch verdutzten Gesichtern der Ärzte (für die Zeit zweifellos etwas anderes ist als für Uhrmacher), an den Blicken üppiger Kankenschwestern (ach, Deborah), die sich über mein Bett beugen, mein schlaffes Handgelenk hochheben und auf ihre Dienstarmbanduhren sehen –, daß meine eigenen Atemzüge gezählt sind.

Cliffedge

Was hat das Meer an sich, daß sich Menschen zu ihm hingezogen fühlen? Was verlockt die Müßigen, ausgelassene oder nachdenkliche Stunden an seinem Gestade zu verbringen? Was hat auf den Kliffs der Südküste und entlang ihrer Kiesstrände diese eiscremefarbenen Kolonien, diese Außenposten des Vergnügens, erbaut? Das Vergnügen daran, am Abgrund zu stehen? Das Vergnügen an der Gefährdung allen Vergnügens? Wie hätten sie sonst auf so wundersame Weise intensiv, so faszinierend sein können, diese kleinen Welten (der Pier, die Rettungsstation, das Aquarium), die wir früher jeweils zwei von zweiundfünfzig Wochen lang erlebten, wenn sie nicht gegen dieses schlafende Ungeheuer, das Meer, gepreßt gewesen wären?

Unsere ersten Ferien in – nennen wir es aus bestimmten Gründen Cliffedge – liegen lange zurück. Jeden August kamen wir, Neil und ich, mit unseren Eltern per Zug hierher. Der Ort war damals auf diese seltsame, einzigartige Weise mit »Ferien« verbunden. Fremdartig, voller Zauber, aber nicht real. Er hätte zu einer Erinnerung werden können – werden sollen –, bleibend, aber doch verblassend wie jene verblassenden Fotos, die damals gemacht worden waren: wir beide bis zum Hals im Sand eingegraben oder in den Wellen planschend. Neil, zwei Jahre jünger als ich, der Zierlichere, Knochigere, Erregbarere.

Ich hätte mir nicht träumen lassen, daß diese Welt aus Salz und Sonnenbrand fünfzehn, zwanzig Jahre später immer noch nicht ein Teil der Erinnerung geworden war. Daß ich immer noch mit meinem Bruder – er jetzt dreiunddreißig, ich fünfunddreißig – in dasselbe Seebad fuhr. Daß ich ihm nicht wie früher Mutter und Vater im Zug Limonade und Schokolade, sondern Bier und Zigaretten kaufte. Daß ich auf ihn aufpaßte – als hätte ich wirklich die frühere Rolle meiner Eltern übernommen –, wenn er oben auf den Kliffs, unten auf den Kieseln seine gefährlichen Spiele spielte.

Ich sagte zu Mary: »Ich habe diesen Bruder, der nie erwachsen wird. Ich muß mit ihm ab und zu einen Ausflug oder dergleichen machen, ja sogar Urlaub am Meer. Das ist notwendig, und das Problem ist ernst. Und zwar deshalb, weil Neil nicht wie andere Kinder, denen man ein Vergnügen versagt, einfach nur einen Wutanfall bekommt. Er droht damit, sich umzubringen.« Ich war auf der Hut, glaubte, mich rechtfertigen zu müssen. Mary runzelte die Stirn, sah einen Augenblick lang ernst, ja sogar ein bißchen bedrückt aus, dann legte sie ihre Hand auf die meine und zeigte den fröhlichen, ein wenig harten Gesichtsausdruck, den ich inzwischen so gut kenne, ebenso wie seine tiefere Bedeutung: Ich kann selber auf mich aufpassen; an meiner Fähigkeit dazu besteht kein Zweifel. Sie drückte meine Hand und lächelte. Dann sagte sie: »Ich bin sicher, wir werden damit fertig.« Und auch diesen Ausdruck kenne ich inzwischen gut – betrachte ihn fast als Marys Motto und Lebensphilosophie: mit etwas fertig werden.

Das war vor Jahren gewesen, bevor wir heirateten. Und Mary hatte vielleicht nicht wissen können, wie todernst es mir mit meiner Warnung gewesen war. Daß das, was anfänglich wie ein ärgerliches, aber zu bewältigendes Hindernis ausgesehen hatte, das man mit der Zeit überwinden würde, zu einer nicht abzuschüttelnden Last werden sollte. Daß sich ihr »Damit-fertig-werden« (denn immer wurde sie mit allem fertig) zunächst zu einer Art selbstgerechter Distanziertheit entwickeln sollte (Das ist *dein* Problem, es wäre nicht gerecht, wenn ich dadurch behindert würde) und schließlich dazu, daß sie, wenn ich mit Neil in dessen »Urlaub« fuhr, ihrerseits ebenfalls Urlaub machte (es war undenkbar, daß wir drei zusammen hätten wegfahren können), Urlaub, den sie, wie ich schnell begriff, zusammen mit ihrem Liebhaber verbrachte.

Ich erinnere mich noch an einen lange zurückliegenden Sommer in Cliffedge. Neil wollte mit einem der Boote hinausfahren, mit denen Fischer Gäste zum Makrelenangeln aufs Meer ruderten. Das Wetter war ungünstig – der Himmel bedeckt, ein träge wogendes Meer –, aber es war unser letzter Ferientag, und mein Vater (der, wie ich jetzt weiß, einen Grund für sein Widerstreben hatte) gab nach. Wir fuhren los. Als wir den Schutz der Bucht verließen, wurde die Dünung auf einmal schwer, ein böiger Wind sprang uns an. Ich wurde seekrank. Mein Vater schwieg verbissen. Neil wurde ein bißchen übel. Er fing an jenem Tag sechs Makrelen, zog sie mit der Angelschnur herein, die der Fischer hergerichtet hatte. Er lehnte sich weit aus dem Boot und ließ den Blick nicht von der straffen Nylonschnur, die das Wasser durchschnitt. Als das Boot anfing zu stampfen und zu rollen, rötete sich sein Gesicht vor wilder Freude. Ich hatte plötzlich das Gefühl, daß ich auf Neil aufpassen, ihn beschützen mußte. Aber gleichzeitig wurde mir furchtbar übel. Ich verbrachte den Rest der Angeltour damit, gegen meinen Brechreiz anzukämpfen (und auch gegen das, was ich nur als *Angst vor den Wellen* beschreiben kann), und als ich mich schließlich, wackelig auf den Beinen, über die Hafenmauer hinweg erbrach, war es Neil, der mit seinen sechs auf einer Schnur aufgereihten, an den Kiemen blutigen Makrelen dastand und mich ansah, als müßte ich beschützt werden.

Man mußte kein ausgebildeter Psychologe sein, um zu erkennen, daß Neil seine Kindheit nie hinter sich gelassen hatte. Mit Zwanzig lebte er immer noch in der gleichen Welt wie mit Acht und verfolgte hartnäckig dieselben kindlichen Ziele, die er in Cliffedge verfolgt hatte. Mit Sechzehn (in dem Jahr, in dem Mutter und Vater starben, seinem letzten Schuljahr – den Lehrern entgingen die besorgniserregenden Anzeichen nicht) unternahm er seinen ersten Selbstmordversuch. In jenes Jahr fiel auch der erste seiner unzähligen Krankenhausaufenthalte, und es begannen meine pflichtbewußten, ermüdenden Besuche. Die Ärzte erreichten wenig. Jedesmal, wenn er entlassen wurde, rieten sie auf ihre halbherzige Art zu einer längeren Erholung, zu einem Klimawechsel. Ich sagte dann: »Aber er will ja nur, daß man mit ihm nach Cliffedge fährt. Wird das Problem dadurch nicht nur verschärft, verfestigt?« Ja, sagten sie dann achselzuckend, aber manchmal sei der andere Weg, nämlich dem Wunsch des Patienten nicht nachzugeben, auch riskant.

Und so fuhren wir nach Cliffedge, Jahr für Jahr. Und halb war ich sein netter, nachgiebiger Onkel (Bitte geh mit mir zur Kindereisenbahn! Geh mit mir zum Mini-Golf!) und halb sein gestrenger Aufseher (Eine Bootsfahrt? Nein, keine Bootsfahrten. Ein Spaziergang auf dem Kliff? Nur, wenn du versprichst – *versprichst* – auf dem Weg zu bleiben!). Ich wagte nicht, ihn aus den Augen zu lassen. Wenn ich ihm dann abends in unserem Hotelzimmer seine Medikamente gegeben und ihn wie ein müdes Kind zu Bett gebracht hatte, wünschte ich mir sehnlichst, ich könnte einmal kurz weggehen, in eine der Bars an der Promenade, und mit einem ganz normalen Menschen reden – mit einem Vertreter oder einem

Gasinstallateur, der mit seiner Familie Urlaub machte. Ich dachte: Wenn Neil nicht so wäre, wie er ist, wenn er einfach nur mein Bruder wäre, dann würden wir zusammen einen trinken gehen, über unsere Arbeit reden und über unsere Frauen. Ich lag wach, hörte zu, wie er in seinen seltsamen, bewegten Träumen vor sich hin murmelte, und dachte: Mein Gott, was er mir alles verdankt, wieviel er mir verdankt. Die Rohre im Haus gurgelten, und es war mir, als wäre ich an dieses Hotelzimmer gekettet und an dieses Seebad, das ich seit Kindertagen kannte. So als wäre mein Leben in Wirklichkeit nur etwas Kleines, Eingeschränktes, das über bestimmte Grenzen nie hinausgegangen war. Und dann dachte ich an Mary.

Als ich siebzehn war, vertraute mir mein Vater an, daß er Angst vor Wasser hatte. Er war ein starker, zuverlässiger Mann, der im allgemeinen nicht gern von sich redete. Ich sah in dieser Enthüllung ein Zeichen des Vertrauens, eine Art Initiation in den Kreis der Erwachsenen. Aber ich weiß auch noch, daß ich ihn gleichzeitig wegen dieses Eingeständnisses verachtete und ein Gefühl der Enttäuschung empfand (auch jetzt, wo ich mich erinnere, empfinde ich sie wieder), daß dieser robuste, unabhängige Mann, dem ich nacheiferte, das Opfer einer solchen irrationalen Schwäche war. Er konnte nicht schwimmen und hatte sich auf dem Wasser schon immer unwohl gefühlt (er erwähnte auch jene mehrere Jahre zurückliegende Bootsfahrt). Es war absurd, aber bevor er eine kurze Fahrt mit dem Schiff machte, reiste er lieber wer weiß wie weit über Land. Eine grausame Ironie, denn keine sechs Monate später – ich war plötzlich das Familienoberhaupt einer Zwei-Personen-Familie – sollten er und meine Mutter bei einem Autounfall umkommen.

Es gibt Paare, die um ihrer Gefühle willen heiraten, und

es gibt Paare, die genau aus dem gegenteiligen Grund heiraten, nämlich um ihre Gefühle zu verbergen. Mary und ich haben immer zu der zweiten Kategorie gehört. Es war, als hätten wir zu Anfang eine Vereinbarung getroffen, daß alles, was uns innerlich berührte, unsere absolute Privatangelegenheit war, etwas, womit der andere nicht zu belasten sei, und daß unsere Beziehung praktikablen Gesichtspunkten zu folgen habe. Mary besaß eine Leichtigkeit, einen Mangel an intensivem Gefühl, der mich unwiderstehlich anzog. Aber was mich in der ersten Zeit am meisten beeindruckte, waren die Kompetenz und Entschiedenheit, die sie ausstrahlte, die Art, wie sie mir eine Partnerschaft auf einem effizienten und auf erwachsene Weise gemeisterten Weg durchs Leben anzubieten schien. Wann immer wir über Neil sprachen, redeten wir von ihm als von einer Last, einer Unannehmlichkeit, der man trotz allem nicht gestatten durfte, den reibungslosen, nüchternen Ablauf unserer Ehe zu stören. Und ich war froh über diese forsche Haltung, die soviel Platz zu schaffen schien.

Und doch wurde Neil im Laufe der Jahre immer weniger eine Last und immer mehr eine Notwendigkeit. Er verschaffte Mary fortwährend Grund, einen Anspruch auf Entschädigung geltend zu machen, und bürdete mir fortwährend die Pflicht zur Wiedergutmachung auf. Meine Beziehungen zu meinem Bruder waren getrennt zu halten, aber soweit sie eine Einschränkung für Mary bedeuteten, hatte diese Anrecht auf Zugeständnisse. Es war vielleicht im fünften Jahr unserer Ehe, als ich begriff, daß sie einen Liebhaber hatte. Auch das war kein Umstand, der unsere eheliche Effizienz beeinträchtigte. Wir blieben das kompetente, gut zusammenpassende Paar, das unsere Freunde, wie ich ehrlich glaube, achteten und bewunderten. Unsere Aufgabe wurde es, zu demonstrieren, daß wir genau dies waren. Und doch kommt es mir jetzt so vor, als ob diese Bekundung der Stärke die ganze Zeit von Neil abgehangen hätte. Neil war der nicht erwähnte Hintergrund unserer Kompetenz, der Prüfstein für unsere Stabilität. War es denkbar, daß Mary mich aus undurchschaubaren, paradoxen Gründen Neils wegen geheiratet hatte?

Ich tat mein Bestes, um etwas über ihren Liebhaber herauszufinden. Nach den unausgesprochenen Regeln, die wir uns auferlegt hatten, war das verboten. Aber ich fand nichts heraus, nicht einmal seinen Namen. Mary war in bezug auf ihre Affäre sehr vorsichtig, und ich hätte wohl nur mit Hilfe eines Privatdetektivs etwas in Erfahrung bringen können. Sie wußte ganz genau, daß ich einen Verdacht hegte, aber ihre Einstellung dazu hätte man wohl, wäre sie jemals laut geworden, in den Worten zusammenfassen können: »Also gut, du weißt, was ich tue. Aber schließlich steht es dir völlig frei, dasselbe zu tun.« Möglicherweise mit dem Zusatz: »Obwohl du sicher nicht imstande wärst, die Sache genauso unter Kontrolle zu halten wie ich.« Und es stimmte, ihre »Ferien« zeichneten sich unter anderem dadurch aus, daß sie in streng festgelegten Grenzen blieben. Wenn sie anschließend zurückkehrte, fand sie sich wieder ruhig in unseren Ehealltag, ohne daß ihr die verschiedenen Abteilungen durcheinandergerieten. Sie hat dieses Talent, ihren Bedürfnissen planvoll abzuhelfen, so als ob sie eine nicht besonders wohlschmeckende, aber heilkräftige Medizin austeilte. Folglich kommt es mir auch so vor, als ob sie den sexuellen Teil unserer Ehe immer peinlich genau rationierte, als wäre sie sich einer Gefahr inmitten des Vergnügens bewußt.

Eines Abends, als ich Neil in seinem Krankenhaus besuchte, wurde mir plötzlich etwas klar. Im Laufe der Jahre hatte ich in Neil immer weniger meinen Bruder gesehen. Wenn ich ihn besuchte oder mit ihm nach Cliffedge fuhr, war er in zunehmendem Maße einfach ein Schützling, eine Verpflichtung. Ich tat meine Pflicht wie ein Vater seinem unehelichen Kind gegenüber. Seltsamerweise hatte Neil sogar aufgehört, mir ähnlich zu sehen. Sein Äußeres hatte nach all diesen »Behandlungen« – wie soll man es ausdrücken? – eine Rauheit angenommen, eine Wildheit, so als wäre er gerade von einer anstrengenden Reise in einen gottverlassenen Winkel dieser Erde zurückgekehrt. Er war kaum zivilisiert zu nennen. Und doch konnte man unter der rauhen Oberfläche, wenn man genau hinsah, die Zartheit und Einfachheit eines Kindes erkennen. Wenn ich bei ihm im Krankenhaus ankam, blinzelte er mir manchmal warnend zu, so als wäre ich ein Eindringling, als maßte ich mir etwas an. Was mich an jenem Abend überwältigte, war nicht bloß der Gedanke, der mich hin und wieder durchfuhr, nämlich daß dieses fremdartige Wesen mein Bruder war, sondern die Tatsache, daß ich ihn beneidete.

Als ich später nach Hause kam, saß Mary, eine Zigarette rauchend, da und hatte die Miene aufgesetzt, die solchen und ähnlichen Gelegenheiten vorbehalten war, die Miene einer Frau, die man hat warten lassen. Ihr zugleich aufmerksamer und leicht angewiderter Blick verriet mir sofort, daß sie meinen Stimmungsumschwung bemerkte. Ich setzte mich nicht. Ich wollte sie, nur ein einziges Mal, ärgerlich, ängstlich sehen. Sie zog an ihrer Zigarette und lehnte es wie üblich ab, sich nach Neil zu erkundigen. Ihre zur Schau gestellte kühle Gelassenheit ekelte mich plötzlich an. Mir kam der Gedanke, daß es mit der Gleichheit und Beiderseitigkeit unserer ehelichen Übereinkunft nicht weit her war. Daß mich Mary die ganze Zeit betrachtet hatte, jedenfalls in gewissem Maße, wie ich Neil betrachtete, daß sie mich beobachtete und mich testete, wobei sie ihre Regeln für ein erwachsenes Verhalten als Maßstab anlegte, nicht unsere. Vielleicht wartete sie selbst in diesem Augenblick – fast war es schon eine Herausforderung – darauf, daß ich mich über die Regeln hinwegsetzte, daß ich in meiner Wachsamkeit nachließ. Und was würde dann geschehen? Vielleicht würde sie fortgehen und ständig mit ihrem Liebhaber zusammenleben.

»Warum erkundigst du dich nicht nach Neil?!« schrie ich ihr ins Gesicht. »Erkundige dich nach Neil, du Miststück!«

Keiner von uns beiden mußte nach Gründen für diesen primitiven – und ineffektiven – Ausbruch suchen. Ich hob einen Aschenbecher auf. Einen gläsernen Aschenbecher. Ich wollte ihn nach ihr werfen. Aber sie sagte ruhig: »Sei nicht albern. Sei kein Kind.«

Wie wachsame Riesen ragen die weißen Kliffs zu beiden Seiten von Cliffedge hoch auf. Neil ging immer gerne auf der Höhe spazieren. Selbst in den ersten Ferien damals zog es ihn immer von den sicheren Sandstränden fort zu jenen äußersten Enden, wo sich der Kalkstein emportürmte und das Ufer mit Gesteinsbrocken übersät war. Einmal hatte er auf eine nicht ganz so steile Stelle gezeigt, wo eine Art Rinne ausgewaschen worden war, und gesagt: »Da ist ein Pfad. Komm, wir klettern rauf.« Aber ich habe nie einen Sinn darin gesehen, unnötige Risiken einzugehen, ein Unglück quasi zu provozieren. »Nein«, hatte ich gesagt, und es hatte wie eine Warnung geklungen.

Und jenes letzte Mal, auf jenem letzten Spaziergang auf dem Kliff (vorbei an der Station der Küstenwache, vorbei an dem Stein, der an ein Schiffsunglück im neunzehnten Jahrhundert erinnerte), war ich so wachsam wie immer, so pflichtbewußt wie immer. Nein, Neil – komm vom Rand da weg! Aber vielleicht habe ich einen Augenblick lang nicht ganz so scharf aufgepaßt, vielleicht habe ich an etwas anderes gedacht – an Mary, im Bett mit ihrem therapeutischen Liebhaber. Oder vielleicht habe ich auf das ferne Band der Stadt hinabgeschaut, auf die Farbpünktchen, mit denen der abendliche Strand noch immer übersät war, auf den Pavillon auf dem Pier und die Hotels an der Promenade, die in der Abendsonne aufleuchteten, und gedacht: Es wird ihrem Urlaub nur eine zusätzliche Würze verleihen, es wird für all die da unten am Strand nur ein Nervenkitzel sein, wenn sie es lesen: »Todessturz«, »Urlaubstragödie von zwei Brüdern«. Vielleicht hätte ich nicht zu ihm sagen sollen: »Weißt du nicht, wieviel du mir schuldest? Weißt du das *wirklich* nicht?«

Mary hat mich vor einem Monat verlassen. Ich habe zuviel Verbotenes in ihr Leben gebracht und damit unseren Vertrag gebrochen. Aber ich weiß jetzt, daß sie mich nicht aus Verachtung verlassen hat, nicht aus kaltblütiger Ablehnung, sondern aus Furcht. Sie hatte Angst. In jenen ersten Tagen nach Neils Tod weinte ich wie ein kleines Kind. Ich hatte noch nie vor Mary geweint. Und durch meine Tränen hindurch sah ich in ihrem Gesicht mehr als nur Intoleranz oder Abscheu – ich sah Grauen.

Aber die gerichtliche Untersuchung sprach mich von jedem Verdacht frei. Man erkannte, daß Neil kein Normalfall, ich wie ein Vater zu ihm gewesen war. Jetzt bin ich frei. Befreit von meiner Frau und befreit, so würden einige wohl sagen, von einem lästigen Bruder. Aber wenn ich gewünscht habe, von ihm befreit zu sein, wenn ich gewünscht habe, diese wiederholten Verpflichtungen, diese wiederholten Szenen, die er meinem Leben aufzwang, loszuwerden, warum bin ich dann die letzten drei Wochenenden nach Cliffedge zurückgekehrt? In dasselbe Hotel, zu derselben Promenade, zu derselben kleinen, aber – wie ich jetzt weiß – durchaus nicht einfachen Welt, die mein Leben seit meiner Kindheit überschattet hat?

Ich habe Neil gesucht, das ist der Grund. Ich glaube nicht, daß er tot ist. Er kann mich nicht verlassen haben. Eines Tages werde ich ihn an einem der vertrauten Orte – beim Musikpavillon, im Hafencafé, auf dem Grün des Golfplatzes – finden. Er wird einfach eins der vielen »vermißten Kinder« des Strandes sein.

Nachts suche ich nicht normale Gesellschaft in Kneipen. Ich liege wach in meinem Hotelzimmer und hoffe, Neil im Schlaf murmeln zu hören. Ich habe solche Angst. Das Gurgeln der Rohre verwandelt sich in das Tosen großer Ozeane. Wenn ich schlafe, habe ich diesen Traum. Ich bin allein im Boot. Ich lehne mich über die Bootswand und sehe zu, wie meine Angelschnur im Wasser verschwindet. Ich weiß, daß Neil irgendwo dort unten in der Tiefe ist, und ich will ihn fangen. Ich beginne, die Schnur einzuziehen. Ein Sturm ist im Anzug, und die Wellen schlagen gegen das Boot. Ich ziehe und ziehe, um ihn noch rechtzeitig hereinzuholen. Aber die Schnur ist endlos.

Chemie

Der Teich in unserem Park war kreisrund, lag offen da und hatte einen Durchmesser von ungefähr fünfzig Metern. Wenn der Wind wehte, liefen kleine Wellen über ihn hin und schlugen gegen den befestigten Rand wie bei einem Miniaturmeer. Wir gingen immer dorthin, meine Mutter, mein Großvater und ich, um die Motorbarkasse schwimmen zu lassen, die Großvater und ich aus Sperrholz, Balsaholz und geöltem Papier gebastelt hatten. Wir gingen sogar im Winter, denn dann hatten wir den Teich für uns – wenn sich die Blätter an den beiden Weiden gelb färbten und abfielen und man vom Wasser eiskalte Hände bekam. Mutter saß immer auf einer Holzbank in einigem Abstand vom Teichrand, und ich machte das Schiff startklar. Großvater, wie immer in schwarzem Mantel und grauem Schal, ging auf die andere Seite, um es in Empfang zu nehmen. Aus irgendeinem Grund war es immer Großvater, der hinüberging, nie ich. Wenn er an seinem Platz angekommen war, hörte ich sein »Fertig!« über das Wasser schallen. Ein Atemwölkchen stieg von seinen Lippen auf wie Rauch von einer schallgedämpften Pistole. Und ich startete dann die Barkasse. Sie wurde mit einer Batterie betrieben. Sie kam nur mühsam voran, aber sie hielt Kurs. Ich beobachtete sie, wie sie der Mitte zustrebte, während Mutter sie hinter mir beobachtete. Es sah so aus, als folgte die Barkasse in ihrer Fahrt einer tatsächlich vorhandenen Linie, die von Großvater zu mir und Mutter verlief, so als zöge Großvater uns an einer unsichtbaren Schnur zu sich und als ob er dies tun müßte, um zu beweisen, daß wir nicht außer Reichweite waren. Wenn das Schiff herankam, hockte er sich hin. Er streckte die Hände aus – die, wie ich wußte, knotig und nach einem Unfall bei einem seiner chemischen Experimente fleckig waren –, packte es und schickte es auf die Rückreise.

Die Fahrten verliefen reibungslos. Großvater hatte einen behelfsmäßigen Greifhaken aus Draht an einem Stück Angelschnur hergestellt, falls es zu einem Schiffbruch oder einem Maschinenschaden kommen sollte, aber er wurde nie gebraucht. Eines Tages dann – es muß gewesen sein, kurz nachdem Mutter Ralph kennengelernt hatte – beobachteten wir das Schiff auf seiner ersten Fahrt über den Teich zu Großvater hinüber und sahen, wie es plötzlich immer tiefer sank. Der Motor setzte aus. Die Barkasse schlingerte und ging unter. Großvater warf mehrmals seinen Greifhaken aus und zog grüne Schleimklumpen herauf. Ich weiß noch, was er zu mir bei diesem Verlust, dem ersten meines Lebens, sagte. Er sagte sehr ernst: »Du mußt es akzeptieren – du bekommst es nicht wieder –, es ist die einzige Möglichkeit«, als wäre es etwas, was er sich selbst wiederholte. Und ich erinnere mich an Mutters Gesicht, als sie von der Bank aufstand, um wegzugehen. Es war starr und sehr weiß, so als hätte sie etwas Entsetzliches gesehen.

Es war ein paar Monate später, da schrie Ralph, der uns jetzt regelmäßig an den Wochenenden besuchte, Großvater über den Teich hinweg an: »Warum lassen Sie sie nicht in Ruhe?!«

Ich erinnere mich daran, weil Großvater an jenem Sonnabend den Untergang meines Schiffes erwähnte und Ralph zu mir sagte, so als stürzte er sich auf etwas: »Wie wär's, wenn ich dir ein neues kaufen würde? Wie fändest du das?« Und ich sagte, bloß um sein enttäuschtes, verständnisloses

Gesicht zu sehen, mehrmals heftig »Nein!«. Und als wir dann Abendbrot aßen und Großvater mit Mutter redete, bellte Ralph plötzlich los: »Warum lassen Sie sie nicht in Ruhe?!«

Großvater sah ihn an. »Sie in Ruhe lassen? Was verstehen Sie schon davon?« Dann blickte er von Ralph zu meiner Mutter. Und Ralph erwiderte nichts, aber sein Gesicht war verkniffen, und seine Hände krampften sich um Messer und Gabel. Und alles nur, weil Großvater zu Mutter gesagt hatte: »Du machst gar kein Curry mehr, so wie für Alec, so wie Vera es dir beigebracht hat.«

Es war Großvaters Haus, in dem wir wohnten – mit Ralph zunehmend als Dauermieter. Großvater und Großmutter hatten fast seit dem ersten Tag ihrer Ehe darin gewohnt. Mein Großvater hatte für eine Firma gearbeitet, die vergoldete und versilberte Gegenstände herstellte. Ich war erst vier Jahre alt, als meine Großmutter plötzlich starb, und ich weiß nur, daß ich ihr ähnlich gesehen haben muß. Meine Mutter sagte das und mein Vater auch. Und Großvater sah mich oft, ohne etwas zu sagen, seltsam an.

Zu jener Zeit wohnten Mutter, Vater und ich in einem neuen Haus, das in einiger Entfernung lag. Großvater wurde mit dem Tod seiner Frau nur schwer fertig. Er brauchte die Gesellschaft seiner Tochter und meines Vaters, weigerte sich aber, das Haus zu verlassen, in dem meine Großmutter gelebt hatte, und meine Eltern weigerten sich, ihr Haus zu verlassen. Alle waren verbittert, was ich allerdings kaum mitbekam. Großvater blieb allein in seinem Haus, das er jedoch nicht mehr instand hielt. Dagegen verbrachte er immer mehr Zeit in seinem Geräteschuppen im Garten, den er für seine Hobbys, den Modellbau und die Chemie, ausgestattet hatte.

Das Problem wurde auf schreckliche Weise gelöst: durch den Tod meines Vaters.

Er mußte gelegentlich für seine Firma, die irische Waren importierte, mit dem firmeneigenen kleinen Flugzeug nach Dublin und Cork fliegen. Eines Tages verschwand es bei normaler Wetterlage spurlos in der Irischen See. In einem Zustand, der einer Art Trance glich – so als würde sie die ganze Zeit von einer äußeren Macht gelenkt –, verkaufte meine Mutter das Haus, legte das Geld für unsere gemeinsame Zukunft zurück und zog mit mir zu Großvater.

Der Tod meines Vaters war ein viel weniger fernes Ereignis als der meiner Großmutter, aber genauso unerklärlich. Ich war erst sieben. Mutter sagte inmitten ihres Erwachsenenkummers: »Er ist jetzt da, wo Großmutter ist.« Ich fragte mich, wie Großmutter auf den Grund der Irischen See gekommen war, und gleichzeitig, was Vater dort machte. Ich wollte wissen, wann er wiederkommen würde. Vielleicht wußte ich, schon als ich das fragte, daß er niemals zurückkommen würde, daß meine kindliche Annahme nur dazu diente, meinen eigenen Schmerz zu lindern. Aber falls ich in Wirklichkeit glaubte, daß mein Vater für immer von uns gegangen sei – dann irrte ich mich.

Im übrigen hatte ich vielleicht nicht nur das Aussehen meiner Großmutter geerbt, sondern auch das meines Vaters. Denn wenn meine Mutter mich ansah, brach sie oft in hemmungsloses Weinen aus und drückte mich lange Zeit fest an sich, als hätte sie Angst, ich könnte mich in Luft auflösen.

Ich weiß nicht, ob Großvater im stillen eine rachsüchtige Freude über den Tod meines Vaters empfand und ob er einer solchen Regung überhaupt fähig war. Aber das Schicksal hatte dafür gesorgt, daß er und seine Tochter quitt waren, und versöhnte sie miteinander in ihrem beiderseitigen Leid. Ihre jeweilige Lage entsprach der des anderen: Sie war

Witwe, und er Witwer. Und so, wie meine Mutter in mir etwas von meinem Vater erkennen konnte, so konnte Großvater in uns beiden etwas von meiner Großmutter erkennen.

Ungefähr ein Jahr lang lebten wir still, gelassen, ja zufrieden in dieser traurigen Symmetrie. Mit der Außenwelt hatten wir kaum Kontakt. Großvater arbeitete immer noch, obwohl er bereits im Rentenalter war, und wollte nicht, daß Mutter arbeiten ging. Er unterhielt Mutter und mich, als handelte es sich um seine Frau und seinen Sohn. Und als er dann wirklich aufhörte zu arbeiten, konnten wir recht gut von seiner Rente, einigen Ersparnissen und der Witwenpension meiner Mutter leben. Großvaters Gesundheit ließ allmählich nach – er bekam Rheuma und war manchmal kurzatmig –, aber er ging immer noch in seinen Schuppen im Garten, um seine chemischen Experimente durchzuführen, bei denen er dankbar vor sich hin summte oder in sich hineinlachte.

Wir vergaßen, daß wir drei Generationen waren. Großvater kaufte Mutter Armbänder und Ohrringe. Mutter nannte mich ihren »kleinen Mann«. Wir lebten füreinander – und für jene beiden nicht verblaßten Erinnerungen –, und ein ganzes Jahr lang, ein ganzes harmonisches Jahr lang waren wir wirklich recht glücklich. Bis zu jenem Tag im Park, als mein Schiff auf dem Weg über den Teich zu meinem Großvater sank.

Manchmal, wenn Großvater Ralph provozierte, hielt ich Ralph für durchaus imstande, aufzuspringen, sich über den Tisch zu beugen, Großvater bei der Gurgel zu packen und ihn zu erwürgen. Er war ein starker Mann, der beim Essen tüchtig zulangte, und ich hatte oft Angst, daß er mich schlagen könnte. Aber Mutter hielt ihn irgendwie in Schach. Seit Ralph aufgetaucht war, vernachlässigte sie Großvater. Zum

Beispiel – Großvater hatte es ihr gegenüber an jenem Abend erwähnt – kochte sie die Sachen, die Ralph mochte (gehaltvolle Eintöpfe, aber kein Curry), und vergaß, die Gerichte auf den Tisch zu bringen, die Großvater gerne aß. Aber wie sehr sie selbst Großvater auch vernachlässigte oder sogar verletzte, einem anderen hätte sie nie verziehen, wenn er ihm weh getan hätte. Dann wäre zwischen ihr und Ralph Schluß gewesen. Und egal, wie sehr sie Großvater verletzte – um ihre Loyalität Ralph gegenüber unter Beweis zu stellen –, in Wahrheit wollte sie lieber zu ihm halten. Sie konnte auf das empfindliche Gleichgewicht, das sie, er und ich über die Monate hergestellt hatten, nicht verzichten, sich nicht daraus lösen.

Die Frage war vermutlich, wieweit sich Ralph Großvater gegenüber beherrschen konnte und wollte, um Mutter nicht zu verlieren, oder in welchem Maße Mutter bereit war, sich gegen Großvater zu stellen, damit sie Ralph nicht verlor. Ich weiß noch, daß ich im Kopf eine Art Gleichung aufstellte. Wenn Ralph Großvater etwas tut, heißt das, daß ich recht habe – er macht sich in Wirklichkeit überhaupt nichts aus Mutter. Aber wenn Mutter gemein zu Großvater ist (obwohl sie das nur ist, weil sie ihn nicht im Stich lassen kann), heißt das, daß sie Ralph wirklich liebt.

Aber Ralph saß nur bleich und verkrampft da und starrte Großvater bewegungslos an.

Großvater stocherte in seinem Stew herum. Wir waren bereits fertig. Er aß absichtlich langsam, um Ralph zu reizen.

Dann wandte sich Ralph zu Mutter und sagte: »Verdammt noch mal, wollen wir den ganzen Abend auf ihn warten?« Mutter blinzelte und sah ängstlich aus. »Bring den Nachtisch!«

Er aß gerne, das war offensichtlich.

Mutter stand langsam auf und sammelte unsere Teller ein. Sie sah mich an und sagte: »Komm und hilf mir.«

In der Küche stellte sie die Teller hin und lehnte sich mit dem Rücken zu mir ein paar Sekunden lang gegen das Abtropfbrett. Dann drehte sie sich um. »Was soll ich nur machen?« Sie packte mich bei den Schultern. Ich erinnerte mich, daß sie genau dieselben Worte schon einmal gebraucht hatte, kurz nach Vaters Tod, und auch da hatte ihr Gesicht gezittert, als würde es gleich überlaufen. Sie zog mich an sich. Es war mir, als befände ich mich wieder in unserer alten, sicheren Welt, in die Ralph noch nicht eingedrungen war. Durchs Fenster sah man, im Zwielicht nur undeutlich erkennbar, die immergrünen Büsche im Garten, die dem Einbruch des Herbstes Trotz boten. Nur die Büsche des Kirschlorbeers waren teilweise kahl – aus irgendeinem Grund hatte Großvater ihre Blätter abgeschnitten. Ich wußte nicht, was ich tun oder sagen sollte – aber in meinem Innern begann ich einen Plan zu entwickeln.

Mutter nahm ihre Hände fort und richtete sich auf. Sie hatte ihr Gesicht wieder in der Gewalt. Sie holte den Apfelauflauf aus dem Ofen. Karamelisierter Zucker und Apfelsaft brodelten einen Augenblick lang am Rand der Form. Meine Mutter reichte mir die Vanillesoße. Resolut gingen wir zum Tisch zurück. Ich dachte: Jetzt werden wir Ralph die Stirn bieten, jetzt werden wir zeigen, daß wir zusammengehören. Dann stellte sie den Apfelauflauf hin, fing an, uns unsere Portionen auszuteilen, und sagte zu Großvater, der noch immer mit seinem Stew kämpfte: »Du verdirbst uns das Abendessen ... möchtest du deins mitnehmen in deinen Schuppen?«

Großvaters Schuppen war mehr als bloß ein Schuppen.

Aus Backsteinen gebaut, stand er in einer Ecke des von hohen Mauern umgebenen Gartens und war groß genug, um einem Ofen, einer Spüle, einem alten Lehnstuhl sowie Großvaters Arbeitstischen und Apparaten Platz zu bieten und um als Miniatur-Zuhause zu dienen, was er für Großvater mehr und mehr geworden war.

Ich betrat ihn immer nur sehr zögernd. Mir schien er – schon vor Ralphs Erscheinen, sogar schon, als Großvater und ich die Modellbarkasse bauten – ein Ort zu sein, wo Großvater hinging, um allein zu sein, ungestört, wo er vielleicht auf geheimnisvolle Weise mit meiner toten Großmutter Zwiesprache hielt. Aber an jenem Abend zögerte ich nicht. Ich ging den Gartenweg entlang der efeuüberwachsenen Gartenmauer hinunter. Mir kam es so vor, als stünden seine Einladung und seine Einsamkeit in einer Form, die nur ich entziffern konnte, an der dunkelgrünen Tür geschrieben. Und als ich sie aufmachte, sagte er: »Ich habe mir gedacht, daß du kommst.«

Ich glaube nicht, daß sich Großvater aus irgendeinem speziellen Grund mit Chemie befaßte. Er studierte sie aus Neugier und zum Trost, so wie manche Leute die Struktur von Zellen unter dem Mikroskop studieren oder die sich verändernden Wolkenformationen. In den Wochen nachdem Mutter ihn aus dem Haus getrieben hatte, führte mich Großvater in die Anfangsgründe der Chemie ein.

In seinem Schuppen fühlte ich mich sicher. Das Haus, wo jetzt Ralph das Sagen hatte und immer größere Mahlzeiten verdrückte, war ein bedrohlicher Ort. Der Schuppen war eine andere, abgeschlossene Welt. Es herrschte in ihm ein salziger, mineralischer, nicht menschlicher Geruch. Großvaters Kolben, Röhrchen und Retorten standen auf seinem Arbeitstisch verteilt. An seine Chemikalien kam er auf

Grund seiner Verbindungen zur Galvanotechnik. In der Ecke brannte der Ofen. Daneben stand sein Essenstablett – denn um Mutter zu beschämen, hatte sich Großvater angewöhnt, seine Mahlzeiten regelmäßig im Schuppen einzunehmen. Von einem Balken im Dach hing eine einzige elektrische Birne herab. Eine Gasflasche speiste seinen Bunsenbrenner. An einer Wand stand ein Glasschrank, in dem er Alaun- und Kupfersulfatkristalle wachsen ließ.

Ich sah Großvater bei seinen Experimenten zu. Ich bat ihn, mir zu erklären, was er tat, und mir zu sagen, was in den verschiedenen Flaschen war.

Und Großvater war in seinem Schuppen nicht derselbe, der er im Haus war – mürrisch und streitsüchtig. Er war ein müder und kränklicher Mann, der hin und wieder zusammenzuckte, weil sein Rheumatismus ihn peinigte, und, ganz in sich versunken, ruhig antwortete.

»Was machst du, Großpapa?«

»Ich mache nichts … ich verwandele. Chemie ist die Wissenschaft von der Verwandlung. In der Chemie macht man keine Dinge … man verwandelt sie. Alles kann sich verwandeln.«

Er demonstrierte mir das, indem er Marmorplättchen in Salpetersäure auflöste. Ich sah fasziniert zu.

Aber er fuhr fort: »Alles kann sich verwandeln. Sogar Gold kann sich verwandeln.«

Er goß ein wenig von der Salpetersäure in ein Becherglas, nahm dann ein anderes Gefäß mit einer farblosen Flüssigkeit und fügte etwas davon der Salpetersäure hinzu. Mit einem Glasstab rührte er die Mischung um und erhitzte sie langsam. Braune Dämpfe stiegen auf.

»Salzsäure und Salpetersäure. Alleine würde es keine von beiden schaffen, aber die Mischung schon.«

Auf dem Tisch lag eine Taschenuhr mit einer goldenen Kette. Ich wußte, daß mein Großvater sie vor langer Zeit von meiner Großmutter geschenkt bekommen hatte. Er machte die Kette von der Uhr ab und hielt sie dann, nach vorn gegen den Tisch gelehnt, mit zwei Fingern über das Becherglas. Die Kette pendelte. Er sah mich an, als erwartete er ein Zeichen von mir. Dann nahm er die Kette fort.

»Du wirst mir einfach so glauben müssen, nicht?«

Er nahm die Uhr wieder an sich und befestigte sie an der Kette.

»Mein alter Beruf ... Vergolden. Wir nahmen damals echtes Gold und verwandelten es. Dann nahmen wir etwas, das überhaupt kein Gold war, und bedeckten es mit diesem verwandelten Gold, so daß es aussah, als wäre es ganz aus Gold. War es aber nicht.«

Er lächelte bitter.

»Was sollen wir bloß machen?«

»Großpapa?«

»Menschen verändern sich auch, oder?«

Er kam ganz nahe an mich heran. Ich war knapp zehn. Ich sah ihn wortlos an.

»Oder?«

Er blickte mir starr in die Augen, so wie damals nach Großmutters Tod. Ich konnte mich noch gut erinnern.

»Sie verändern sich. Aber die Elemente verändern sich nicht. Weißt du, was ein Element ist? Gold ist ein Element. Wir haben seine Gestalt verändert, aber wir haben kein Gold gemacht ... und auch keins verloren.«

Und dann hatte ich ein merkwürdiges Gefühl. Es kam mir so vor, als wäre Großvaters Gesicht vor mir nur das Stück einer menschlichen Zuckerstange, von der – an der richtigen Stelle – auch Mutters und mein Gesicht abgeschnitten worden sein mochten. Ich dachte: Alle Gesichter sind so. Ich hatte plötzlich das schwindelerregende Gefühl, daß nichts ein Ende hat. Ich wollte einfache, präzise Fakten hören.

»Was ist das, Großpapa?«

»Salzsäure.«

»Und das?«

»Eisenvitriol.«

»Und das?« Ich zeigte auf ein anderes, unbeschriftetes Gefäß mit einer klaren Flüssigkeit, das an eine komplizierte Apparatur angeschlossen war.

»Lorbeerwasser. Blausäure.« Er lächelte. »Nicht zum Trinken.«

Den ganzen Herbst über war es außergewöhnlich kühl. Die Abende waren kalt und voller Blätterrascheln. Wenn ich mit Großvaters Essenstablett (das zu holen jetzt meine Aufgabe war) ins Haus zurückkehrte, beobachtete ich von der Küche aus durch die offene Durchreiche Mutter und Ralph im Wohnzimmer. Sie tranken immer eine Menge aus den Flaschen mit Whisky und Wodka, die Ralph mitbrachte. Anfangs hatte Mutter ja so getan, als mißbilligte sie das. Von dem Alkohol wurde Mutter ganz weich und schwer und undeutlich, und Ralph verhalf er zu mehr Autorität. Zusammen fläzten sie sich auf dem Sofa. Eines Abends sah ich, wie Ralph meine Mutter an sich zog und sie in seine Arme nahm. Sein großer schwankender Körper hüllte sie fast ein. Über Ralphs Schulter hinweg sah Mutter, wie ich sie von der Durchreiche aus beobachtete. Sie wirkte hilflos, so als säße sie in einer Falle.

Und das war der Abend, an dem ich meine Chance bekam – als ich ging, um Großvaters Tablett zu holen. Als ich den Schuppen betrat, schlief Großvater in seinem Sessel. Sein Essen stand, kaum angerührt, auf dem Tablett zu seinen Füßen. Im Schlaf – mit wirrem Haar und offenem Mund – sah er wie ein apathisches Tier in Gefangenschaft aus, das sogar den Willen zur Nahrungsaufnahme verloren hat. Aus der Küche hatte ich ein leeres Gewürzglas mitgenommen. Ich ergriff die Glasflasche, auf der HNO3 stand, und goß vorsichtig etwas von ihrem Inhalt in das Gewürzglas. Dann hob ich Großvaters Tablett auf, stellte das Gewürzglas neben die Teller und trug das Tablett ins Haus.

Ich hatte vor, Ralph die Säure beim Frühstück ins Gesicht zu schütten. Ich wollte ihn nicht töten. Es wäre sinnlos gewesen – denn der Tod ist eine trügerische Angelegenheit. Ich wollte ihm das Gesicht ruinieren, damit Mutter ihn nicht mehr mochte. Ich nahm das Gewürzglas mit in mein Zimmer und versteckte es in meinem Nachtschränkchen. Am nächsten Tag würde ich es in der Hosentasche hinunterschmuggeln. Ich würde warten, den richtigen Augenblick abpassen. Unter dem Tisch würde ich den Stopfen herausziehen. Und wenn Ralph seine Spiegeleier mit der gebratenen Scheibe Weißbrot verschlang …

Ich dachte, ich würde nicht schlafen können. Von meinem Schlafzimmerfenster konnte ich das dunkle Viereck des Gartens und den kleinen Lichtfleck sehen, der aus dem Schuppenfenster fiel. Oft konnte ich erst einschlafen, wenn ich den Lichtfleck hatte verschwinden sehen und wußte, daß Großvater zum Haus zurückgeschlurft war und sich wie eine streunende Katze zur Hintertür hereingeschlichen hatte.

Aber in jener Nacht muß ich geschlafen haben, denn ich kann mich nicht erinnern, daß ich Großvaters Licht ausgehen sah oder seine Schritte auf dem Gartenweg hörte.

In jener Nacht kam Vater in mein Zimmer. Ich wußte, daß er es war. Seine Haare und seine Kleidung waren naß, seine Lippen salzverkrustet. Von seinen Schultern hing Tang herab. Er kam und stand neben meinem Bett. Wo er hintrat, bildeten sich auf dem Teppich Wasserpfützen, die sich langsam ausbreiteten. Er sah mich eine lange Zeit an. Dann sagte er: »Sie war es. Sie hat in den Boden des Schiffs ein Loch gebohrt … nicht so groß, daß man es bemerkt hätte … damit es unterging … damit ihr beide, du und Großvater, saht, wie es unterging. Das Schiff ist untergegangen … wie mein Flugzeug.« Er zeigte auf seine triefende Kleidung, seine verkrusteten Lippen. »Glaubst du mir nicht?« Er streckte mir seine Hand hin, aber ich hatte Angst, sie zu ergreifen. »Glaubst du mir nicht? Glaubst du mir nicht?« Und während er diese Worte wiederholte, ging er langsam rückwärts zur Tür, als zöge ihn etwas, während die Pfützen zu seinen Füßen augenblicklich trockneten. Und erst als er verschwunden war, gelang es mir zu sprechen, und ich sagte: »Ja, ich glaube dir. Ich werde es beweisen.«

Und dann war es schon beinahe hell, und der Regen klatschte gegen das Fenster, als versänke das Haus im Wasser, und eine seltsame schwache Stimme rief von der Vorderseite des Hauses her – aber Vaters Stimme war es nicht. Ich stand auf, ging auf den Flur hinaus und sah aus dem Fenster.

Die Stimme war eine Stimme im Radio und drang aus einem Krankenwagen, der mit offenen Türen am Rinnstein parkte. Der heftige Regen und die schwankenden Äste einer Eberesche erschwerten mir die Sicht, aber ich sah zwei Männer in Uniform, die eine Tragbahre mit einer darübergebreiteten Decke heraustrugen. Ralph war bei ihnen. Er war im Schlafanzug. Darüber trug er seinen Bademantel, und die nackten Füße steckten in Hausschuhen. Und er hielt einen Regenschirm in der Hand. Er lief hektisch um die Sanitäter herum wie ein Aufseher, der das Verladen einer lebenswichtigen Fracht überwacht. Er rief Mutter etwas zu, die offensichtlich unten an der Haustür stand, wo ich sie nicht sehen konnte. Ich lief über den Flur zurück. Ich wollte die Säure holen. Aber da kam Mutter die Treppe herauf. Sie hatte ihren Morgenrock an. Sie fing mich in ihren Armen auf. Ich roch Whisky. Sie sagte: »Liebling. Bitte, ich werd' es dir erklären. Liebling, Liebling.«

Aber sie hat es mir nie erklärt. Ich glaube, sie hat seitdem ihr ganzes Leben lang versucht, es zu erklären oder einer Erklärung auszuweichen. Sie sagte nur: »Großpapa war alt und krank, er hätte sowieso nicht mehr sehr viel länger gelebt.« Und da war der offizielle Befund: Selbstmord durch Schlucken von Blausäure. Aber all die anderen Dinge, die hätten erklärt – oder eingestanden – werden sollen, die hat sie nie erklärt.

Und eigentlich sah sie im Tiefsten erleichtert aus, so als hätte sie sich von einer Krankheit erholt. Nur eine Woche nach Großvaters Beerdigung ging sie in sein Schlafzimmer und riß die Fenster weit auf. Es war ein strahlender, frischer Spätnovembertag, und die Blätter der Eberesche waren ganz golden. Und sie sagte: »Schau ... ist das nicht schön?«

Der Tag, an dem Großvater beerdigt worden war, war auch so gewesen – kalt, blendend und von frühem Reif und goldenen Blättern glitzernd und leuchtend. Wir, Mutter, Ralph und ich, standen bei der Feier da wie eine schlechte Nachahmung des Trios – Großvater, Mutter und ich –, das einst beim Gedenkgottesdienst für meinen Vater dagestanden hatte. Mutter weinte nicht. Sie hatte überhaupt nicht geweint, selbst in der Zeit vor der Beerdigung nicht, als die Polizei und die Beamten des Coroners gekommen waren, die Aussagen niedergeschrieben, sich wegen der Störung entschuldigt und ihre Fragen gestellt hatten.

An mich richteten sie ihre Fragen nicht. Mutter sagte: »Er ist erst zehn, was kann er schon wissen?« Obwohl es tausend Sachen gab, die ich ihnen gerne erzählt hätte – wie Mutter Großvater verbannt hatte, wie Selbstmord Mord sein kann und wie nichts jemals aufhört –, so daß ich das Gefühl hatte, ich stünde irgendwie unter Verdacht. Ich holte das Glas mit der Säure aus meinem Zimmer, ging in den Park und warf es in den Teich.

Und dann, nach der Beerdigung, nachdem die Polizisten und Beamten fort waren, fingen Mutter und Ralph an, das Haus auszuräumen und die Sachen aus dem Schuppen fortzuschaffen. Sie brachten die überwucherten Teile des Gartens in Ordnung und schnitten die Bäume zurück. Ralph trug einen alten Pullover, der viel zu klein für ihn war, und ich erkannte in ihm einen von Vaters Pullovern wieder. Und Mutter sagte: »Wir werden bald in ein neues Haus ziehen … Ralph kauft es.«

Ich wußte nicht, wohin mit mir. Ich ging zum Park hinunter und zum Teich. Auf seiner Oberfläche schwammen tote Weidenblätter. Auf seinem Grund lagen eine Flasche mit Säure und das Wrack meiner Barkasse. Aber auch wenn sich Dinge verändern, so vergehen sie doch nicht. Dort am Teich, in der tiefer werdenden Dämmerung, kurz bevor der Park geschlossen wurde, blickte ich dorthin, wo in der Mitte mein Schiff gesunken war, und dann zur anderen Seite hinüber, und da sah ich ihn. Er stand da, in seinem schwarzen Mantel und mit seinem grauen Schal. Die Luft war sehr kalt, und kleine Wellen liefen übers Wasser. Er lächelte, und ich wußte: Die Barkasse fuhr immer noch zu ihm hinüber, unaufhaltsam, unsinkbar, jene unsichtbare Linie entlang. Und seine Hände, seine säureverätzten Hände würden sich ausstrecken, um sie in Empfang zu nehmen.

Schwimmen lernen

Dreimal hatte Mrs. Singleton daran gedacht, ihren Mann zu verlassen. Das erstemal schon bevor sie verheiratet waren, in einem Charterflugzeug auf der Rückreise von ihren Griechenlandferien. Sie waren Studenten und hatten gerade ihr Examen gemacht. Sie hatten Rucksäcke und trugen ausgebleichte Jeans. In Griechenland hatten sie einige Zeit an einem Strand auf einer Insel verbracht. Die Insel war trocken und felsig – große graue und zinnoberrote Felsen –, und wenn man am Strand lag, kam es einem so vor, als würde man selbst zu einem sonnendurchglühten Felsen. Oberhalb des Strandes gab es Eukalyptusbäume, die wie trockene, belaubte Knochen aussahen, alte Männer mit Mauleseln und Goldzähnen, den Geruch von Thymian und ein Café mit Melonenkernen auf dem Fußboden und einer Jukebox, die Busukimusik und Songs von Cliff Richard spielte. All das wußte Mr. Singleton nicht zu schätzen. Ihm hatte nur das milchwarme, klarblaue Meer gefallen, in dem er sich die meiste Zeit aufgehalten hatte, als fürchtete er sich vor fremder Erde. Im Flugzeug hatte sie gedacht: Er hat die Ferien nicht genossen. Griechenland hat ihm überhaupt nicht gefallen. Der viele Sonnenschein. Dann hatte sie gedacht, daß sie ihn besser nicht heiraten sollte.

Aber dann hatte sie es doch getan, ein Jahr später.

Das zweitemal war ungefähr ein Jahr nachdem Mr. Singleton, der Hoch- und Tiefbauingenieur war, seine erste wichtige Stelle bekommen hatte. Er wurde jüngerer Teilhaber einer Firma, die sich gerade einen Namen machte. Sie hätte sich darüber freuen sollen. Es bedeutete Geld und Komfort. Es ermöglichte ihnen, in ein Haus mit einem großen Garten zu ziehen, gut zu leben, an die Gründung einer Familie zu denken. Sie verbrachten Wochenenden in Landhotels. Aber Mr. Singleton schien das nicht zu berühren. Er wurde verschlossen und schweigsam. Mit strengem Gesicht ging er zur Arbeit. Sie dachte: Er mag seine Brücken und Tunnel lieber als mich.

Das drittemal, in Wirklichkeit eine Phase und nicht ein einzelner Augenblick, kam, als sie auszurechnen begann, wie oft Mr. Singleton mit ihr schlief. Als sie damit anfing, war es im Durchschnitt einmal alle vierzehn Tage. Dann war es alle drei Wochen. Die Abstände hatten sich seit einiger Zeit vergrößert. Mrs. Singleton betrachtete diese mißliche Situation nicht unter selbstsüchtigen Gesichtspunkten. Die sexuelle Liebe war schon früher, in ihrer allerersten gemeinsamen Zeit, ein Problem gewesen, das dank ihrer Geduld und ihrer Initiative überwunden worden war. Sie sah in diesem augenblicklichen Zustand Mr. Singletons Unglück, nicht ihr eigenes. Er mißtraute dem Glück so wie andere Leute Angst vor großen Höhen oder offenen Plätzen haben. Also würde sie ihn wiederaufbauen, ermutigen. Aber der Mittelwert schien ihrem persönlichen Einsatz Hohn zu sprechen – einmal alle drei Wochen, einmal im Monat ... Sie dachte: Es wird wieder so wie zu Anfang.

Aber dann wurde sie rein zufällig schwanger.

Jetzt lag sie mit geschlossenen Augen auf dem Rücken im grobkörnigen Sand an der Küste Cornwalls. Es war heiß, und der Himmel war, wenn sie die Augen aufmachte, von klarem Blau. Dieser und der vorige Sommer waren so schön gewesen, daß sie sich mit der Weigerung ihres Mannes, den Urlaub im Ausland zu verbringen, abfinden konnte. Wenn man die Augen geschlossen hielt, konnte es Griechenland oder Italien oder Ibiza sein. Sie trug einen schokoladenbraunen Bikini und eine Sonnenbrille und wurde, da sie selten unter Sonnenbrand litt, bereits braun. Träge ließ sie die Arme über den Sand gleiten und schob ihn dabei mit den Händen zu kleinen Häufchen zusammen. Wenn sie den Kopf nach rechts wandte und in Richtung Meer blickte, konnte sie Mr. Singleton und ihren Sohn Paul im flachen Wasser stehen sehen. Mr. Singleton brachte Paul das Schwimmen bei. »Weiter!« sagte er. Von ihrem Platz aus, gegen die sanfte Dünung gesehen, erschienen die beiden wie zwei hin und her wogende Silhouetten. »Weiter!« sagte Mr. Singleton. »Weiter!« So als bestrafte er jemanden mit Peitschenhieben.

Sie drehte den Kopf, um nach oben zu blicken. Wenn man die Augen zumachte, konnte man sich einbilden, man wäre der einzige Mensch am Strand. Wenn man sie zubehielt, konnte man ein Teil des Strandes sein. Mrs. Singleton stellte sich vor, daß man sich, um braun zu werden, von der Sonne lieben lassen mußte.

Sie grub ihre Fersen in den Sand und lächelte unwillkürlich.

Als sie noch ein dünnes, flachbrüstiges, fleißiges Mädchen in einer grauen Schuluniform gewesen war, hatte Mrs. Singleton ihre Angst und Verzweiflung in puncto Sex mit Wunschvorstellungen beschwichtigt, welche den Männern die primitive Körperlichkeit nahmen, die sie von ihnen erwartete. Alle ihre Liebhaber würden Künstler sein, Poeten würden ihr Gedichte schreiben, Komponisten würden ihr ihre Musik widmen. Sie würde sogar Malern nackt und makellos Modell stehen, und wenn diese dann ihre wahre, ihre zeitlose Gestalt auf die Leinwand gebannt hätten, würden sie sie auf so zarte, vergeistigte Art lieben, daß ihr körperliches und zeitliches Selbst dahinschmelzen und sich vielleicht für immer auflösen würde. Diese Phantasien (die sie nie völlig aufgegeben hatte) kristallisierten sich für sie in der Vorstellung von einem Bildhauer, der aus einem kalten, harten Stein ihr innerstes Wesen bilden würde – pulsierend und voller Sonnenlicht wie die Statuen, die sie in Griechenland gesehen hatten.

Auf der Universität wurde sie von der Annahme geleitet, daß alle Männer hemmungslos und unersättlich nach Frauen gierten. Sie hatte bis dahin noch nie einen Mann getroffen, der, obwohl er für die normalen Instinkte durchaus anfällig war und darüber hinaus einen prachtvollen Körper besaß, mit dem er sie befriedigen konnte, dennoch Skrupel hatte, dies zu tun, und sich wegen seiner Fähigkeiten zu schämen schien. Es machte nichts, daß Mr. Singleton Ingenieurwesen studierte, kaum irgendwelche künstlerischen Neigungen hatte oder daß sein kräftiger Körper nichts mit den nebelhaften Geschöpfen ihrer Träume gemein hatte. Sie entdeckte, daß sie dieses feste Männerfleisch liebte. Mrs. Singleton hatte sich für ein schüchternes, unerfahrenes, ängstliches Mädchen gehalten. Über Nacht fand sie heraus, daß dies gar nicht stimmte. Er trug strapazierfähige Denimhemden, sprach und lächelte sehr wenig und hatte eine Art, sehr aufrecht dazustehen, so als brauchte er von niemandem Hilfe. Sie mußte ihn an der Hand nehmen und zu Augenblicken der Leidenschaft und der Selbstaufgabe hinführen und war hingerissen, wenn es ihr gelang. Sie war glücklich, weil sie nicht damit gerechnet hatte, glücklich zu sein, und glaubte, daß sie jemand anders glücklich machen konnte. Auf der Universität fingen die Studentinnen an, Jeans zu tragen und die Platten der Rolling Stones zu hören, und sie las in der Stille der Seminarbibliothek Leopardi und Verlaine. Sie schien sich voll Selbstvertrauen einem wirbelnden Element zu überlassen, von dem sie niemals erwartet hatte, daß es das ihre sein würde.

»Weiter!« erklang es wieder vom Wasser her.

Mr. Singleton hatte zweimal daran gedacht, seine Frau zu verlassen. Das eine Mal war nach einem Symphoniekonzert in London gewesen, in das sie gegangen waren, als sie sich schon sehr lange kannten und sie ihn immer noch dazu zu bringen versuchte, Bücher zu lesen, Musik zu hören und sich für Kunst zu interessieren. Sie besorgte Konzert- oder Theaterkarten, und er mußte so tun, als freute er sich. In diesem Konzert spielte ein gastierendes Orchester ein titanisches, großangelegtes Musikwerk aus dem späten neunzehnten Jahrhundert. Im Programm hieß es, daß es den Triumph des Lebens über den Tod darstelle. Er saß in seinem Plüschsessel inmitten dieses wilden Getöses und wußte nicht, was er damit zu tun hatte. Oder mit dem Triumph des Lebens über den Tod. Dasselbe dachte er über die hingerissene Frau zu seiner Linken, die zukünftige Mrs. Singleton, die hin und wieder zuckte, sich wiegte oder sich in ihrem Sitz aufrichtete, so als erhöbe die Musik sie körperlich. Auf der Bühne saßen mindestens siebzig Musiker. Als das Stück auf sein abschließendes Crescendo zusteuerte, sah der Dirigent, der wie wild mit den Armen fuchtelte, so daß sein weißes Hemd unter seinen fliegenden Frackschößen hervorsah, so absurd aus, daß sich Mr. Singleton kaum das Lachen verkneifen konnte. Als die Musik aufhörte und sofort von stürmischen Beifallsrufen und wildem Klatschen abgelöst wurde, dachte er, die Welt sei verrückt geworden. Er schlug ebenfalls die Hände zusammen, damit es so aussah, als teilte er die Ekstase. Dann, beim Hinausgehen, war er den Tränen nahe, weil er sich so klein fühlte. Er dachte sogar, sie hätte das Ganze arrangiert, um ihn zu demütigen.

Er dachte, daß er sie nicht heiraten würde.

Beim zweitenmal waren sie schon ein paar Jahre verheiratet. Er gehörte damals zu einer Gruppe von Ingenieuren, die in Irland an einer Hängebrücke über eine Flußmündung arbeiteten. Sie wechselten sich auf der Baustelle ab, wo sie die Bauarbeiten persönlich überwachen mußten. Einmal mußte er ganz hinauf auf einen der beiden Pylone, um das Lager der Tragkabel zu überprüfen. Inmitten eines Netzes aus Gerüsten und elektrischen Kabeln lief zwischen den Stützpfeilern ein Lift hinauf zu einer Arbeitsplattform. Der Ingenieur konnte mit dem Aufseher und dem Vorarbeiter zusammen oben auf der Plattform bleiben, von der aus die gesamte Baustelle zu überblicken war. Die Männer, die an den oberen Teilen der Portale arbeiteten (alles Spezialisten, die bis zu zweihundert Pfund in der Woche verdienten), balancierten gefährliche Laufplanken und freiliegende Verstärkungsstreben entlang und machten sich oft über die Ingenieure, die niemals die Plattform verließen, lustig. Da dachte er, er werde es ihnen zeigen. Er ging hinaus auf eine der Laufplanken an der Außenseite des Pfeilers, wo sie gerade riesige Schrauben einpaßten. Es konnte gar nichts passieren, wenn man sich am Geländer festhielt, erforderte aber trotzdem einigen Mut. Er trug ein kariertes indisches Baumwollhemd und seinen weißen Schutzhelm. Es war ein grauer, feuchter Augusttag. Die Laufplanke hing über einer grauen Tiefe. Das Wasser der Flußmündung hatte die Farbe von totem Fisch. Ein Schwimmbagger tuckerte nicht weit entfernt vom Pfeiler. Er dachte: Ich könnte über den Fluß schwimmen, aber es gibt eine Brücke. Unter ihm bewegten sich die gelben Helme der Arbeiter wie Käfer über die Fahrbahnträger. Er nahm die Hände vom Geländer. Er hatte nicht die geringste Angst. Er war die ganze Woche von seiner Frau getrennt gewesen. Er dachte: Sie weiß nichts hiervon. Wenn er jetzt in die graue Luft hinausträte, dann wäre er ganz allein, nichts würde ihm geschehen …

Jetzt stand Mr. Singleton im Wasser und brachte seinem Sohn das Schwimmen bei. Sie übten gerade mit Schwimmflügeln. Der Junge trug ein Paar, das auf der Unterseite rot und auf der Oberseite gelb war und sich unter seinen Armen und seinem Kinn blähte. Mit ihrer Hilfe prustete und platschte er auf seinen Vater zu, der mit dem Gesicht zu ihm ein Stückchen weiter weg stand. Wenn sie das eine Weile gemacht hatten, versuchten sie dasselbe ohne Schwimmflügel. Dafür rückte sein Vater ein bißchen näher. Vor diesem Teil fürchtete sich der Junge. »Weiter!« sagte Mr. Singleton. »Benutz deine Beine!« Er sah zu, wie sich sein Sohn mühsam auf ihn zubewegte. Der Junge hatte noch nicht begriffen, daß der Körper von alleine schwamm und daß man nur noch ein paar technische Kniffe anzuwenden brauchte, um vorwärts zu kommen. Er glaubte, um zu schwimmen, müsse man sich möglichst viel und möglichst heftig bewegen. Als er sich auf Mr. Singleton zukämpfte, warf er den Kopf, der zu weit aus dem Wasser ragte, unkontrolliert von einer Seite zur andern, und seine Augen, die halb geschlossen waren, blickten in alle Richtungen, nur nach vorne sahen sie nicht. »Zu mir!« rief Mr. Singleton. Er streckte die Arme aus, damit Paul sie ergriff. In dem Augenblick, wo sein Sohn sie packen wollte, trat er ein wenig zurück und zog die Hände fort in der Hoffnung, daß der Junge durch diesen letzten verzweifelten Satz nach vorn, um seinen Vater zu erreichen, endlich lernen würde, wie man sich im Wasser vorwärts bewegte. Aber manchmal fragte er sich auch, ob dies sein einziges Motiv war.

»Gut so. Jetzt noch mal.«

In der Schule war Mr. Singleton ein ausgezeichneter Schwimmer gewesen. Er hatte verschiedene Wettbewerbe gewonnen, zahlreiche Rekorde gebrochen und erfolgreich an den Meisterschaften des Bundes der Amateurschwimmer teilgenommen. Es gab eine Zeit etwa zwischen seinem dreizehnten und seinem siebzehnten Lebensjahr, die er als glücklichste seines Lebens in Erinnerung hatte. Es waren nicht die Medaillen und Trophäen, die ihn freuten, sondern es war das Wissen, daß er sich wegen nichts anderem Gedanken zu machen brauchte. Das Schwimmen rechtfertigte ihn. Er stand jeden Morgen um sechs auf und trainierte zwei Stunden im Hallenbad und vor dem Mittagessen noch einmal. Und wenn er nachmittags im Französisch- und Englischunterricht vor Erschöpfung einschlief, brauchte ihn die Entrüstung der Lehrer – hagere Geschöpfe ohne Kondition – nicht zu kümmern, denn er hatte eine Entschuldigung. Er brauchte sich nicht um den Physiklehrer zu kümmern, der sich beim Direktor beklagte, daß er nie die erforderlichen Prüfungsergebnisse erzielen würde, wenn er nicht sein Schwimmtraining reduzierte, denn der Direktor (der für den Sport eintrat) kam ihm zu Hilfe und erklärte dem Physiklehrer, er solle sich nicht einem Schüler in den Weg stellen, der seiner Schule Ehre mache. Und er brauchte sich nicht um eine Masse anderer Dinge zu kümmern, die angeblich in ihm vorgingen, die die Frage, was man abends und an den Wochenenden tun sollte, beklemmend und quälend machten und andere Jungs in schlechte Laune versetzten oder leichtsinnig werden ließen. Denn wenn er erst im kühlen Wasser des Schwimmbads war, seine Arme nach vorne schwangen, seine Augen auf die blaue Markierungslinie auf dem Beckenboden geheftet und seine Ohren voll

Wasser waren, so daß er nichts um sich herum hören konnte, dann fühlte er sich gänzlich bei sich, gänzlich autark. Am Ende von Wettkämpfen, wenn er einen kurzen Augenblick lang wie ein Überlebender allein und keuchend am Beckenrand hing, wo seine Rivalen noch anschlagen mußten, verspürte er einen unendlichen Frieden. Er ging früh zu Bett, schlief tief und fest, hielt sich an seinen strikten Trainingsplan, und ihm gefiel diese spartanische Reinheit, die Vergnügen und Unordnung verachtete. Einige seiner Schulkameraden machten sich über ihn lustig – weil er samstags nicht tanzen ging oder, als Minderjähriger, in die Kneipe oder nach der Schule in die Espresso-Bar. Aber das machte ihm nichts. Er brauchte sie nicht. Er wußte, daß sie schwach waren. Keiner von ihnen war widerstandsfähig, konnte sich nur auf sich selbst verlassen, auf alle Bequemlichkeit, wenn nötig, verzichten. Einige von ihnen würden im Leben scheitern. Und keiner von ihnen konnte das Wasser zerteilen wie er oder besaß seinen harten, stromlinienförmigen, vollkommen mit sich in Harmonie befindlichen Körper.

Aber dann, mit fast siebzehn Jahren, wurde alles anders. Sein Vater, ein Ingenieur, der durchaus stolz auf die Trophäen seines Sohnes war, drängte ihn auf einmal, auf andere Weise erfolgreich zu sein. Der Direktor schirmte ihn nicht länger vor dem Physiklehrer ab. Er sagte: »In deine Zukunft kannst du nicht schwimmen.« Vielleicht aus Trotz oder aus seltsam konsequenter Selbstverleugnung gab er das Schwimmen gänzlich auf, statt es nur einzuschränken. Anderthalb Jahre lang konzentrierte er sich genauso ausschließlich auf Mathematik und Physik, wie er sich vorher darauf konzentriert hatte, sein Schwimmen zu perfektionieren. Er verstand etwas von Mechanik und Technik, weil er wußte, wie er seinen Körper dazu bringen konnte, sich durchs Wasser zu bewegen. Seine schulischen Leistungen waren nicht nur ausreichend, sondern gut. Er kam auf die Universität, wo er vielleicht Zeit gehabt hätte, das Schwimmen wiederaufzunehmen, wenn er gewollt hätte. Aber er tat es nicht. Zwei Jahre sind für einen Schwimmer eine lange Trainingspause, zwei Jahre kurz bevor man seine Höchstform erreicht hat, können bedeuten, daß man seine alte Form niemals wieder erreicht. Gelegentlich ging er mal kurz ins Becken der Universität und schwamm zwischen trainierenden Mitgliedern des Universitätsteams, die er vielleicht immer noch hätte schlagen können, langsam auf und ab.

Oft träumte Mr. Singleton vom Schwimmen. Er bewegte sich dann durch ein ungeheuer großes Wasser, ein Meer. Das Schwimmen erforderte keinerlei Kraftanstrengung. Manchmal schwamm er weite Strecken unter Wasser, brauchte aber überhaupt nicht zu atmen. Das Wasser war silbergrau. Und immer kam es ihm beim Schwimmen so vor, als wollte er in Wirklichkeit über das Wasser hinausgelangen, es hinter sich lassen, als wäre es ein Schleier, den er teilte, um dann endlich auf der anderen Seite herauszukommen, an einem unberührten Ufer, wo noch nie ein Mensch vor ihm gegangen war.

Wenn er mit seiner Frau schlief, dann war ihm ihr Körper im Weg – er wollte durch sie hindurchschwimmen.

Mrs. Singleton richtete sich auf, schob die Sonnenbrille hoch auf ihr dunkles Haar und stützte sich nach hinten mit den Armen ab. Der Schweiß lief ihr zwischen den Brüsten herab. Die hatten sich seit ihrer Schulzeit gut entwickelt. Daß sie in ihrer Jugend so dünn gewesen war, kam ihr jetzt zustatten und verhinderte das Fülligwerden in den mittleren Jahren. Ihr Körper war vermutlich weiblicher, geschmeidiger und besser proportioniert, als er es je gewesen war. Sie sah zu Paul und Mr. Singleton hinüber, der bis zum Bauch im Wasser stand. Ihr kam es so vor, als wäre ihr Mann der eigentliche Junge, der störrisch dastand, die Hände vor sich ausgestreckt, und Paul wäre irgendein Spielzeug, das wie an einer Schnur unbarmherzig herangezogen und im Kreis geschwungen wurde. Sie hatten gesehen, wie sie sich aufgesetzt hatte. Ihr Mann, der die Hand des Jungen hielt, winkte, so als täte er es für sie beide. Paul winkte nicht, ihn schien das Wasser in seinen Augen mehr zu beschäftigen. Mrs. Singleton winkte nicht zurück. Sie hätte es getan, wenn ihr Sohn gewinkt hätte. Als sie in den Urlaub aufbrachen, hatte Mr. Singleton zu Paul gesagt: »Diesmal wirst du schwimmen lernen. Im Salzwasser ist es nämlich leichter.« Mrs. Singleton hoffte, ihr Sohn würde nicht schwimmen, so daß sie ihn, wenn er aus dem Wasser kam, noch in das große gelbe Badetuch wickeln und ihn trocken- und warmreiben und zuschauen konnte, wie ihr Mann mit leeren Händen abseits stand.

Sie sah, wie Mr. Singleton seinen Arm sinken ließ. »Wenn du nicht so spritzen würdest, kriegtest du auch kein Wasser in die Augen«, bekam sie gerade noch mit.

Am Abend zuvor hatten sie sich in ihrem Hotelzimmer gestritten. Sie stritten sich immer, bis der Urlaub ungefähr zur Hälfte herum war. Es war vielleicht ein Nachvollzug jener ersten Reise nach Griechenland, als er sich irgendwie geweigert hatte, seine Ferien zu genießen. Sie mußten sich Verletzungen zuziehen, damit sie hinterher – wie Rekonvaleszenten – ihre Muße zu schätzen wußten. Während der ersten vier Ferientage oder so neigte Mr. Singleton dazu, verdrossen und nervös zu sein. Er entschuldigte das als langsames Sichentspannen. Die Befreiung vom Arbeitsdruck sei ein Prozeß, der nicht überstürzt werden dürfe. Mrs. Singleton versprach, geduldig zu sein. Ungefähr am fünften Tag begann Mrs. Singleton dann zu argwöhnen, daß es nie zu einer vollkommenen Entspannung kommen werde, ja daß er sich überhaupt nicht entspannen wollte (was sie die ganze Zeit gewußt hatte), sondern sich an seine Brücken und Tunnel klammerte, als wären sie ein Bollwerk, und sie zeigte ihre Verärgerung. An dem Punkt konterte Mr. Singleton dann mit einem Angriff auf ihre Trägheit.

Letzten Abend hatte er sie »schlaff« genannt. Auf ihren Körper konnte das natürlich nicht gemünzt gewesen sein (sie konnte jetzt auf ihren immer noch flachen Bauch hinuntersehen), obwohl ein Angriff auf dieser körperlichen Ebene einfacher, ja in seinem Fall fast ermutigend gewesen wäre. Er hatte ihre »schlaffe Einstellung« gemeint. Und was er damit meinte oder gerne meinen wollte, war, daß er nicht schlaff war, daß er arbeitete, mitten im Leben stand, große, solide Dinge baute und daß er, obwohl er arbeitete, den Lohn der Arbeit – Geld, Vergnügen, gutes Essen, Auslandsurlaube – verachtete, daß er nicht bequem geworden war so wie sie, nachdem sie beide vor elf Jahren ihr Examen gemacht und ihre Fahrkarten in die Zukunft und die Flugtikkets für Griechenland in der Tasche hatten. Sie wußte, daß diese Härte ihres Mannes nur ein Deckmantel für seine Unfähigkeit, sich zu entspannen, und sein Bedürfnis nach Distanz war. Sie wußte, daß er keinen besonderen Wert in seinen Brücken und Tunneln sah (es war wirklich das letzte, was er machen wollte – bauen). Ihre Beschaffenheit war ihm ganz egal, sie waren da, er konnte auf sie zeigen, als ob ihn das rechtfertigte. So wie bei den seltenen Malen, wenn er mit ihr (dann allerdings erdbebenartig) schlief. Es ging ihm nicht um Genuß oder Befriedigung – er tat es einfach.

In ihrem Hotelzimmer war es heiß gewesen. Mr. Singleton hatte in seiner blauen Schlafanzughose dagestanden, Füße auseinander, wie ein Turnlehrer.

»Schlaff? Was willst du damit sagen ... ›schlaff‹!?« hatte sie gefragt und verzagt ausgesehen.

Aber Mrs. Singleton war im Vorteil, wenn Mr. Singleton ihr auf diese Weise Selbstzufriedenheit und Schwäche vorwarf. Sie wußte, daß er es nur tat, um sie zu verletzen und sich dann deswegen schuldig zu fühlen und so die Reue zu empfinden, die seine Zuneigung zu ihr freisetzen würde, seine Verletzlichkeit, sein eigenes Bedürfnis, geliebt zu werden. Mrs. Singleton war an diesen Prozeß gewöhnt, an die Weichheit, die die Empfindlichkeit nacheinander geöffneter und immer wieder geöffneter Wunden war. Und sie war daran gewöhnt, die Krankenschwester zu sein, die sich um die vernarbenden Wunden kümmerte. Denn obwohl Mr. Singleton immer anfing, waren seine Schuldgefühle hinterher größer als das Leid, das er Mrs. Singleton zufügte, und Mrs. Singleton konnte, obwohl sie selbst litt, dem Wunsch nicht widerstehen, ihren Mann in die Arme zu nehmen und zu umhegen, ihn sicher einzuhüllen, wenn seine Schwäche und seine Unterwürfigkeit erkennbar wurden und sein Körper weich und nachgiebig an dem ihren lag, konnte nicht dem alten Ansporn widerstehen, der darin lag, daß ihr Mann unglücklich war und es an ihr war, ihn glücklich zu machen. Mr. Singleton war ungemein liebenswert, wenn er sich schuldig fühlte. Sie hätte sogar auf ihren eigenen Groll verzichtet und wäre soweit gegangen, ihn immer wieder aufs neue zu trösten, wenn er sie verletzt hatte, wäre ihr nicht rechtzeitig klargeworden, daß sie den Prozeß damit nur vorantrieb. Ihre Vergebung erschien ihm nur wie eine höhere Form von Bequemlichkeit, eine Verweichlichung, die er ablehnen mußte. Sein Fleisch wich vor ihrer heilenden Berührung zurück.

Sie dachte: Männer bewegen sich im Kreis, Frauen bewegen sich gar nicht.

Sie blieb auf ihrer Seite des Hotelbetts, er, abgewandt, auf seiner. Er lag da wie jemand, der an einen Strand gespült worden war. Sie streckte die Hand aus und streichelte seinen Nacken. Sie spürte, wie er sich verkrampfte. Alles das war ein vertrautes Muster.

»Es tut mir leid«, sagte er, »ich wollte nicht …«

»Ist schon gut, macht nichts.«

»Macht es wirklich nichts?«

Wenn sie an diesem Punkt angekommen waren, dann glichen sie zwei Bergleuten, die sich um die Wette zu immer tieferen Flözen aus Schuld und Vorwürfen vorzuarbeiten suchten.

Aber Mrs. Singleton hatte es aufgegeben, die tiefste Schicht erreichen zu wollen. Vielleicht war es vor fünf Jahren gewesen, als sie zum drittenmal daran gedacht hatte, ihren Mann zu verlassen, vielleicht auch schon lange davor. Als sie noch Studenten gewesen waren, da hatte sie für seine Zurückhaltung, sein Widerstreben Entschuldigungsgründe gesucht. Eine unglückliche Kindheit vielleicht oder eine strenge Erziehung. Sie hatte gedacht, daß die Ehe seine Hemmungen möglicherweise beseitigen würde. Sie hatte schließlich doch gedacht, daß es gut wäre, wenn er sie heiraten würde. Sie hatte nicht darüber nachgedacht, was für sie gut wäre. Sie standen, aus Griechenland zurückgekehrt, vor dem Flughafen in Gatwick, in dem grauen, nassen Augustlicht. Ihre gebräunte Haut schien zu leuchten. Und doch hatte sie gewußt, daß diese hoffnungsvolle Stimmung nicht anhalten würde. Sie sah zu, wie er sich gegen Zufriedenheit und Behaglichkeit wehrte, gegen die lange, glitzernde Rettungsleine, die sie ihm zuwarf, und nach einer Weile gab sie den Versuch, ihn damit einzuholen, auf. Sie fing wieder an, von ihren Künstlern zu träumen. Sie dachte: Die Menschen schleichen sich aus der wirklichen Welt fort, zurück in ihre Träume. Sie war nicht »bequem geworden«, sie war nur zu sich selbst zurückgekehrt. Verborgen in ihrem Inneren lagen wie ein Schatz Zeilen von Leopardi, von Verlaine, mit denen ihr Mann nie würde etwas anfangen können. Sie dachte: Er braucht mich nicht, an ihm läuft alles ab wie Wasser. Sie dachte sogar, daß ihr Mann nicht deswegen so selten mit ihr schlief, weil er ein Problem hatte, sondern weil er sie absichtlich zurückweisen wollte. Wenn Mrs. Singleton ihren Mann begehrte, konnte sie nicht anders. Sie streckte sich dann auf dem Bett aus und schlug das Laken zurück, so daß sie einem hingebungsvollen Akt von Modigliani glich. Das sollte einen Mann froh stimmen, dachte sie. Mr. Singleton stand am Fuß des Bettes und blickte auf sie herab. Er sah aus wie einer jener starken, keuschen Ritter aus der Gralssage. Er folgte zwar ihrer Aufforderung, aber bevor er es tat, trat dieser halb strenge, halb unschuldige Ausdruck in seine Augen. Es war die Art von Ausdruck, mit der die guten Helden in Büchern und Filmen Prostituierte betrachteten. Er garantierte, daß alles Folgende verdorben wurde und daß es hinterher so aussah, als hätte er aus reinem Pflichtgefühl ausgeführt, was nur sie wollte. Ihr Körper wurde dann zu Stein. In solchen Augenblicken, wenn sie die lastende Kälte mißbrauchten Glücks empfand, dachte Mrs. Singleton am ehesten, daß sie mit Mr. Singleton fertig war. Sie sah, wie sich sein starker, kompakter Torso bereits vom Bett erhob. Sie dachte: Er hält sich für hart, unabhängig, aber er will nicht sehen, was ich ihm anbiete, er sieht nicht, daß ich diejenige bin, die ihm helfen kann.

Mrs. Singleton ließ sich auf ihr gestreiftes Handtuch im Sand zurücksinken. Einmal mehr wurde sie ein Teil des Strandes. Die sorglosen Strandgeräusche – aufgeregte Kinderstimmen, träge Erwachsenenstimmen, der Klang von Bällen gegen hölzerne Schläger – flatterten über sie hinweg, als sie die Augen schloß. Sie dachte: Das ist so ein Tag, an dem plötzlich jemand schreit: »Da ertrinkt einer!«

Als Mrs. Singleton schwanger wurde, war sie der Meinung, daß sie ihren Mann ausmanövriert hatte. Er wollte eigentlich kein Kind (das war das letzte, was er wollte, dachte Mrs. Singleton), aber er war eifersüchtig auf ihren Zustand, als hätte sie mit ihm etwas zustande gebracht, was auch er gekonnt hätte. Er war von dem kleinen Kreis ihrer selbst und ihres Schoßes ausgeschlossen, und auf einmal ergriff er hartnäckig die Initiative und liebte sie, als wollte er ihn durchbohren. Mrs. Singleton war nicht gerade begeistert. Ihr dicker Bauch schien ihr Auftrieb zu geben. Sie bemerkte, daß ihr Mann jetzt morgens in Unterhosen gymnastische Übungen machte, Liegestütz und dergleichen, als ob er anfinge, für etwas zu trainieren. Er war wie ein kleiner Junge. Gegen Ende ihrer Schwangerschaft war er sogar wieder voller Spannkraft und zeigte sich distanziert, ganz der kraftvoll-männliche Vater, der darauf wartete, seinen Sohn in Empfang zu nehmen (Mr. Singleton wußte, daß es ein Sohn werden würde, und Mrs. Singleton auch), den sie ihm zur festgesetzten Zeit liefern würde. Als es soweit war, bestand er darauf, mit dabeizusein, um zu beweisen, daß er nicht empfindlich war, und um sicherzugehen, daß er bei der ganzen Sache nicht reingelegt wurde. Mrs. Singleton war unverzagt. Als die Wehen einsetzten, hatte sie nicht die geringste Angst. Von der Decke des Kreißsaals griffen große, wäßrige Lichter nach ihr wie die im Behandlungszimmer eines Zahnarztes. Sie konnte gerade eben ihren Mann sehen, der auf sie herunterschaute. Sein Gesicht war weiß und feucht. Es war seine eigene Schuld, warum wollte er auch unbedingt dabeisein. Sie mußte pressen, so als wollte sie sich von ihm wegdrücken. Dann wußte sie, daß es soweit war. Sie bog den Rücken durch. Sie war ein großer, warmer, sich spaltender Felsen, und Paul kämpfte sich tapfer ins Sonnenlicht. Mit ihren Schreien half sie ihm nach. Sie fühlte ihn hervorkommen wie einen eingeschlossenen Überlebenden. Der Arzt tastete mit Gummihandschuhen herum. »Na also«, sagte er. Sie schaffte es, Mr. Singleton anzusehen. Sie wollte ihn plötzlich für immer dorthin zurücktun, woher Paul gerade gekommen war. Flüchtiges Mitleid erfaßte sie, als sie sah, daß Mr. Singleton auch dorthin wollte. Seine Augen waren halb geschlossen. Sie wandte den Blick nicht von ihm. Er schien darunter zu erschlaffen. Seine ganze Härte und Selbstkontrolle schienen ihn zu verlassen, und sie war froh. Sie entspannte sich, siegreich und glücklich. Der Arzt hielt Paul hoch, aber sie blickte an ihm vorbei und sah Mr. Singleton an. Er war weit weg, wie ein Insekt. Sie wußte, daß er nicht durchhalten würde. Gleich würde er ohnmächtig werden. Er sah dorthin, wo ihre Beine gespreizt waren. Sein Blick wurde unscharf. Gleich würde er ohnmächtig werden, umkippen, da wo er stand.

Mrs. Singleton wurde unruhig, obwohl sie bewegungslos am Strand lag. Dicht bei ihrem Kopf summten Wespen um die Picknicktasche. Sie fand, daß Mr. Singleton und Paul schon zu lange mit ihrem Schwimmunterricht beschäftigt waren. Sie sollten rauskommen. Es kam ihr überhaupt nicht in den Sinn, obwohl ihr heiß war, aufzustehen und sich Mann und Sohn anzuschließen. Wenn Mrs. Singleton schwimmen wollte, wartete sie, bis sich die Gelegenheit bot, alleine ins Wasser zu gehen. Dann watete sie hinaus, tauchte plötzlich bis über die Schultern unter und paddelte zufrieden herum, wobei sie aufpaßte, daß ihre Haare nicht naß wurden, so als planschte sie in einer großen Badewanne herum. Als Familie badeten sie nie, und Mrs. Singleton schwamm auch nicht mit Mr. Singleton – der gelegentlich ebenfalls aufstand und allein ins Wasser ging, sofort fünfzig Meter hinausschwamm und dann lange mit kraftvollem Kraul oder Butterfly hin und her durch die Bucht schwamm. Wenn das geschah, verwickelte Mrs. Singleton ihren Sohn in ein Gespräch, damit er nicht seinen Vater beobachtete. Mit Paul schwamm Mrs. Singleton ebenfalls nicht. Er war jetzt zu alt, um im ganz Flachen zwischen ihren Knien gebettet zu liegen, und irgendwie fürchtete sie, daß Paul beim Herumplanschen in ihrer Nähe plötzlich schwimmen lernen könnte. Sie hatte das Gefühl, daß Paul nur schwimmen würde, während auch sie im Wasser war. Sie wollte nicht, daß es dazu kam, aber der Gedanke beruhigte sie und schenkte ihr genug Zuversicht, um Mr. Singleton mit seinem Schwimmunterricht fortfahren zu lassen. Dieser Unterricht war zu einer Manie geworden, und Mr. Singleton war unermüdlich. Zu Hause ging Mr. Singleton mit Paul jeden Sonntag morgen um sieben ins Schwimmbad, um es noch einmal zu versuchen. Teilweise tat er es natürlich, weil er unbedingt wollte, daß sein Sohn schwimmen lernte, aber er konnte auf diese Weise auch der Sonntagmorgen-Trägheit entgehen, den zusätzlichen Stunden im Bett und der Zeit, sich in aller Ruhe zu lieben.

In einem Zimmer im College hatte Mr. Singleton Mrs. Singleton einmal von seinen Trainingsstunden erzählt, seinen Wettkämpfen und davon, wie man sich fühlte, wenn man wirklich gut schwimmen konnte. Sie hatte die Finger über seinen langen, nackten Rücken gleiten lassen.

Mrs. Singleton setzte sich auf und rieb sich die Oberschenkel mit Sonnenöl ein. Unten stand Mr. Singleton nicht weit vom Ufer entfernt ungefähr bis zur Taille im Wasser und hielt Paul, der noch immer seine Schwimmflügel trug und, mit dem Gesicht nach unten, hektisch auf die Wasseroberfläche einschlug. Mr. Singleton sagte einmal ums andere: »Nein, nicht bewegen.« Er versuchte, Paul dazu zu bringen, daß er seinen Körper gerade hielt und entspannte, so daß er von alleine schwamm. Aber jedesmal, wenn es Paul beinahe gelang, bekam er Angst, daß sein Vater ihn loslassen könnte, geriet in Panik und schlug wild um sich. Wenn er sich beruhigt hatte und Mr. Singleton ihn hielt, konnte Mrs. Singleton das Wasser über sein Gesicht laufen sehen wie Tränen.

Mrs. Singleton bereitete die Verzweiflung ihres Sohnes keinen Kummer. Sie garantierte, daß Mr. Singleton keinen Einfluß über ihn gewinnen würde, und stellte sicher, daß Paul weder schwimmen lernte noch die mürrische Robustheit seines Vaters annehmen würde. Wenn Mrs. Singleton ihren Sohn leiden sah, freute sie sich, und sie empfand Zärtlichkeit für ihn. Sie fühlte, daß sie und ihr Sohn auf unsichtbare Weise miteinander verbunden waren, und er spürte, daß er nicht schwimmen sollte, und sie fühlte auch, daß Mr. Singleton wußte, daß es an ihr lag, wenn seine Bemühungen bei Paul nichts fruchteten. Eben in diesem Augenblick, als sich Mr. Singleton zu einem weiteren Versuch anschickte, sah der Junge zu ihr hin, während sie sich die Beine mit Sonnenöl einrieb.

»Los, komm, Paul«, sagte Mr. Singleton. Seine nassen Schultern glänzten wie Metall.

Als Paul zur Welt gekommen war, schien es Mrs. Singleton, daß sich ihr Leben mit ihrem Mann aufgelöst hatte, so wie sich eine Fata Morgana auflöste, und daß sie wieder zu dem zurückkehren konnte, was sie gewesen war, bevor sie ihn kennengelernt hatte. Sie ließ ihr hingehaltenes Glücksverlangen und ihre alten, unterdrückten Träume wiederaufleben. Aber Träume waren es ja eigentlich nicht, denn sie drehten sich um jemand ganz Konkretes, und sie wußte, daß sie sie brauchte, um leben zu können. Sie verhehlte sich nicht, was sie brauchte. Sie wußte, daß sie sich die enge, ja sogar erotische Beziehung zu ihrem Sohn wünschte, wie sie Frauen, die von ihrem Mann nichts mehr wissen wollen, gelegentlich haben. Die Art von Beziehung, in der die Mutter den Sohn verletzen muß und der Sohn die Mutter. Aber sie wollte es mit aller Kraft, so als würde es keinen Schmerz geben. Mrs. Singleton wartete darauf, daß ihr Sohn älter wurde. Sie zitterte, wenn sie an ihn als Achtzehn- oder Zwanzigjährigen dachte. Wenn er erwachsen war, würde er schlank und leichtfüßig und anmutig sein wie ein Knabe, obwohl er ein Mann war. Er würde keinen starken Körper brauchen, weil seine ganze Kraft innerlich sein würde. Seinem innersten Wesen nach würde er Feuer und Leben sein. Er würde Künstler werden, Bildhauer. Sie würde ihm nackt Modell stehen (dafür würde sie ihren Körper in Schuß halten), und er würde sie aus Stein formen. Er würde den Meißel halten. Seine Hände würden das kalte Metall über den Stein führen, und seine Schläge würden Sonnenfunken schlagen.

Mrs. Singleton dachte: Alle wirklich guten Statuen, die sie in Griechenland gesehen hatten, schienen aus dem Meer heraufgeholt worden zu sein.

Sie hatte sich jetzt auch die Fußrücken mit Öl eingerieben und schraubte die Flasche wieder zu. In dem Augenblick hörte sie etwas, was sie zutiefst erschreckte. Es war Mr. Singleton, der sagte: »Ja, genau, so ist es richtig! Endlich! Jetzt mach weiter so!« Sie sah auf. Paul befand sich in derselben Stellung wie vorher, aber er hatte gelernt, seine Arme und Beine langsamer und gleichmäßiger zu bewegen, und sein Körper sackte in der Mitte auch nicht mehr durch. Obwohl er immer noch die Schwimmflügel trug, bewegte er sich, wenn auch etwas mühsam, vorwärts, so daß Mr. Singleton neben ihm hergehen mußte, und schließlich nahm Mr. Singleton eine Hand unter dem Oberkörper des Jungen fort und sah dabei seine Frau an und lächelte. Seine Schultern blitzten auf. Es war ein Lächeln, das nicht für sie bestimmt war, das konnte sie sehen. Es war nicht sein übliches, seltenes, ziemlich mechanisches Lächeln. Es war ein Lächeln, das einer inneren, versteckten und nicht mitteilbaren Freude entsprang.

Das reicht, dachte Mrs. Singleton und stand auf. Sie tat so, als hätte sie hinter ihrer Sonnenbrille nicht bemerkt, was im Wasser vor sich gegangen war. Es war wirklich genug, sie waren bestimmt schon seit einer Stunde im Wasser. Er machte das ja nur, weil sie sich gestern abend gestritten hatten, und benutzte die Reservewaffe Paul, um ihr zu zeigen, daß er nicht aus dem Feld geschlagen war. Und Paul, setzte sie in Gedanken erleichtert hinzu, benutzte immer noch die Schwimmflügel und brauchte eine Hand, die ihn hielt.

»Das reicht jetzt!« rief sie laut, so als wäre sie ein bißchen – aber nicht auf übellaunige Weise – eingeschnappt, weil man sie vernachlässigte. »Kommt jetzt raus!« Sie hatte beim Aufstehen ihr Portemonnaie ergriffen, die List war ihr blitzschnell eingefallen, und schwenkte es jetzt, als sie zum Wasser ging, über dem Kopf. »Wer möchte ein Eis?«

Mr. Singleton achtete nicht auf seine Frau. »Gut gemacht, Paul«, sagte er. »Laß uns das noch einmal versuchen.«

Mrs. Singleton hatte damit gerechnet. Sie stand auf dem kleinen Sandkamm, von dem aus der Strand, jetzt als Kieselstrand, zum Meer hin abfiel. Sie zog einen heruntergerutschten Träger ihres Bikinioberteils wieder hoch und mit einem Finger jeder Hand das Unterteil über ihre Pobacken. Sie stand mit leicht gespreizten Beinen und angehobenen Fersen da wie eine Turnerin. Sie wußte, daß so manches Auge auf ihr ruhte. Es schmeichelte ihr, daß sich bewundernde Blicke auf sie – und auf ihren Mann – richteten. Sie dachte – und die Ironie der Situation bereitete ihr Vergnügen –, daß die andern sie vielleicht für schöne, glückliche Menschen hielten. Obwohl Mrs. Singleton als Mädchen so schüchtern gewesen war, machte es ihr Spaß, ihre Reize zur Schau zu stellen, und sie sah es mit Vergnügen, wenn sie anderen gefiel. Wenn sie am Strand in der Sonne lag, malte sie sich Liebesspiele aus mit all den reizbaren, pubertierenden Jungen (die mit den schlanken Taillen und den flinken Füßen), die hier mit ihren Eltern Ferien machten.

»Jetzt versuch mal, ob du es schaffst, ohne daß ich dich halte«, sagte Mr. Singleton. »Am Anfang helfe ich dir noch.« Er beugte sich über Paul. Er sah wie ein Mechaniker aus, der an dem Prototyp einer Maschine die letzten Einstellungen vornimmt.

»Du willst also kein Eis, Paul?« sagte Mrs. Singleton. »Es gibt hier dieses Schokoladeneis.«

Paul blickte auf. Seine kurzen nassen Haare standen ihm wie Stacheln vom Kopf ab. Er sah aus wie ein Gefangener, dem sich eine Gelegenheit zur Flucht bot, aber die Plastikschwimmflügel hielten ihn wie ein absurder Pranger an Ort und Stelle fest.

Mrs. Singleton dachte: Er ist aus mir rausgekrochen, und jetzt muß ich ihn mit Eiscreme zurücklocken.

»Siehst du nicht, daß er den Dreh schon fast raus hatte?« sagte Mr. Singleton. »Wenn er jetzt aus dem Wasser geht, dann –«

»Den Dreh! Das warst doch du. Du hast ihn die ganze Zeit gehalten.«

Sie dachte: Vielleicht verletze ich meinen Sohn.

Mr. Singleton sah Mrs. Singleton wütend an. Er packte Paul bei den Schultern. »Du willst doch jetzt gar nicht raus, Paul, oder?« Er sah plötzlich aus, als würde er Paul allen Ernstes lieber ertränken als ihn aus dem Wasser gehen lassen.

Mrs. Singletons Herz hämmerte wie wild. Retten, Wiederbeleben, das war nicht ihre Stärke. Das hatte sie das Leben mit ihrem Mann gelehrt.

»Los, komm, du kannst ja später wieder reingehen«, sagte sie.

Paul war eine Geisel. Mrs. Singleton spielte um Zeit, denn sie wollte nicht, daß dem Kind, dem unschuldigen, etwas geschah.

Sie stand im Sand wie eine auf einer einsamen Insel ausgesetzte Frau, die nach einem Schiff Ausschau hielt. In der geschützten Bucht lag das Meer fast unbewegt da. Einige wenige glasige Wellen kamen hereingetrödelt, wurden aber geglättet, noch ehe sie brechen konnten. Auf den Landspitzen traten schuppige Felsen zutage, die dalagen wie sich sonnende Eidechsen. Die Insel in Griechenland war der Ort, wo einst Theseus Ariadne verlassen hatte. Draußen über dem blauen Wasser, jenseits der auf- und abtauchenden Köpfe der Schwimmer, flatterten Möwen wie Papierfetzen.

Mr. Singleton sah Mrs. Singleton an. Sie war eine glukkenhafte Mutter, die sich mit Ambre Solaire eingeschmiert hatte und versuchte, ihren Sohn mit blöder Eiscreme zu bestechen. Davon abgesehen, war sie eine schöne, braungebrannte Frau, wie Männer sie sich auf einsamen Inseln vorstellen. In Mr. Singletons Träumen gab es allerdings niemanden an dem unberührten Gestade, auf das er unaufhörlich zuschwamm.

Er dachte: Wenn Paul schwimmen könnte, könnte ich sie verlassen.

Mrs. Singleton sah ihren Mann an. Sie hatte Angst. Der Rand des Meeres war wie eine Trennungslinie zwischen ihnen beiden, welche die Territorien, in denen sie lebten, voneinander abgrenzte. Vielleicht konnten sie sie niemals überschreiten.

»Schön, ich hole jetzt das Eis. Also komm lieber raus.«

Sie drehte sich um und ging den Strand hinauf. Oben stand der Wagen eines Eisverkäufers, bunt wie ein Rummelplatz.

Paul Singleton sah seiner Mutter nach. Er dachte: Sie läßt mich im Stich – oder ich lasse sie im Stich. Er wollte aus dem Wasser gehen, um ihr zu folgen. Ihre Füße wirbelten Sand auf, der an ihren Knöcheln klebenblieb, und man konnte ihren ganzen Körper sehen, als sie mit großen Schritten den Strand hinaufging. Aber er hatte Angst vor seinem Vater und seinen zugreifenden Händen. Und auch vor seiner Mutter hatte er Angst. Davor, wie sie ihn, wenn er herauskam, in das große gelbe Handtuch wickeln würde, das ihn an Eigelb erinnerte, wie sie ihn an ihren weichen, klebrigen Körper drücken würde, der wie ein Mund war, der ihn verschlucken wollte. Das gelbe Handtuch war eine Demütigung, dachte er, die Hände seines Vaters waren eine Demütigung. Die Schwimmflügel waren eine Demütigung: Man legte sie an und wurde zu einer Marionette. So vieles im Leben war demütigend. Auf diese Weise gewann man Liebe. Sein Vater nahm ihm die Schwimmflügel ab wie ein Mann, der einen Keuschheitsgürtel aufschließt. Er sagte: »Jetzt versuch noch einmal dasselbe, komm zu mir her.« Sein Vater stand ein paar Schritte von ihm entfernt. Er war ein riesiger, hoch aufgerichteter Mann, wie ein Brückenpfeiler. »Versuch's.« Paul Singleton war sechs. Er hatte entsetzliche Angst vor dem Wasser. Jedesmal, wenn er hineinging, mußte er sie niederkämpfen. Sein Vater begriff das nicht. Für ihn war das einfach. Man sagte sich: »Bloß Wasser, kein Grund zur Angst.« Sein Vater wußte nicht, was Angst war, genauso wie er nicht wußte, was Spaß war. Paul Singleton haßte Wasser. Er haßte es in seinem Mund und in seinen Augen. Er haßte den Chlorgeruch der Schwimmbäder, die nassen, glitschigen Fliesen, das widerhallende Geschrei und Gekreische. Er haßte es, wenn ihm sein Vater aus *The Water Babies* vorlas. Es war die einzige Geschichte, die sein Vater vorlas, denn da er weder Spaß noch Angst kannte, war er in Wirklichkeit sentimental. Seine Mutter las ihm viele Geschichten vor. »Los, komm, ich halte dich schon.« Paul Singleton streckte seine Arme aus und hob ein Bein. Dies war der schlimmste Augenblick. Vielleicht war keine Hilfe zu haben das Allerdemütigendste. Wenn man nicht schwamm, versank man wie eine Statue. Sie würden ihn triefend herausziehen. Sein Vater würde sagen: »Ich wollte doch nicht …« Wenn er aber schwamm, ließ er seine Mutter im Stich. Sie würde am Strand stehen, und das Schokoladeneis würde an ihrem Arm runterlaufen. Es gab keinen Ausweg. Soviel, wovor man Angst haben mußte, und keine Waffe. Aber vielleicht hatte er gar keine Angst vor seiner Mutter oder seinem Vater oder dem Wasser, sondern vor etwas ganz anderem. Gerade eben hatte er es gespürt – als er mit rhythmischen, ausholenden Armbewegungen losgeschwommen war und sich seine Füße vom Boden gelöst hatten und die Hand seines Vaters unter seiner Brust fortgeglitten war –, als hätte er nicht erkannt, wovor er sich wirklich fürchtete, als hätte er den andern und sogar sich selbst unbewußt etwas vorgemacht, um einen Plan auszuführen. Er senkte das Kinn ins Wasser. »Los, weiter!« sagte Mr. Singleton. Er warf sich nach vorne und spürte, wie der Sand unter seinen Füßen zurückblieb und sich seine Beine locker auf und ab bewegten wie durchgeschnittene Seile. »Na also«, sagte sein Vater, als er begriff. »Na also!« Sein Vater stand da wie jemand, der darauf wartete, seine Geliebte in die Arme zu schließen. Sein Gesicht leuchtete. »Zu mir her! Zu mir her!« sagte sein Vater plötzlich. Aber er schwamm, halb in Panik, halb stolz, fort von seinem Vater, fort von der Küste, einfach fort, in dieses seltsame neue Element hinein, das ihm ganz allein zu gehören schien.

Inhalt

Charles Simmons im dtv

»Charles Simmons' Sätze sind karg und klar gebaut, voller Raum für Luft und Licht.«
Süddeutsche Zeitung

Salzwasser
Roman
Übers. v. Susanne Hornfeck
ISBN 978-3-423-12900-8
»Im Sommer 1963 verliebte ich mich, und mein Vater ertrank.« Meer, Sand, Wind, ein Haus in den Dünen. Feinfühlig erzählt Simmons vom Verlust der Unschuld. »Ein kleines Meisterwerk.« (Frankfurter Rundschau)

Belles Lettres
Roman
Übers. v. Klaus Modick
ISBN 978-3-423-13363-0
Intrigen, Chaos und Kämpfe hinter der Fassade einer angesehenen Literaturzeitschrift.

Das Venus-Spiel
Roman
Übers. v. Jörg Trobitius
ISBN 978-3-423-13414-9
Eine literarische Komödie über einen seltsamen Zaubertrank, der eine enorme sexuelle Wirkung entfaltet.

Geständnisse eines ungeübten Sünders
Roman
Übers. v. Klaus Modick
ISBN 978-3-423-13609-9
Simmons Debüt von 1964. »Dieser Briefroman ist in seiner ganz und gar unprätentiösen Art, in seinem charmant-angeberhaften Tonfall reine Gegenwart.« (Frankfurter Allgemeine Zeitung)